Francis Pornon

Blanche la rouge

ROMAN

MESSIDOR

ISBN 2-209-06490-2
ISSN 0981-5686

« Je sais à tout le moins la gratuité de se substituer aisément à une conscience ; laquelle dut, à l'occasion, parler haut, pour son compte, dans les solitudes. Ordonner en fragments intelligibles et probables pour la traduire, la vie d'autrui, est tout juste impertinent : il ne me reste que de pousser à ses limites ce genre de méfaits. »

Mallarmé
(Médaillons et portraits)

PRÉFACE

Avertissement du préfacier : *toute ressemblance avec un personnage ayant existé ne serait pas le fait du hasard.*

Derrière la fiction littéraire de Blanche la Rouge on trouvera toujours, collée à ses talons, une ombre — que dis-je, une lumière ! — celle d'une femme réelle.

Une institutrice, elle aussi. Et elle aussi taraudée par une recherche sur son passé familial. En l'occurrence, ici, sur ses origines. Rejoignant, comme Blanche, la lutte ouvrière par les chemins de la révolte contre le désordre social instauré sous la bannière de l'argent-roi. Avec des passions brûlantes, avide de braver la mort, comme par défi. Projetée sans cesse en avant par une sorte d'aspiration au martyre révolutionnaire. Au petit matin du 18 mars 1871, courant à Montmartre, fusil au poing, pour défendre les canons de l'armée populaire : « La Butte était enveloppée d'une lumière blanche, une aube splendide de délivrance ! Telle était, romantique et généreuse, Louise Michel qui rêvait de sacrifice en allant poignarder Thiers...

Francis Pornon a choisi de centrer son roman sur une naissance : celle de la femme conquérante de son émancipation sociale et politique.

Elle surgit au cœur de ce XIXe siècle, portée par un romantisme populaire qui la transfigure.

Saint-Simoniens et Fouriéristes l'ont tirée au jour à Paris, au Caire, à Constantinople. Et à Lyon où Eugénie Niboyet fonde dès 1833 l'hebdomadaire *le Conseiller des femmes*. Flora Tristan prend le relais, elle fait, entre Rhône et Saône, une étape fructueuse majeure de son Tour de France pour *l'Union ouvrière*. C'est dans la même ville qu'éclate en juin 1869 la grande grève féminine des ovalistes soutenue par des souscriptions de l'Internationale : Rose Falconnet, Philomène Rozan, Mélanie Planet, Emilie Bavin ne sont plus des sans-noms pour l'histoire.

Ni celles qui signent en avril 1870 un somptueux manifeste à leurs sœurs du Creusot engagées aux côtés des ouvriers en grève qui bravent la puissance de Schneider : « Cette lutte que vous soutenez vaillamment n'est que la première phase d'une révolution économique gigantesque dont l'histoire n'offre aucun exemple, car sa devise est : *Plus d'exploiteurs, rien que des travailleurs.* Virginie Barbet, Clotilde Comte, Anaïs Aury et une douzaine d'autres y prenant date pour l'avenir...

Au sommet de cette vague, dans le Paris de la Commune, à côté d'un Varlin, Nathalie Lemel, Paule Mink, Marie Leroy, Elisabeth Dimitrieff et, bien sûr, Louise Michel annonceront les temps nouveaux.

Dans les salles de réunion et les rues ressuscitées du Lyon impérial, Francis Pornon mêle les personnages fictifs et les acteurs historiques du drame. Albert Richard, par exemple, dont la correspondance avec son ami marseillais Bastélica révèle l'exaltation révolutionnaire stimulée par la fascination que Bakounine exerce sur lui. Ce mariage n'a rien de scandaleux. La fiction, en décalage avec l'histoire, éclaire au contraire les mécanismes du *mythe actif* qui travaille l'héritage post-communard et devient un facteur d'évolution ultérieure.

On se demande parfois pourquoi *le Temps des Cerises* a conservé dans sa mélodie et son texte cette charge d'émotion, de nostalgie et d'espoir triste. Lorsque vous fermerez ce livre, Blanche la Rouge vous aura répondu : on comprend aussi avec le cœur !

Pour elle, je fais une entorse à la vérité historique brute en modifiant à peine le poème par lequel Verlaine célébrait Louise Michel :

Gouvernements et maltalent,
Mégatheriums ou bacille,
Soldat brut, robin insolent,
Ou quelque compromis fragile,
Tout cela son courroux chrétien
L'écrase d'un mépris agile.
Blanche la Rouge est très bien.

Maurice Moissonnier

LETTRE URGENTE

(prologue)

au citoyen Virgile Rougon
Poste restante
Lyon

Sur le *Virginie* le 27 avril 1879*

Cher père,

Il faut que l'aurore se lève,
Chaque nuit recèle un matin,
Pour qui la veille n'est qu'un rêve.
Les flots roulent, le temps s'écoule,
Le désert deviendra cité.

* 27 avril 1879 : soit, par hasard et en désordre, la date anniversaire du 27 avril 1789 : émeute au faubourg Saint-Antoine contre le bourgeois Reveillon, fabricant de papier peint.

Ces vers, Louise ne les eût pas reniés. Voici les mots qui bouent en moi Sur la Commune et sur toute la vie. L'écriture est vitale lorsqu'on est exilé de l'autre côté de la Terre.

Je vous écris cette nuit, seule dans ma cabine, agitée par la houle et par les sentiments.

Ces vers, cette émotion, je vous en fais l'envoi avec tous mes baisers, déposés dans ce pli. Dès que nous aurons touché Marseille, il partira vous joindre à toute vapeur de la locomotive. Tandis que je serai encore en quarantaine au lazaret du port, vous saurez que je vous appelle, que je veux vous voir au plus tôt à Paris. Car le passé me contraint à la prudence. Aussitôt que je serai libre, je n'irai pas à Lyon. * *Je prendrai le rapide du P.L.M. jusqu'à la capitale.*

Il faut encore de la patience. La matinée est si brumeuse et le Virginie est en panne, ses vergues silencieuses, ses voiles faseillant, à l'arrêt dans le calme obscur et sourd. Lorsqu'on largua les amarres sur le quai de Bougie, avant-hier soir, dans le miroir de la mer gisait le reflet agité des choses, frémissement des monts de saphir et phosphore ardent du ciel.

Je pense à vous, père, qui depuis trois mois que vinrent les nouvelles du temps meilleur, avez laissé l'Algérie et m'avez délaissée. Avec vous, si serein et si plein de passion, est parti le bonheur construit depuis sept ans dans la chaude vallée de l'oued Soumam aux senteurs d'orangers et aux verdeurs des vignes.

Je pense à vous, père, que j'ai trouvé enfin après

---

* Fin 1871, tandis que commençait la Troisième République, faisait rage la répression barbare suivant la Commune de Paris. A Lyon, malgré qu'on eût échappé au bain de sang, les conseils de guerre condamnaient et déportaient.

En 1879, où sont datées ces lignes, l'amnistie des condamnés de La Commune n'est pas encore décidée. Louise Michel se trouve encore en Nouvelle Calédonie.

l'arrivée au désert, lieux et temps désertiques, après la vaine quête dans les vagues de sable et d'être, après, la mort dans l'âme, la remontée vers le Nord. Lorsqu'enfin je vous vis, cela fut l'éclosion de la fleur d'aloès, blancheur qui fuse et qui s'épanouit sur la nuit de l'orage, la vaste et douce fleur qui ne cessa de luire qu'avec votre départ.

Quelque part sur la mer, entre l'Afrique et la France, c'est le calme plat et sombre. Mais dans la charpie de brume, parfois s'accrochent des feux follets aux gréements du navire. Espérons que voici les allumeurs du gaz céleste qui vont enfin faire jaillir la lumière vraie !

En attendant, je joins à ma lettre un paquet contenant des cahiers, écrits durant que je séjournai seule, en entracte de vie, en votre absence dans notre villa vide au bord de l'oued mélancolique. Ils ne contiennent rien moins que moi-même, sans fard et sans voile, nue, rien moins que le récit de la passion que furent les années précédant mon exil.

Cette passion commence voici juste dix ans, en 1869. J'espère que sa confidence ne vous rendra que peu jaloux, qu'elle vous fera m'aimer encore plus, autant — s'il est possible ! — que je vous aime.

Je vous dis au plus tôt qu'il se peut.

Je vous baise.

Je pense à vous sans cesse.

Blanche

P.S. : Mes sentiments les plus affectueux à notre Valentin qui vous accompagne et à qui s'adressent également ces lignes.

1re ÉPOQUE

I

« Je vous attendais. »

L'homme qui venait de jeter ces mots était accoudé au bureau. Le frac noir plissant aux épaules, le crâne dégarni, il écrivait dans la clarté jaune bruinée sous l'abat-jour de verre de la lampe vert-d'eau.

Je me trouvais encore debout dans l'entrée, bras et jambes figés, mâchoires bloquées, la main sur le bec de canne de la porte ouverte. La pièce carrée se limitait à gauche par une bibliothèque sombre, à droite par une tapisserie obscure, au fond par de lourdes tentures obstruant les fenêtres. Le censeur releva les yeux.

— Approchez !

Il me regarda marcher. Je me surpris à prêter attention à ne point faire claquer mes talons, posant à peine la pointe du pied sur le parquet. Alors, je marchai franchement, un pas claquant, puis l'autre. Le censeur releva les sourcils broussailleux. Je m'arrêtai. Je retins ma respiration. Il m'observait. J'attendais. J'allais devoir lâcher ma respiration. L'homme haussa enfin les moustaches.

— Vous connaissez l'objet de ma convocation.

— Non, je l'ignore, Monsieur le Censeur.

Debout, dans la pénombre, je devinais une autre silhouette, obscure, masculine.

Le censeur croisa les mains sur le bombement du ventre, entre les revers de son frac, sur la moire du gilet, en dessous de la chaîne d'or.

— Ma charge est de tout connaître de ce qui se passe ici. On m'a parlé de certaine leçon d'histoire que vous auriez cru bon de dispenser à nos jeunes filles.

Nous y voici ! me dis-je.

— Il s'agirait d'une leçon sur les événements de 34.* Avez-vous dispensé une telle leçon ?

— Oui, Monsieur.

— Je vous rappelle que vous êtes ici pour donner la pratique du chant dans le cadre de l'enseignement des arts d'agrément, et pour rien d'autre.

— Permettez-moi de souligner que Blanche possède bien des compétences, Monsieur le Censeur.

C'était une voix chaude dans mon dos. Je me retournai. Félix ! il était là !

Ainsi, c'était lui, la grande silhouette noire, aux favoris et aux cheveux cernés de feu devant la fenêtre. Il avait assisté à l'entrevue dès le début. Ce n'était pas la coutume. D'ordinaire, l'on était convoqué seul au bureau. L'institution Sainte-Cécile, « Maison d'éducation pour les demoiselles », était fermement tenue par la directrice et par le censeur. Des professeurs comme Félix n'avaient droit à la parole que dans leur cours. Quant à moi...

— Il me paraît, Monsieur le Censeur, ajoutait Félix,

---

* 34 : l'une des émeutes les plus fortes et les plus réprimées de Lyon, en 1834 (Voir : « La Souveraine »).

qu'une indication sur les événements, à propos de la chanson des canuts...

— Il ne s'agit pas d'une indication mais d'une leçon donnée sur des événements qui ensanglantèrent Lyon. Une telle leçon est illégitime.

— Si vous permettez encore, Monsieur le censeur, disons simplement :... « inopportune ».

— Non, Chastagner, il y a des lois à ce sujet.

— Ces lois sont des textes officiels. Ce qui est une chose. Autre chose est la nécessité morale pour l'éducateur. On ne peut éduquer par le silence...

Enfin, Félix parlait ! Le professeur socialiste que l'on gardait à la condition de son silence n'avait pu se retenir. Ah, Félix ! Je te reconnais enfin !

Sa défense de notre mission me galvanisa. Je me risquai à prendre la parole. Je déclarai que, s'il était vrai que je ne me trouvais à l'établissement seulement pour enseigner le chant et la musique, il me semblait que, quelle que fût sa discipline, une institutrice avait pour toute loi celle de l'intelligence. Donner l'intelligence du monde par la connaissance du présent et du passé, et donc faire connaître l'histoire, c'était bien là notre mission d'enseignant.

Le censeur eut un hochement de tête agacé :

— Je ne doute pas que vous ayez une hôôôte conception de votre mission, dit-il sarcastiquement.

— Haute ? Je ne sais, Monsieur le Censeur. Je la qualifierais plutôt de... d'optimiste. Je crois en la puissance du savoir, et je crois en ma mission de le transmettre aux enfants du peuple.

— Vraiment ! Prétendre donner la science au peuple ! Ah ! ah ! Vous êtes bien présomptueuse, Blanche Rougon. Tout le monde n'est pas Victor Hugo, savez-vous !

— Je le sais bien, Monsieur. Et je sais également que l'on peut d'autant moins prétendre être Victor Hugo que l'on est femme.

— Parlons-en ! A votre place, je me contiendrais dans

mon rôle de femme institutrice de femmes. Elle en enseigne toujours assez quand elle apprend à être avenante. Soignez-nous donc ces qualités chez nos jeunes personnes et ne leur donnez pas trop d'idées dont elles n'ont que faire !

— Monsieur, je n'ai jamais caché que j'aime profondément contribuer à l'instruction des jeunes filles. Mais je déclare haut et net que je n'aurais de goût à élever des oies !

— Mais... je n'en ai jamais douté, voyons...

— Qu'est-ce donc pour vous qu'une femme ?

— Vous voici bien impertinente ! Au demeurant, la devinette est corsée.

— On assure que de nouveaux esprits s'attacheraient à nous découvrir une âme de domestique ou de courtisane. En attendant, sachez, Monsieur, qu'il est certaines femmes libres qui fument la pipe, se vêtent d'un pantalon et écrivent la vie du peuple !

— Je ne laisserais pas séjourner plus d'une minute ce genre de femme dans notre institution ! Et vous, Chastagner, vous garderiez dans votre cuisine une telle virago cachant sa nature de femme sous un masque et sous d'artificiels attributs masculins ?

— N... non... évidemment... si elle correspondait au portrait que vous en faites, grommela Félix.

— Soyons clair, Blanche Rougon, conclut le censeur en joignant ses mains à manchettes blanches devant son nez, je ne puis vous empêcher d'avoir pour modèle des femmes à pipe. Mais dans votre rôle à l'institution, il faut choisir : enseigner le chant selon la tradition, sans déborder de votre enseignement, ou quitter cette maison.

Félix se taisait. Derrière lui se dressait la bibliothèque. Velours pourpre et cuir noir s'alliaient en un teint de miroir, derrière la vitre, sur laquelle paraissait le reflet flou de mon visage, l'ovale blanc, la raie divisant mes cheveux en deux masses sombres et les deux arcs allongés de mes sourcils.

— Ecoutez-moi bien. Il faut oublier le sang. Il faut oublier ! insista le censeur d'une voix appuyée.

Dans la vitre, je crus voir que l'ovale s'étirait, les machoires se marquaient, les cheveux noirs raccourcissaient leurs boucles, un pli soucieux se marquait entre les sourcils sombres. Grand-père ! Le portrait de grand-père ! Au lieu de voir mon image, j'apercevais celle de grand-père. On avait toujours dit que je lui ressemblais.

— Non, Monsieur. Je ne peux oublier, répondis-je. Non, Monsieur, je ne veux pas me taire.

Félix se leva, s'approcha du bureau du principal et sourit un peu servilement, :

— Soyez compréhensif, Monsieur le Censeur. Il est parfois des moments difficiles... Je suis certain qu'elle réfléchira.

— C'est cela, qu'elle réfléchisse !

Nous étions face à face, immobiles, silencieux. Une mouche eût causé un énorme vacarme.

— C'est tout réfléchi, Messieurs !

Je fis demi tour, gagnai la porte, l'ouvris et, bougeant à peine la tête :

— Mon grand-père, François Lacourtensourt, manqua laisser la vie dans la rue, en 34. Noble par le sang, il avait jugé bon de l'être également par le cœur en choisissant le camp des canuts.* L'honneur demande qu'on ne taise une telle histoire messieurs et, s'agissant de son propre aïeul, le cœur commande de la dire.

---

* Canut : Blanche parle, à la manière de son romantique grand-père, des « canuts » révoltés ; en réalité, (en partie déjà en 34 et de plus en plus généralement jusqu'à l'époque de ce récit : été 89 et printemps 71) c'étaient bien plutôt les compagnons ouvriers qui se révoltaient que les « canuts » : chefs d'ateliers, lesquels étaient plutôt modérés ou du côté des patrons « fabricants ».

Ainsi, j'ai le choix entre me taire ou partir ? C'est dire que la décision était tracée d'avance !

Le censeur s'était placé debout devant la fenêtre, le dos tourné, et grommelait en soulevant un coin du rideau, que j'avais tort mais qu'il n'attendait pas autre chose de la fille de Virgile Rougon.

— Avez-vous connu mon père ?

— Un peu, oui.

— Au moment de sa révocation ?

— A ce moment, en effet.

— Qui l'a dénoncé aux flics du prince-usurpateur de la République ?

— Vous me demandez si je sais qui a indiqué votre père aux enquêteurs de l'Empereur ? Si je le savais, je ne le dirais pas.

La tête droit devant, sans un regard en arrière, je passai calmement la porte en jetant : « Je vous salue, Messieurs ! »

La soirée était tiède et le boulevard Napoléon* modérément animé à l'heure où finit le jour.

Je retournai la tête.

Le bâtiment noir de l'institution Sainte-Cécile s'élevait derrière les murs de clôture de l'ancien couvent. Les grilles forgées du portail d'entrée traçaient des barreaux verticaux surmontés de piques. Au-dessus des platanes nonchalants montait la morne façade de galets percée de rares fenêtres. Le toit lui-même, aux colombages ombreux et noircis par les ans, achevait de faire du bâtiment, un entrepôt

---

* Bd Napoléon : boulevard de la Croix Rousse (voir ci-après).

Quelques noms de rues à Lyon alors :

Rue Bourbon = rue Victor-Hugo
Rue Impériale = rue de la République
Place Impériale = place de la République
Rue de l'Impératrice = rue Edouard-Herriot
Place de la Visitation = place Marcel-Bertone

transformé, un mélancolique hybride de magasin et d'école, en retrait du boulevard animé et joyeux.

Sur la fourmilière de la Croix Rousse, on avait implanté un champignon au venin mélancolique et j'avais animé comme un vers ce champignon vénéneux des années durant !

Par dessus tout cela, le ciel était sombre, couleur de pavé et les rares réverbères se trouvaient loin de moi.

Au-dessous, au pied de la pente tapissée de toits, la Presqu'île était peu à peu noyée d'ombre d'où émergeaient encore les clartés des beffrois de l'Hôtel-Dieu, de l'Hôtel de Ville, les flèches de Saint-Nizier, de Saint-Jean... Les rues, quais, ponts, édifices, clochers s'estompaient, tandis que jaillissaient un à un des points de feu qui formaient des lignes, des courbes, des croisements de rues, des arcs de ponts... Une traînée de poudre d'étincelles remontait les rives du Rhône et de la Saône, se répandait sur la Presqu'île et s'en allait s'éteindre quelque part au nord.

Descendre ! J'eus soudain le désir de descendre. Descendre vers les candélabres flamboyants, dans le clair et le vaste d'une maison bourgeoise. Descendre vers les lumières de la Presqu'île, les quartiers aux mille réverbères, aux rampes de gaz, aux cafés illuminés. Descendre vers la lumière que l'on sentait flamber au loin, quand le vent du Midi remontait la chaleur. Descendre vers la lumière que l'on sentait brûler là-bas, quelque part en aval d'où, les nuits obscures, provenait une vague blancheur.

Je commençai à dégringoler la montée des Carmélites qui s'enfonçait entre les murs étroits vers les grandes avenues et les quais. Au fur et à mesure que je dévalais sur le pavé cahoteux, je me tordais les pieds dans mes brodequins à petits talons. Je regrettais de ne pas avoir chaussé des souliers à talons plats.

Enfin, le ciel ouvert du cours des Chartreux offrait la rumeur refluant du bas de la ville et un soulagement à mes pieds. Je humai un instant les remugles qui émanaient de la brume blanchâtre émulsionnée de lumière baignant la ville. Cela sentait la sueur, le graillon et l'égoût.

En face, une masse ténébreuse, lourdement dressée, piquetée de coups d'épingles laissant filtrer de minuscules lueurs, les cierges de la colline de Fourvières où l'on priait dans les couvents. Tout ceci faisait face à la Croix Rousse, aux rues où l'on manifestait, aux ateliers où l'on travaillait. Par dessus le vide blanc qui surplombait la Saône, deux pans du monde se dressaient.

Deux montagnes, l'une où trône la Vierge, une vierge d'or qui a la tête dans le ciel ; l'autre où, sur la crête déchirée comme celle d'un volcan, vit une population qui a faim dans le ventre et les pieds dans la boue. On entend sonner les cloches tout le jour au sommet de Fourvières. Tout le jour les métiers battent de l'aile sur les hauteurs de la Croix Rousse.

Un bruit de charroi, coupé de coups de fouet, montait. C'était une voiture, encore au bas du cours.

Le trottoir de terre battue devenait gris-noir, comme recouvert de poudre à canon. C'était le crépuscule.

Aux premiers jours de l'été 1869, l'atmosphère pesait, obscure et épaisse. On pouvait dire l'Empire à bout de souffle. Ainsi faisaient le malheureux et l'utopiste, l'Insurgé et l'Insoumis ou même simplement le libéral. Mais les élections du Corps législatif donnaient encore la majorité aux gouvernementaux. Malgré la victoire des républicains radicaux à Lyon et le triomphe du vieux Raspail* à la Guillotière, l'Empire restait l'empire. On faisait donner la troupe tirant à balles contre les mineurs de La Ricamarie,

---

* Raspail : « l'homme de toutes les insurrections et de tous les complots » (M.Moissonnier) venait d'être brillamment élu au faubourg populaire de la Guillotière et comptait parmi les républicains radicaux poussés à la Chambre par le glissement à gauche aux élections de 1869.

cependant que les comtesses et les commandantes se pavanaient dans leurs atours de millionnaires à Bellecour.

Le ferraillement de la voiture se rapprochait. Je me retournai. C'était un landau découvert d'où dépassait un haut de forme. Quelque bourgeois en promenade sur le cours qui labourait la pente de la Croix Rousse.

Pendant ce temps, sur cette colline, les filles de la Croix Rousse devaient achever leur interminable journée commencée à l'aurore, avec pour tout souper la troisième « soupe d'ovaliste », au pain trempé dans un jus de légumes, carottes, choux, pommes de terre, que la bourgeoise avait précieusement mis de côté afin de servir à la soupe du lendemain. Et, à cette heure, les ouvrières avaient encore à travailler... et de même les institutrices !

Je pris en direction du haut.

Je marchais sur le cours, remontant vers le boulevard Napoléon, vers le plateau. J'escaladais dans le soir lourd la pente de la Croix Rousse. Les coups de fers et les roulements ferraillant se rapprochaient dans mon dos. Je jetai un nouveau coup d'œil. C'était un landau gris d'argent dont les quatre roues sautillaient sur le pavé. Droit au milieu du siège arrière, un homme tenait les rênes, distraitement. Il tourna la tête, m'aperçut, retint ses chevaux et se découvrit.

« Il fait bien lourd pour monter le cours à pied. Puis-je vous proposer ma voiture, madame ? » disait-il en se penchant. Je m'arrêtai.

Derrière l'homme au chapeau noir, je voyais la poussière de lumière de la ville et la sanie des nuées des faubourgs. La ville flamboyait de mille réverbères où brûlait le gaz que fabriquaient mille et mille hommes suant et saignant dans les mines et les usines asphyxiantes.

Cependant les nuées n'étaient pas totalement obscures. L'Empire se libéralisait sous les coups de boutoir des journaux et des grévistes. Les réunions venaient d'être autorisées. La presse pouvait maintenant parler. On allait reprendre la parole, après vingt ans de silence.

Une feuille volante venait d'arriver partout en ville, dans nos hauts quartiers de canuts surtout, où le vent est vif et porte volontiers les feuilles républicaines. Un texte signé Albert Richard annonçait « l'arrivée de Raspail à la Chambre, l'avènement du socialisme de 1830 et de 1848, préparant l'avènement du nouveau socialisme qui se développe et s'organise sous le drapeau de l'Internationale ».

L'homme remit son chapeau noir de sa main gantée de blanc et, comme je ne lui avais pas adressé la parole, se renversa derrière les replis de la capote grise qui masqua sa face. La voiture s'éloigna. Sa lanterne faiblit, se fondit dans l'obscurité. J'eus un vide à la poitrine.

Vers le haut du cours, je vis que s'ouvrait encore une vague éclaircie dans la ténèbre des platanes à la nuit tombante. Sur la gauche, au-delà du muret, par-dessus la mélancolie de la rivière qui traînait en dessous, la rumeur de la ville vivait. Je descendis sur le pavé et fis un pas, deux pas, trois pas de valse au beau milieu du cours ennuité.

Pourquoi donc être triste, puisqu'il y avait de beaux hommes pour m'inviter dans leur voiture ? Si j'eusse accepté, j'eusse peut-être été invitée à un grand bal ! Un, deux, trois !

Un grand bal au cours d'un grand soir de la grande bourgeoisie lyonnaise ! Un bal si brillant, si éclairé ! Je n'y avais pas participé depuis... depuis ma fuite avec Félix...

...deux, trois ! La bourgeoisie, disais-je à voix haute en continuant à danser, plus occupée de casernes et de fabriques que de salles de bal ! plus occupée d'économies que de dépenses ! cachée dans ses vieilles demeures obscures ! L'impératrice de l'ordre, l'épouse du fusilleur, elle vous a bousculé les bourgeois de Lyon ! elle a forcé les avares, elle les a contraints à briller ! forcés à s'habiller, un ! à sortir, deux ! et à danser, trois ! et hop ! un deux trois ! pour ne pas déparer l'empire de lumière aux yeux du monde !

Un, deux, trois ! Un, deux, trois ! Ah, ça ira, ça ira, ça ira ! Ma chère Blanche, quoi qu'on en pense, tu n'es pas condamnée au silence et à l'obscurité ! Tu parleras et tu brilleras ! Il y en aura pour toi, des grands soirs !

Vite ! Vite à demain !

* * *

II

— « Oh ! tu es là ? »

Devant l'imposante silhouette de Félix qui se découpait sur la tapisserie à fleurs mauves, j'avais sauté en arrière, le cœur battant.

A l'entrée dans la salle, je n'y avais vu goutte. La cour était encore noyée d'une obscurité à peine laiteuse qui ne transperçait pas le voile pendu entre les rideaux. J'avais cherché à tâtons sur le buffet de gauche, avais saisi le briquet, l'avais battu. La lampe suspendue au milieu ne se laissait pas facilement ôter son verre, sous l'abat-jour de porcelaine. J'avais dû m'y prendre à deux mains, la poignée de mon sac entre les dents.

Ce faisant, je n'empêchais pas les pensées de se bousculer en ma tête. Il revenait donc comme si de rien n'était ! Lui qui se passait de ma parole n'avait pas su se passer de ma présence. Les hommes, des matamores de chiffon !

Mais je ne croyais pas si bien dire.

J'éclatai de rire. Ah ! ah ! ah ! C'étaient son chapeau

et son manteau accrochés à la patère ! Je restai d'abord toute pensive.

Avoir eu peur de la silhouette de mon amant ! Ainsi, l'habit fait le moine, chez l'homme ! Un chapeau et un manteau, si possible une moustache, et hop ! je vous présente un homme. Et tant pis s'il n'y a rien sous le chapeau, ni même sous le manteau !

Sur le buffet de droite manquait le pot à tabac aux motifs bleus, qui voisinait d'habitude avec les petits vases de porcelaine blanche crénelés.

Il se trouvait sur la table, avec une cruche d'eau, une assiette contenant des restes de couenne noircie, un plat de pâté bien entamé, un verre rougi, le jambon sur son sac ouvert, le pain dans ses miettes. La bouteille de vin était rebouchée. Félix n'avait pas rangé ce matin, ainsi qu'il faisait toujours. Je me servis un verre d'eau de la cruche. Elle était fraîche. La silhouette restait immobile. Et pour cause !

« Félix ! »

La pièce restait aussi silencieuse que sombre.

J'eus envie de cueillir un petit morceau de jambon déjà coupé, d'arracher un bout de pain et, pour une fois, de me servir un demi verre de vin. Je le trouvai âpre et piquant.

Je tirai du tiroir du buffet une feuille de papier et un crayon. Je mouillai le crayon.

« Félix,

Que dire ? Parler est parfois une épreuve sauvage où il faut s'engager avec ses forces tout entières.

Or, voici que tu te ligues avec le Censeur, cet individu si bien nommé, pour me refuser la parole.

Ne t'es-tu avisé que c'était à moi-même de décider face au sort ? Pour me conseiller le silence, as-tu oublié soudain que parler est le propre de l'humain, que toute personne à qui l'on dénie ce droit est bafouée, niée, amputée ?

Félix, lorsque tu t'es trouvé au côté du Censeur pour me dire de me taire, j'ai soudain ressen... »

Ma nuque grésilla. Je me retournai. Il était là, derrière moi, me regardant en silence.

— Toi ?

— Non, c'est l'empereur. Tu... écrivais ?

— Oui. Je t'écrivais. Nous avons à parler, je crois.

— Nous ?

— Tu ne crois pas ?

Sans réponse, il s'assit pour se tailler une tranche de jambon et un morceau de pain. Lorsqu'il eut commencé à mâcher, il tira de la poche de son frac un journal qu'il déplia.

Je m'approchai du miroir de dessus de cheminée. De ma chevelure blonde partagée en bandeaux s'échappaient quelques brins follets, du verre filé. Sur ma robe noire coulaient, depuis le col blanc, les pans d'un ruban rouge noué autour du col et tombant mollement sur la vague impression de la poitrine. Je lissai de la main les petits cheveux rebelles.

Puis, je fis face à Félix.

— Tu n'aurais pas dû revenir, si tu n'as rien à dire, affirmai-je la bouche un peu amère. Ce qu'il te faut, malgré tes grandes idées sociales, c'est une femme soumise. Le repos du guerrier. La favorite qu'on enfourche après la bataille.

Il haussa les sourcils.

— Vois-tu, Félix, tu n'es pas un homme détestable, mais... je désire être une femme... pleinement...

Un profond pli se fit entre ses sourcils.

— Je croyais t'en avoir donné les moyens.

— Qu'est-ce qui fait être... L'action ? l'image ? la pensée ? Plus que tout, sans doute, la parole. Je n'oublierai jamais la description de « L'Insurgé », mon père en réunion électorale raconté par Vingtras, notre ami :

« Dès qu'il arrive aux entrailles de la question, il oublie l'accent du magister et devient, soudain, un frappeur d'idées qui fument sous son coup de marteau à grande volée. Il cogne droit et profond ! C'est le plus redoutable des tribuns parce qu'il est sobre, raisonneur... et bilieux.

C'est la bile du peuple, de l'immense foule au front terreux, qu'il a dans le sang et qui jaunit ses phrases pleines, et qui donne à ses improvisations le ton des médailles de vieil or. »

— Une femme a d'autres registres où elle excelle.

— Ah oui ? Qu'est-ce donc qu'être femme, alors ? Mère ? citoyenne ? courtisane ? Au fond, l'affaire de notre siècle, après qu'on eut renvoyé aux fourneaux celles de nos aïeules qui avaient pris la tribune, c'est de savoir ce qui fait la femme : de sa bouche du haut ou de celle du bas ! Et ce n'est pas une petite affaire !

— Je ne l'ai jamais nié. As-tu des reproches à formuler sur mon attitude ?

En sept ans, je n'avais guère eu de reproche à lui dire. Les souvenirs doux l'emportaient de beaucoup sur ceux qui étaient amers. Et aussi les souvenirs brûlants... Sans parler de tout ce qu'il m'avait donné d'intelligence, des conversations passionnées, de la lecture des feuilles républicaines, de celle du *Progrès*, de ses articles signés Jules Vallès où j'apprenais, par cœur, moi qui n'ai pas la mémoire pointue, les charges contre la censure :

« Les têtes des penseurs ne sont pas toutes coulées dans le même moule et il n'y a pas de mètre pour auner la portée et l'audace d'une phrase écrite. On ne mesurera ici la liberté qu'avec des chaînes. »*

Mais, au bout du compte, Félix était avec le Censeur du côté de ceux qui me faisaient taire.

---

* *Le Progrès de Lyon* : 18 janvier 1865.

— A quoi sert de parler, si l'on ne veut t'écouter et si cela est dangereux pour toi ?

— C'est à moi d'en juger. A moi seule, appuyai-je, en fermant un instant les yeux.

— Les femmes, l'entendis-je prononcer sur un ton qu'il devait croire fin, peuvent-elles juger de l'opportunité de parler ou de se taire ?

Je serrai les mâchoires. J'ouvris les yeux. Puis, je desserrai les dents :

— Vrai ! tu me laisses fermer la bouche pour les mots ? Hé bien, il t'en faudra chercher une autre qui veuille l'ouvrir pour les baisers !

— Comment ?

— Je ne veux plus que tu couches chez moi. Tu trouveras sans grand peine à te faire héberger chez un ami ou à l'institution. Emporte tes vêtements et tes affaires !

La porte claqua sourdement, sinistrement. Il était parti sans un mot. Il avait oublié une chose par-ci, une autre par-là. J'en fis un balluchon. Je ne lui en voulais pas. Les choses n'étaient plus ce qu'elles avaient été. Voilà tout.

Je me reservis un demi-verre de vin. C'était toujours âpre et toujours piquant.

Le moins que je pouvais dire, c'est que je ne devais pas à Félix le pouvoir et le savoir du vin !

Mais je savais et je voulais savoir toujours ce que je lui devais. Encore bourgeoise entamant une vie morne, égoïste et frustrée avec son négociant de mari, j'avais rencontré en lui l'appréciation de mes états d'âme, l'aide à penser. J'avais rencontré en lui : moi, la femme.

J'ai trouvé en toi la sûreté de qui sait ce qu'il veut, la clarté de qui connaît que vivre se remporte toujours à coups d'yeux et de poings, quelque naïveté et beaucoup de courage pour toujours poursuivre tes combats politiques aux côtés des proudhoniens. Je savais Proudhon misogyne. Cela m'amusait et me confortait dans l'idée qu'il faut aussi un combat de femme comme celui de Flora Tristan. Je vois aujourd'hui que, toi aussi, tu es misogyne, ainsi, peut-être, que tous les hommes, même ceux dont nous sommes déesses.

Une gorgée de vinaigre donna une soudaine acuité à mon jugement.

On hait celui qu'on aime ! Telle est sans doute l'ambiguïté majeure. Dans cette grande affaire entre le moi et l'autre, les choses ne sont pas d'un bloc... et peut-être aime-t-on celui qu'on doit haïr.

Maintenant, il m'apparaît que la folie de la bourgeoisie et la sagesse du peuple ont besoin l'une de l'autre. Et dire qu'ils se saignent en génocides réciproques ! Peut-être notre siècle est-il le premier à savoir que le pire malheur est possible par l'homme : l'esclavage d'enfants enchaînés sous terre, les carnages immenses sur les champs de batailles pour la Liberté et les fusillades à pleines fournées applaudies et fêtées d'orphéons dans nos rues ; et à savoir que tout est possible à l'homme, les ponts en dentelles d'acier se jouant de l'espace, les chemins de fer se riant du temps, la foule de toutes les femmes revêtues la nuit d'atours de princesses sous des myriades de becs de gaz palliant la lumière du jour, les palais des mille et une nuits élevés en plein Paris à de simples filles du trottoir pour leurs beaux yeux (enfin, si l'on peut dire !)...

Une autre gorgée de vinaigre me confirma dans mon opinion. Je ne devais pas à Félix le pouvoir et le savoir du vin.

Mais je ne pouvais pas lui laisser, comme cela, son balluchon sans commentaire.

Je pris une feuille blanche et, de nouveau, mouillai le crayon :

« Félix,

Sans doute cela est bien abruptement annoncé. Mais considère que je n'ai pas le choix.

Félix, c'est fini entre nous.

J'aurais pourtant voulu que cela fût dit et que cela le fût ensemble, à deux.

Tout comme j'aimerais que la fin, la rupture ne soit suivie de l'inconnu, l'absence, le néant. Pourquoi ignorer soudain qui fut présent sans cesse dans sa vie ? Pourquoi brûler ce qu'on a adoré ? Il faudrait ne pas jeter les restes.

Tu étais mon dieu et mon léviathan. Tu n'es plus qu'un convive chagrin et un sourd qui me réduit au mutisme.

C'est pourquoi je t'écris pour te dire que nous, c'est fini. Ironie du sort, ce sont tes leçons qui m'aident à comprendre. Le couple est un lieu d'être et aussi de néant, lieu de suprême désir et séjour d'où il faut sortir pour être.

Il est inutile, ce me semble, que nous cherchions à nous revoir dans les jours qui suivent. Mais j'espère que nous nous reverrons.

Adieu et bonne chance.

Blanche. »

Il restait à épingler la lettre cachetée sur le balluchon posé devant la porte, avec la mention : « *Pour Félix* ».

Je me trouvais près de la porte fermée, immobile, la tête et le corps vides, le regard fixe sur la serrure, sans force pour l'ouvrir. Une chose était de juger, une autre d'exécuter !

Encore une gorgée de vin ! Le verre presque vide était teinté de rose violacé jusqu'à mi-hauteur où l'avait empli le liquide. Il fleurait nettement le vinaigre.

Bigre ! Si c'est à ce prix qu'il faut conquérir la parole ! me dis-je.

« Tiens, Blanche ! trempe les lèvres. Mais souviens-toi, commence par mirer et humer ! »

Je me dressais sur ma chaise d'enfant. Je mirais le verre à pied que j'avais si peur de casser, en le levant comme un saint-sacrement. Il tremblait un vin d'or aux légers reflets verts. Je humais en baissant la tête, les yeux clos, l'arôme de noisette un peu vanillée. Puis, retenant ma respiration, je plongeais les lèvres et la langue dans un monde exotique, désert brûlant d'abord, puis moelleux champ de fleurs, conte de fées barbare et doux. Père m'initiait en me faisant déjà goûter son meursault du dimanche. De ses débuts près de Chalon-sur-Saône, il avait gardé un ami qui le fournissait en expédiant le tonnelet par bâteau.

C'était un tout autre nectar que celui-ci ! En attendant, ceci est le calice. On ne choisit pas toujours ses vins ni ses chemins...

« Père, fis-je en levant le verre violacé, je bois à la fidélité, dût-elle être des plus acides ! On veut me museler comme on t'a muselé. Bien. Cela veut dire que je vais me battre pour nous deux. Allez ! je paierai le prix, mais je parlerai ! »

Et je lampai la gorgée restante de liquide, mélange sans arôme de fadeur, d'âpreté et d'acidité.

Comme par hasard, j'aperçus par la porte entrebâillée, le portrait de grand-père. Dans le médaillon qui trônait au-dessus de mon lit, François Lacourtensourt me regardait fixement. Comme toujours, mon cœur battait devant les joues creusées dans le visage ovale, les machoires marquées, les cheveux noirs bouclés en bataille, un pli soucieux entre les sourcils sombres.

« Et à toi, grand-père, proférai-je, les dents serrées, je t'en fais la promesse, je retrouverai ou je vengerai Virgile Rougon ! »

Je devais d'abord rechercher le dénonciateur. Mais je n'avais aucun indice. La quête commençait dans le brouillard.

* * *

III

Comment pouvait-on me trouver jolie, avec mes bandeaux plats, mon chignon dans le cou et mes boucles qui coulaient en désordre ?

Dans le petit miroir de mon coin de toilette, je tâchais d'ordonner un peu le tout. Le cuivre clair des cheveux n'était pas laid, pas plus que l'incarnat du front. Mais, à côté du teint lumineux de certaines femmes ! Ma bourse ne permettait que l'usage de vinaigre fin et d'eau de rose pour le teint. Peste de boucles ! Mes boucles blondes étaient récalcitrantes et je n'avais pas de patience ce soir-là. Peste de peste ! Je jetai sur le tout mon chapeau à bavolet, montai sur une chaise pour souffler la suspension et claquai la porte avant de dévaler l'escalier.

Quelques dizaines de mètres en dessous, c'était la Saône. Ouf ! Dans l'épaisse lourdeur de cette fin juin, la fine brise qui suivait la rivière était si bienvenue ! Je levai le visage, les yeux clos, et j'aspirai à flots l'air frais, accoudée à la balustrade qui barrait l'extrémité du boulevard en surplombant le fleuve. Le silence était traversé du lent coulis de la brise, comme une respiration d'enfant.

Un tintement de cloche arriva, grêle, grave, puis grêle encore, variant au gré du vent.

J'ouvris les yeux. Cela venait des environs de la gare d'eau. Une double ligne de feux se mouvait lentement vers l'amont. Quelque bâteau en partance pour Mâcon.

Aurais-je un jour le privilège de partir ? Remonter la Saône, apercevoir les vignes légendaires, suivre les courbes généreuses, passer les villes redoutables, les jardins inconnus, et atteindre la source où jaillit le liquide initial ?

Soudain, je sentais ma tête lourde et vide. J'étais seule. Seule. Enclose à l'air libre. Après sept ans de vie commune avec Félix et huit années de fonction à l'institution, plus personne ne m'attendrait, ni la nuit, ni le jour. Finis les retours exultants de l'homme au terme d'une longue soirée de travail. Finies les ivresses d'un cours difficile emporté comme un assaut !

Autour du bateau se brouillait un salmigondis de piqûres lumineuses qu'on eût dit toutes immobiles, tant l'on distinguait mal à cette heure, entre la nuit et le jour. Au-dessus de cette rive courbe se tendait l'ombre outremer de la colline de Vaise, sous le rideau plombé du ciel qui se reflétait, en amalgame obscur dans les lentes rotondités du cours d'eau. La brise fraîchit encore. Soudain, une déchirure ouvrit la nuée. Un dernier flot de lueur sanguine se déversa dans la Saône. La rivière se mit un instant à charrier des flots de sang. Puis, ce furent les ténèbres.

Il faisait sombre en moi comme sur la Saône. Une boule se noua dans ma gorge. Mon souffle se retint. Mes jambes mollirent. Je m'accrochai des deux mains à la balustrade. Il est de ces moments où l'on se sent si peu de chose. On croit pouvoir cesser de respirer sans rien déranger. En bas, l'eau noire était calme, attirante.

Je me penchai, me haussai sur la pointe des pieds pour me pencher davantage.

« Zainte mère des belles, z'est pas vrai qu'elle va zauder ! » tonna une voix de rogomme à mon oreille.

Je tournai la tête pour recevoir un jet d'ail et de vinaigre en plein nez. Le bonhomme avait belle tournure, en frac fripé, haut-de-forme poussiéreux et col cassé tâché. Sa cravate était plus qu'à la diable, il vacillait sur ses jambes en me regardant, et ce qu'il empestait l'ail et le vinaigre !

— Bedide, z'avez pas he droit de vaire za !

— Plaît-il ?

— De zauder dans la Zaône !

— Mais... et en admettant que j'en eusse envie, pourquoi n'eussé-je pas le droit, je vous prie ?

— Mais, bedide, gand on est dotée gomme vous, c'est un grime gondre l'humanité ! déclara-t-il solennellement en mimant un bas arrondi d'une main et en levant le doigt de l'autre pour prendre le ciel à témoin.

Crime contre l'humanité ? Je songeai un moment. J'avais déjà entendu cette façon de dire.

— Je vous remercie du compliment, répondis-je en souriant. Mais, la dot, ainsi que vous dites, est loin de suffire dans le monde.

— Moi, elle me zuvvit abzolument ! dit-il. Et, ce faisant, il abaissa sa main pour...

— Oh ! Monsieur ! Vous devriez avoir honte ! dis-je quand j'eus reçu sa claque sur mes fesses.

— Honde d'aimer ze qui est beau ? Vous blaizandez ! A bart za et le vin, y a rien qui vaille la beine !

— J'y suis ! Vous êtes Lucien, l'ami de mon père, Virgile !

C'était bien lui, Lucien, le collègue et ami de mon père, la voix toujours pâteuse après midi, avec quelques rides et surtout un peu d'embonpoint en sus.

— Guoi ? Guèsgue bous dides ?

— Je suis la fille de Virgile Rougon. !

— Rouzon ! Zagré vilou, va ! En voilà une belle ville et une zagré dot !

— Merci encore. Voulez-vous me rendre un service ?

Il souleva son chapeau en se cassant en deux.

— La rébonze ba de zoi.

— Qui a dénoncé mon père ?

— Zi ze le zavais, ze de le dirais... mais...

— Connaissez-vous qui sait ?

— Du bourrais inderroger le badron du « bedibaradi ».

— Je vous demande pardon ?

— Le badron du « bedibaradi » !

Le *Petit Paradis* était un estaminet situé place de la Croix Rousse.

L'ami Lucien s'est éloigné en répétant, la démarche zézeyant plus encore que le discours : « groyez-moi, za et le vin, za vaut la beine ! »

Pfouat ! Une sorte de cri, comme celui d'une hirondelle bien enrouée ! C'était la corne d'un bâteau à vapeur qui passait, en bas, juste en dessous de la falaise, étincelant de tous ses fanaux, haletant de l'haleine de ses machines. Il filait discrètement, n'était cet avorton de petit cri, de la force du courant et de celle des moteurs conjuguées. Il voguait sans entrave. Il partait vers l'aval, le Midi, la lumière.

Za vaut la beine... me répétai-je songeuse en me frictionnant la dot dont il était question dans les propos de l'homme. Allons, Blanche ! Assez crevé tes yeux à scruter les ténèbres ! La lumière déborde dans les pays du Sud. Et puis, en attendant, il y a de la lumière dans la rue, sous chaque bec de gaz du boulevard Napoléon remontant place de la Croix Rousse !

A hauteur de l'église des Chartreux, un son m'intrigua. Je m'arrêtai de marcher. Je tendis l'oreille. Entre les souffles alentis des machines à vapeur, quelque écho de fête semblait remonter des bas quartiers. Je me remis à marcher. Au fur et à mesure que je progressais vers la mairie et le Rhône, l'écho croissait.

Le boulevard Napoléon offrait ses zones de lumière jaune autour des réverbères où l'on pouvait apercevoir, entre deux zones d'ombre verte, un pan du mur de l'ancien couvent, la façade de l'institution, une maison bourgeoise. Les aires de lumière béaient, silencieuses et vides, animées seulement par les nuées de moucherons qui sarabandaient autour des glaces des becs de gaz.

Cependant, un vaste espace s'ouvrait sur la droite, où l'on devinait que l'on dominait Lyon, entre le boulevard et les toits en contrebas, un morceau de campagne entre deux villes, la basse et la haute, un lieu où les ténèbres étaient ici et là trouées par la blancheur de draps étendus, par l'argent des buissons et par les reflets d'étain de grosses pierres émergeant du tapis d'herbe obscur. La silhouette noire d'un chien, se découpant sur le semis des étoiles de la ville, aboyait à la lune. Je frissonnai.

Plus loin, en continuant le boulevard percé par le préfet de l'Empire et ouvrant sur la Croix Rousse une ligne de communication dans le fief rebelle, partaient les anciennes venelles sombres, descendant sur la droite vers les Terreaux, à cette heure encore parcourues. Mais on ne portait plus ni ballots ni pièces de soie. On allait et venait, entrait et sortait dans les lumières jaunes des « porte-pots »*. On devisait, le pot de verre noir à la main. On parlait haut. On échangeait des quolibets. La nuit chaude de la Croix Rousse commençait.

J'entendis à nouveau les bruits. C'était maintenant certain, il s'agissait de quelque cortège de fêtards dont les cris et les chants se distinguaient de mieux en mieux des souffles lents des machines à vapeur des Chartreux.

Soudain, au débouché de la montée des Carmélites, alors que le son était devenu un véritable vacarme, je donnai presque du nez contre une bande. Quel hourvari ! Ici l'on

---

* « Porte-pots » : épiciers débitants de boisson.

discourait en tonitruant. Là on criait, on chantait, on dansait.

On, c'étaient des femmes qui hantaient ainsi la rue de nuit ! Je les vis tout de suite, malgré que la troupe ne fût encore pas dans la lumière du boulevard : c'étaient les « démones » !

Mon cœur prit la sarabande. J'allais me trouver seule face à elles. Les illettrées, sans pudeur ni respect, avançaient dans la nuit. Je ne les connaissais guère. Et pourtant, je les connaissais tant ! Ici, à la Croix Rousse, parmi ceux que je fréquentais à l'institution, tout le monde connaissait ces filles, si misérables qu'on les redoutait. Elles parlaient fort en « Lyonnais de la Grand'Côte », le jargon ouvrier que je ne comprenais guère. Elles allaient, toujours sur le haut du pavé, la tête droite, en robes recouvertes de tabliers de bougran marron sombre et laid, ou bien accoutrées de tenues provocatrices de bourgeoises trop décolletées. Elles levaient la jambe et montraient le bras. Elles étaient sales et mal coiffées. Elles affichaient leurs faces noircies des yeux et rougies des lèvres. Elles sentaient la poule. C'étaient les ouvrières.

Nul ne savait ce qu'il risquait à se trouver seul la nuit devant une horde de « démones ». Car les filles de la Croix Rousse portaient sur elles les stigmates d'une vie malsaine et dissolue. L'Hôtel-Dieu et la Charité regorgeaient d'ouvrières, poitrinaires ou vénériennes, ou sinon les jambes gonflées et variqueuses. La nuit, les sergents de ville en ramassaient par bandes à se faire débaucher dans le parc de la Tête d'Or. Aussi souvent qu'à l'atelier obscur et puant, on les trouvait sur le trottoir, maigres, les yeux luisants de fièvre, de vin et de vice, jargonnant si haut qu'on eût juré qu'elles criaient. C'étaient les filles de la ville haute, les « démones ».

On ne parlait d'elles qu'à voix basse à Bellecour et dans toute la Presqu'île. Des terrasses de cafés ou des fenêtres bourgeoises, on prononçait ce mot de « démone » avec un coup d'œil inquiet par la rue impériale ou la rue de l'Impératrice qui offraient au bout de leur enfilade de façades ouvragées, la vue de l'acropole ouvrière feuilletée de toits rouges et de murs gris, où les maisons se montaient les unes sur les autres, le ventre plein à craquer de métiers jacquard.

Ce soir, les démones remontaient des ruelles, des escaliers et des traboules*. Elle sortaient du monde de la Grand' Côte, étroit et puant où brillait la lumière surnaturelle des lampes pendues aux portes, suspensions de vinaigres ou enseignes de bordels. Elles venaient des enfers.

Une lourdeur s'abattit sur moi, indéfinissable. Je détestais avoir peur. Je me mordis la lèvre. As-tu peur des démones, mon ange ? Mais la lourdeur croissait. Elle pesait surtout sur ma nuque. J'avais peur.

Alors, je regardai dans mon dos. Derrière un tronc de platane un homme à moustaches et mouche jaunes, les yeux luisants, observait la scène. Il s'éclipsa dans l'ombre.

Afin de ne pas rester seule, je me rapprochai des démones.

* * *

* Traboules : passages tortueux en ruelles et escaliers au travers de pâtés de maisons, typiques du vieux Lyon.

IV

« Hé drolettes* ! bougez-vous un peu ! Que c'est pas le tout de faire de z'œils grands comme de châtières ! »

Encore éloignée de moi, la démone criait d'une voix rauque et grave vers les hautes fenêtres. Son image se détachait sur le noir du ciel vide, au-dessus de la pente rapide dévalant vers le fleuve. Plutôt menue, ses formes se marquant cependant, elle se révélait, à mesure que j'approchais, tendant des bras ronds et se haussant sur des pieds robustes. Sa robe de coton fin se tendait sur sa chair. Son corps se devinait, sa poitrine gonflant le corsage et ses hanches tirant dissymétriquement le plissé qui les ceignait, une fesse nerveuse levée, un genou avançant.

Lorsque les filles avaient, sans s'inquiéter de moi le moins du monde, pris le boulevard en direction de la mairie, j'avais pu les observer à loisir. Elles sautaient,

---

* Voir le glossaire p. 349.

dansaient, couraient. Certaines portaient avec grâce le tablier de travail qui me fit reconnaître des ouvrières. Elles voletaient sur le pavé.

Je les trouvai légères, mais légères ! Cette légèreté m'étonna. Attendais-je l'humilité feinte des criminelles ou bien, que sais-je, la grâce bovine des maraîchères ? D'autres allaient en atours de promenade bigarrés, chapeau, petit sac et ombrelle. Mon étonnement ne fit que croître. Quelle grâce, cette brunette aux bras luisants ! Et la petite rousse au décolleté laiteux saupiqué de taches de rousseur...

Que disait-on d'elles ? qu'elles n'étaient point femmes ? Je voyais bien qu'elles l'étaient, femmes, autant que d'autres. Autrement, sans doute... Des femmes à l'esprit espiègle et au corps sans honte ! Etait-ce la circonstance qui me faisait plus réceptive ? Je restai admirative, regardant benoîtement s'éloigner ces filles qui eussent dû me choquer. Car elles me laissèrent sur place de leur rapide pas de danse.

Je courus alors, afin de les rattraper. Je ne pouvais réprimer l'envie de les voir. De plus, j'étais intriguée. Un soir de semaine, cette promenade en groupe qui avait tout l'air d'une cavalcade devait être pour le moins inhabituelle.

Nous étions arrivées au bout du boulevard, puis avions descendu par la montée Berajous donnant sur l'arrivée du pont Saint-Clair, sur le Rhône. Nous nous trouvions attroupées à mi-pente, au-dessus du cours qui voisinait avec le quai, dans une pénombre de nuit grisâtre qu'éclairaient à peine au-dessus de nous les hautes façades blanches ou claires des maisons de canuts.

« Hé ! les drolettes ! »

Peu à peu, certaines fenêtres s'ouvraient, donnaient de la lumière et des visages s'y montraient.

— Mettez les moulins en arrête et venez vous-z'en n'avec nous autres chanter la messe aux patrons !

— En quoi ça nous arregarde ?

— Z'êtes borgnes d'un œil et voyez rien de l'autre !

répondait l'oratrice, si voyez pas que ça vous arregarde ! Que c'est tout le bout du monde si en cigrollant leurs moulins tout le jour, elles arrivent à manger une soupe ! Voyez, vous êtes encore à la tâche, qu'on va vers la minuit. Les douze heures sont passées depuis longtemps ! Ce que vous cigrollez entre ces quatre murs, de l'aube au crépuscule, et souvent bien plus nuit, c'est pas une vie !

— Non, renchérissait-on, c'est pas une vie ! »

Pas une vie... Etait-ce plus ou moins une vie que la mienne ? A dix-neuf ans, la robe noire, sur recommandation de la famille Delaunay à Monsieur Poncin, directeur de l'institution de jeunes garçons, cela avait été les surveillances, les répétitions, les prières, les pensums, les confessions, les corrections... Quittée l'institution de Poncin, j'avais tenté ma chance comme institutrice libre. Mais, après ma rupture avec ma famille, les élèves de la bourgeoisie boudèrent. Il ne me resta qu'à accepter l'offre de l'institution Sainte-Lucie qui cherchait un professeur de chant. Ce n'était pas le Pérou. Au fond, mes jours et mes nuits furent-ils plus paradisiaques, moins infernaux que ceux de ces filles ?

« Dix-huit sous par jour ! Enfin, Blanche, disait Félix, tu devrais me laisser demander une augmentation pour toi. Tu es très appréciée des enfants et, partant, tu l'es de tous. Quelques diplômes d'université ne rendent pas plus compétent face aux élèves. Dix-huit sous ! Pas même un franc ! Je crois rêver ! Je gagne plus du double ! »

L'oratrice continuait. Et tout ça, toute cette journée de labeur à l'ovale* pour un franc cinquante par jour ! Pour elles, les filles ! Et le double, pour les quelques hommes

* L'« ovale » est la pièce centrale et motrice du moulin qui sert à tordre la soie grège en fil avant le tissage (l'ouvrière qui accomplit la tâche est l'ovaliste).

qui travaillaient avec elles. Etait-ce ça, la Justice, ce mot que l'empereur avait toujours en bouche ?

Un homme valait deux femmes ! Aussi les patrons n'employaient-ils que très peu d'hommes. La soie était bien le domaine presque réservé des femmes. Elles y travaillaient depuis la feuille du mûrier à la magnanerie de l'Ardèche, jusqu'à l'atelier de mode et de confection dans la Presqu'île, en passant par l'atelier de moulinage sur la Croix Rousse. Aux Chartreux, on en comptait quelque cent cinquante, à ce que l'on disait, pour moins de dix hommes. Et cette nuit, elles occupaient la rue. Cela s'entendait à leur accent, bien des filles venaient des montagnes, tons rocailleux des Cévennes, chantants du Livradois. D'autres accents plus étranges laissaient deviner des Piémontaises. Mais d'où que fût leur origine, elles parlaient plus ou moins la même langue :

« Un franc cinquante ! dis pas de gognandises, que sommes presque toutes à cigroller pour un vingt-cinq ! »

Je ne sursautai pas. Avec les jours chômés, cela devait faire, bon an mal an, un salaire équivalent au mien. Comme ce qui avait été le mien ! Car je n'étais plus employée. Je n'étais plus institutrice, plus professeur de chant. Plus rien !

L'oratrice tendit le doigt en direction des filles aux fenêtres.

— La journée, elle est longue comme un viédaze ! Et après, c'est-y quoi que faites ?

— Oh, i'en a, savons bien ce que vont faire !

— Ah ! ah ! oui, le savons ! Pauvre vierge de la Visitation, va ! A part toi, descendons toutes courater les trottoirs ! ricanait une jeunette.

— Ouais, mais faut pas confondre, corrige une autre, sommes qu'« insoumises »*.

---

* Insoumise : non inscrite ni soumise à la police (contrairement aux filles « en carte »).

— C'est pas une affaire ! Filles en cartes, ou insoumises, ou même filles en bordel, sont bien toutes vaillantes et cherchent pas à voler plus haut que le cul !

— Oublie pas les poules que volent haut, et que des fois elles piquent de la tête à cause que barons et princes, z'ont le cul plus haut que tout le monde !

— Un travail est un travail !

— C'est vrai ça. Allez, y a bien que les bargeoises qu'ont pas besoin du « cinquième quart »* !

— Tu parles ! Se font quand même licher pour se payer du luxe !

— Et peut-être z'aussi du bon temps, non ?

— Du bon temps ! une femme honnête ! s'écriait « la vierge de la Visitation », mais n'est dégoûtant !

— Vous l'écoutez, la vierge de la Visitation ? Dégoûtant ! Ma pauvre vierge, tu ferais mieux de te faire visiter, que t'y trouverais peut-être pas si dégoûtant que ça !

— Moi ? moi ? demandait l'autre horrifiée.

— Enfin, cause que tu causeras, nous, sommes forcées de « raccrocher » pour manger !

— Tout ça, conclut la « vierge », c'est parce que les hommes sont que gros porcs !

— Hé ben moi, minauda l'une qui jouait la bourgeoise endimanchée avec son ombrelle, je veux bien de me faire basculer dans un buisson de magnolia de la Tête d'Or par un jeune porc bargeois qu'a les yeux doux, les poches pleines et que sent l'eau d'Orient !

— Je te dis pas ! ajoutait l'oratrice. Et après ? Avons plus qu'à rentrer nous coucher z'à côté de la machine, dans l'atelier que pue le bestiau, sur le pucier de la seurpente. Faut être gnare pour pas comprendre que c'est pas une vie !

— Est bien vrai, mais qu'y faire ?

---

* « Cinquième quart » : part de journée supplémentaire que nombre d'ouvrières au faible salaire passaient à se prostituer.

— Qu'y faire ? Arregardez-nous, nous autres, dans la rue !

Les filles se penchèrent des fenêtres, en robes de coton blanc ras de cou. Certaines tenaient fermé d'une main leur décolleté, d'autres laissaient échapper de petites ou de grosses poitrines blanches qui luisaient dans la nuit, entre les pans déboutonnés à cause de la chaleur.

Dans la rue, on était assise, debout, adossée à un mur, on parlait, on lançait une chanson, une gognandise. Celle qui jouait les bourgeoises endimanchées portait chapeau à fleurs, se déhanchant sur ses brodequins, prenant des mines de poule à Bellecour, à faire tourner l'ombrelle et flotter la voilette.

— Avons toutes descendu des ateliers des Chartreux où n'i a peut-être davantage d'ouvrage, que non pas au vôtre ! Mais voulons plus nous laisser traiter comme de bugnes !

— Ca se voit bien ! Et avez bien raison ! Mais qu'y faire ?

— Qu'y faire ? mais c'est justement de ça que faut parler ! Venez !

C'était toujours la même voix rauque et un peu grave de celle qui tenait la parole depuis le début. Elle accompagnait son invitation, lancée de cette voix sonore et si particulière, d'un geste des bras ouverts. Son image se précisait, à l'approche du bec de gaz.

Plutôt petite, elle emplissait la lueur pâle de sa robe, laissant paraître un peu des blancs renflements de sa chair. La poitrine levée, la taille creusée, elle se tenait campée sur une hanche qui faisait ressortir sa croupe nerveuse. Une cheville était découverte sous la robe que relevait l'autre pied posé sur une borne. La finesse du pied, trahie par le petit brodequin noir, soulignait le commencement du charnu du mollet, la pâleur de la chair. Elle tendait le menton et le cou également charnus comme pour s'approcher de celles à qui elle s'adressait. Elle observait un instant de silence, la poitrine pantelante, modelée alternativement au rythme de son souffle après la harangue.

Derrière elle, une respiration violente montait du fleuve. Le ciel gris-noir était tendu du voile tissé par les échappements des machines à vapeur qui montaient des ateliers des Brotteaux. Quelques petits rectangles jaunes luisaient çà et là dans les hautes façades de l'avenue du Parc qui suivait la rive d'en face. Les vagues d'étain ou de vert-de-gris, buissons et feuillages fouettés par la bise, déferlaient sur la grève du Rhône. Les crêtes du courant sautaient comme un troupeau sur un affleurement de pierres, lançant des éclairs d'écume rageuse, projetant cette sorte de souffle bruissant jusqu'à nous.

Le Rhône charriait toute l'énergie qu'il n'avait pas perdue, héritée des glaciers qui l'avaient enfanté, conservée en traversant le lac, en coupant les collines, en courant les plaines, chargée de toute la force éjaculée par les montagnes qui le poussait depuis l'amont, depuis la nuit des temps, tout tendu vers l'aval, la lumière de la Provence, la mer et au-delà.

— Allons au *Vieux Canut* ! dit une voix.

— Bravo ! bravo ! approuva-t-on.

— Oui, la gargouane mouillée, i n'en sortira mieux !

— Que pour entrer ou pour sortir, c'est toujours mieux quand c'est mouillé !

Le *Vieux Canut* était un vinaigre situé place de la Croix Rousse, non loin du *Petit Paradis*.

Le « bedibaradis » !

Allais-je pouvoir interroger le patron ?

* * *

V

Hé, la grosse, t'es pas encore à cancaner sur le cours ?

— Pas besoin d'aller sur le cours, pour se faire courser, même à celle que n'a que cul de sauterelle ! T'es un peu au courant, non ?

— Ho, ça va ! Ferme ton clapier !

— Et toi, ferme l'étalage, que ça va faire venir de mouches !

Celle à qui s'adressait le compliment renversa les épaules en arrière pour faire ressortir encore davantage sa poitrine saillant entre les pans d'une robe échancrée.

— Vaut mieux faire envie que faire pitié !

Elles avaient beau être soucieuses, parler du lendemain où il faudrait affronter les négociants et les patrons, les sergents de ville peut-être, l'atmosphère tournait à la plaisanterie.

Les filles étaient arrivées comme un vol d'hirondelles

qui électrise tout, vibrant, puis se calme et se pose. Elles avaient investi la terrasse du *Vieux Canut*.

Au *Petit Paradis*, on m'avait fait des yeux ronds :

« Virgile Rougon ? Connais pas. J'ai même jamais entendu ce nom là ! Faudrait revenir quand le patron sera là ! Revenez d'ici un moment, i doit pas être bien loin ! » avait dit la jeune servante.

De table en table, les ovalistes échangeaient des informations, se lançaient des quolibets, tout en sirotant leur pot de petit vin des côteaux.

— A ce qu'i paraît que seront n'en grève demain dans tous les ateliers des Brotteaux !

— Et qui c'est-t-i que t'a dit ça ?

— Mon petit doigt !

— Viédaze ! Ton petit doigt, tu sais où je me le mets !

— Ah, ça doit pas être bien difficile ! que ça que tu me causes, tu l'as pareil comme l'esprit, aussi fin comme le cul d'une bareille !

Je me trouvais assise sur un banc, dans l'ombre, non loin des tables des « vinaigres » qui meublaient la place de la Croix Rousse. Ce langage me fit d'abord un haut-le-cœur. On parlait le patois de la Grand'Côte sur le marché, dans la rue, quelquefois même, malgré qu'il fût interdit, dans la cour de récréation. Mais quelle verdeur dans la bouche des ouvrières ! Je ne m'habituerais jamais à cette façon de parler, surtout pour une femme ! Pourtant, je l'avais vite entendu devant le Rhône, leur désinvolture n'était pas barbare. Au contraire, je la sentais cousine de mon inquiétude. La gouaille est une arme du désir blessé.

Au reste, la nuit était tiède. Je n'avais nulle envie de rentrer seule chez moi. Sur mon banc, je pouvais attendre un moment, le temps que le patron du *Petit Paradis* revînt. Je pouvais observer et entendre sans être vue. Car le réverbère voisin restait quasiment éteint, un minuscule liseré de lueur bleue couvant au lieu du débordement flamboyant de la lumière jaune aux autres réverbères.

Une vingtaine de tables rectangulaires étaient disséminées au fond de la place, sous les ombres vert d'eau des jeunes platanes et sous les averses jaune paille tombant des réverbères, de place en place, entre les feuillages.

Les ovalistes cancanaient et poussaient de longs gloussements. Seule à une table, la brune qui avait parlé devant le Rhône se taisait. Elle avait déjà bu son pot presque entier. Elle jouait de son verre entre ses doigts. Elle observait les autres, tantôt regardant à gauche, tantôt à droite, songeuse.

Je glissai un regard circulaire sur le pourtour de la place. Sous les façades aux faibles pâleurs à peine devinées, les halos de lumière jaune paille alternaient avec les pans d'obscurité vert d'eau.

Soudain, je me sentis en insécurité, étrangement, comme nue sur cette place, au vu de tous.

Je retournai la tête. L'oratrice me regardait. Je me demandai comment, quand j'aperçus que la lumière, jaune vif, aveuglante, me noyait maintenant. C'était le réverbère qui s'était remis en pleine marche. Elle me regardait toujours.

Elle se leva, s'approcha, d'une marche balancée sur les hanches qui projetait le bas de sa robe blanche d'un côté, de l'autre.

Elle m'observait fixement, les sourcils noirs froncés, les machoires serrées, l'air d'une bête avant l'assaut :

— Te gagnes bien de l'argent à nous arregarder, j'espère !

— Je vous demande pardon ?

— Ça va. Je t'ai déjà vu nous aguincher. Toi aussi, t'es de la roussaille ?

— Mais non ! Je suis institutrice.

— Et moi, je suis la reine de toutes les Russies !

— Mais !... Je ne puis évidemment vous contraindre à

me croire. Cependant, je sais de mon droit d'exiger que vous ne soyez point discourtoise.

— De quoi ? discouroise ? Sois polie !

— Voyons ! je ne vous qualifie pas de discoureuse...

— Discoureuse, discouroise, c'est tout pareil ! Méfie-toi de ta chavasse !

— Je vous prie de bien vouloir accepter mes excuses... je ne comprends pas « chavasse ».

— Et moi, tu crois que j'y comprends, ton charabia ? Je vous prie ! Je vous prie... Sommes pas à Fourvières, ici ! Et je te connais même pas !

— Aussi, vous m'adressez la parole en pleine rue, et vous ne vous présentez pas !

— Ah ! elle est raidasse ! et toi, tu t'es présentée avant de m'aguincher, peut-être ?

— Puisque je vous dis que je suis institutrice !

— C'est pas parce que t'as bonne mine de fesse, qu'i te faut pas avoir peur des coups de pieds au cul !

Elle tournait autour de moi comme un roquet menaçant.

— Je ne dis que la stricte vérité, je vous assure, répondis-je, et de plus, je n'ai peur de rien... de ce que vous évoquez.

— Ah ! ah ! Mieux vaut entendre ça que se faire partir les oreilles ! Ça me dit pas ce que tu fous ici à nous aguincher.

— Je vous assure que je n'ai pas de grief contre vous. D'autres soucis me préoccupent. Cependant, je dois vous dire que si vous continuez, vous ne saurez tarder à m'échauffer les oreilles !

— Ah ! on franchicote, mais on a son petit caractère ! Bon. J'aime mieux ça, que non pas la politesse des espions !

Elle continuait sa danse d'animal en position de combat. Mais ses crocs semblaient moins prêts à mordre.

— Alors, t'as rien de mieux à faire que passer ton temps à nous arregarder ?

— Hé bien... je ne sais si vous me croirez... je ressens justement le manque de n'avoir encore jamais assez pris le temps de vous connaître, vous, les ouvrières.

— Et, comme ça, ça te vient aujourd'hui, comme envie de pisser ?

— Cette envie me vient aujourd'hui parce que... Est-ce vraiment d'aujourd'hui ?... Cependant, aujourd'hui, je suis des vôtres. Je suis renvoyée de mon institution. Je suis seule.

Elle avait plongé son regard noir dans le mien, et me scrutait ainsi. Au fur et à mesure, sa physionomie de bête avant l'assaut s'amadouait. Elle redevenait une femme, en robe de coton blanche, correcte quoique solennelle. Puis, semblant se radoucir encore, presque amicale, elle s'assit sur le banc, à mon côté.

— Conte-moi z'un peu ça.

Je contai qu'à sept ans, j'avais décidé d'être institutrice. Je vivais à Bellecour chez ma grand-mère Delaunay, après que la mort de maman et les occupations de papa m'eurent fait partir de la Croix Rousse. Je ne me trouvais pas trop mal dans le grand immeuble douillet, aux tapis et aux rideaux épais, aux longs couloirs sombres qui parfois m'effrayaient et aux nombreuses fenêtres où je passais des soirées à guetter les voitures et les belles promeneuses qui en descendaient en crinolines si vastes que je ne comprenais pas comment elles tenaient en voiture. Souvent, un militaire en grande tenue chamarrée venait leur baiser la main. Je me demandais à quoi pouvaient bien servir ces paons qui faisaient la roue en de grandes révérences.

Je compris le jour où un bruit de tonnerre gronda dans le ciel bleu. Qu'était ce tonnerre qui ne pouvait être l'orage ? On refusa de répondre. Tu comprendras quand tu seras grande ! C'était la meilleure façon de me décider à chercher à comprendre tout de suite. Une effervescence anormale faisait courir les passants, des militaires allaient, au pas de course, vers la rue de l'Impératrice. C'étaient des soldats bleus, aux shakos noirs à pompons rouges, courant le sac au dos et le fusil à la main. Quelque événement extraordinaire se déroulait par là-bas. Et pendant ce temps-là, je devais attendre, confinée derrière les carreaux de l'immeuble, d'être assez grande pour comprendre ? Flute !

Je devais comprendre, tout de suite. Ce n'était guère sorcier de passer inaperçue sous le guichet de la loge du concierge, avec ma taille de sept ans. Ce que fis. Et je filai vers la rue de l'Impératrice.

— T'avais bien raison ! Qu'avec ces bargeois, faut pas faire la fégnante !

Le tonnerre ne cessait pas. Cela venait du bout de la rue. Un bruit de galop retentit derrière moi, comme dix chevaux tirant une voiture. Je me reculai contre une façade pour faire place. C'étaient les soldats bleus à pompons rouges, qui tiraient et poussaient une charrette chargée de caisses.

Arrivée au bout de la rue, le tonnerre explosait tout près. Place des Terreaux, devant l'hôtel de ville, un panache de fumée noire s'échappait d'un canon levé vers le ciel.

— Veux-tu bien ficher le camp ! cria à mon adresse une voix d'homme qui courut me prendre par la main. C'est la guerre, ici, pauvre petite.

— La guerre ? Contre les Mexicains ?

— Ah ! ah ! tu ne brûles pas du tout ! Mais contre les révolutionnaires de la Croix Rousse, voyons !

Mon cœur s'emballa. Papa habitait à la Croix Rousse. Je mordis la main de l'homme qui parlait, je la mordis du plus fort que je pouvais. Aussitôt, je pris mes jambes à mon cou.

De retour chez moi, incapable de garder secrète cette atroce nouvelle, je racontai ma fugue. On se récria, remercia le ciel, se plaignit qu'avec un père tel que le mien il ne fallait s'étonner de rien chez la fille. Pour finir, on m'expliqua que c'étaient ces canailles de la Croix Rousse qui recevaient une leçon et l'on conclut le tout en m'administrant une gifle retentissante pour ma propre leçon.

— Les bargois, grogna ma voisine de banc, je dis toujours sont rien que de pétras !

— Peut-être. Mais la leçon fut profitable. Le lendemain, on traînait dans les rues des émeutiers prisonniers. Mon cœur bondit. J'ouvris la fenêtre. Papa en était-il ? Mais non. A demi rassurée, je me mis à pleurer doucement dans mon coin. Alors, je l'entendais à nouveau, lui, mon père, qui avait souvent dit :

« La plus puissante des armes, ce sera toujours le savoir. »

Oui ! proférai-je devant la fenêtre, entre mes dents serrées, dressée du haut de mes quelques années, ce qu'il fallait aux révolutionnaires, plus fort que les fusils, plus fort que les canons, c'était le savoir ! Je serais institutrice sur la colline des révoltes, à la Croix Rousse !

— Doucement ! dit mon interlocutrice en regardant par dessus son épaule. Ici, les arbres n'ont de z'oreilles. Et alors, comme ça, ta famille z'étaient que des bargeois ?

— Pas tous. Tu imagines que mon père était autre. Il était de ces hommes qui ne hurlent jamais avec les loups, incapable de même chanter les discours à la mode, le ventre toujours plein de quelque hérétique colère. Il dut fuir la police de l'Empereur. Quant à ma mère, la grande et belle blonde Eugénie Lacourtensourt, c'était une fille Delaunay : la famille de fabricants*. Mais elle était aussi fille de l'aventurier François Lacourtensourt. A sa mort, je fus recueillie par ma grand-mère Epiphanie dans la maison de Bellecour. Puis, j'ai épousé un négociant. Sa maison était aussi à Bellecour.

---

* Fabricant : marchands qui détenaient en fait le pouvoir dans « la fabrique », soit dirigeaient la production et les tarifs des ateliers.

— C'est bien ce que je dis ! fit-elle en se reculant soudain, t'es rien qu'une sale bargeoise de Bellecour ! J'aurions dû bien y savoir, tant que tu franchicotes !

Je me levai. Une flaque d'encre luisait dans le caniveau, juste devant le banc où nous étions assises. La corne blanche de la lune et la pelote jaune du réverbère s'y reflétaient. Je me penchai au-dessus de l'eau. Je me vis dans le miroir noir. Je me tenais recourbée. Ma poitrine fluette pointait à peine dans mon corsage noir de part et d'autre du boutonnage de nacre qui alignait ses feux pointillés. Ma chevelure blonde était auréolée de la lumière du réverbère. Mes sourcils châtaigne claire flambaient vers les tempes. Mes yeux gris-bleu semblaient se perdre dans la profondeur de l'eau.

— Non ! finis-je par dire, je ne suis pas bourgeoise !...

Mon grand-père François avait couru les champs de bataille d'Europe, les grands espaces de la mémoire d'Egypte et les arcanes de l'écriture. Ma mère ne m'avait pas conçue avec son bourgeois de mari. Elle était tombée amoureuse d'un petit homme brun, celui dont je portais le nom : Virgile Rougon, un instituteur républicain qui venait de Lorraine.

— Ainsi, poursuivais-je, je viens de l'Est par ma bisaïeule bavaroise, mère de l'aventurier François Lacourtensourt et je suis fille de France profonde par mon père qui sortit de la terre pour être instituteur. Il jaillit comme dans une prairie somnolente jaillissent les sources de la Saône et puis s'en vint s'étaler ici, à Lyon...

— Sur ta mère !

— C'est cela, répondis-je un peu bêtement. Puis, j'ajoutai : Je crois qu'ils ont crevé la faim...

— Mais toi, tu sais qu'est-ce que c'est, la faim ?

— Je l'ai su en quittant mon mari pour rejoindre mon amant. Félix était un grand blond, portant beau les favoris, qui me donna l'amour que je n'avais pas. Mais, malgré qu'on parlât de la prochaine libéralisation de l'Empire, on ne voulait de mon Félix dans aucune institution. Il était connu comme opposant. La première année, je les ai nourris tous les deux : mon fils Georges et le père, avec mon salaire d'institutrice. Enfin, nourris, si l'on peut dire ! Le père mangeait la soupe d'ovaliste et le fils mon lait qui en résultait !

— Te plains pas ! te pouvais quand même aller demander z'en Bellecour.

— Non. La famille ne me connaissait plus. Et puis, j'avais eu la chance que mon époux me laissât en paix. Le code lui donnait le droit de me faire ramener par la police. Sans doute avait-il mieux à faire.

— Mieux à faire, quand on peut caresser une canante comme toi ? Il était myope, ma parole !

— Il était vieux et très occupé par la gestion de sa fortune.

Et puis... je n'ai jamais pu mendier. La famille de mon grand-père était aristocrate. Lui, c'était plutôt un aventurier. Il avait la noblesse de l'âme.

— Toi aussi, drolette, t'avais de noblesse, si que t'avais laissé l'argent pour l'amour.

— Si on veut, oui. J'ai quitté le gros négociant pour un petit professeur socialiste. Ainsi ai-je retrouvé la Croix Rousse et la misère.

— Alors, les femmes, chez toi, z'elles se couchent toujours pour les instruiseurs révolutionnaires !

— Ah ! me pris-je à sourire, cela est vrai... mais cependant elles restent debout.

— Alors, z'elles se couchent sans se coucher ? Viédaze, vous êtes acrobates, dans la famille !

— Oui, dis-je en éclatant de rire, c'est tout à fait cela !

Mon interlocutrice conclut :

— C'est pas mal dit ! Alors, à ce qu'i paraît que la drolette a tenu parole, murmura-t-elle en relevant des cheveux sur mon front, elle est devenue qu'instruiseuse. Bon, ajouta-t-elle en souriant, la grandette a pas l'air méchante fille.

Elle se leva, tapota le bas de sa robe, commença à se diriger vers les tables.

— Viens boire un pot ! Serons mieux pour causer.

Nous venions de nous asseoir à sa table, quand elle se releva brusquement.

— Rentrons-y là dedans !

— Pourquoi donc ? il fait si bon ici.

— Y a des fantômes qui me courent sur le haricot.

— Pardon ?

— Des fantômes. Tu sais pas qu'i n'existent z'en vrai ? Arregarde derrière toi.

Je regardai derrière moi. Je sursautai.

L'homme que j'avais déjà aperçu épiant derrière un arbre sur le boulevard, l'homme à moustaches et mouche jaunes, l'homme aux yeux trop luisants, nous observait dans l'ombre. Il disparut.

— Allons ! te faut faire aussi ma connaissance !

* * *

VI

« Je m'appelle Rose Albe, dit-elle dans l'éclat de ses dents cerné de rouge. Je reste sur le Rhône »

L'air était enfumé, mais la chaleur du jour avait peu pénétré dans le petit « vinaigre », au rez-de-chaussée d'un grand immeuble de canut.

Des images d'Epinal jaunies et un trumeau à glace piquée ornaient pour tout luxe le mur derrière mon hôte. Elle avait commandé deux pots. J'avais trempé les lèvres dans mon verre. Brou ! Je m'étais retenue pour ne pas cracher. Ce « vinaigre » méritait bien son nom !

Je regardais mon interlocutrice en silence, dans l'attente de la suite. Elle toucha le dos de ma main du bout de ses doigts, contact ténu, violent. Ma peau mince frémit sur mes os et la vibration se prolongea dans les tendons jusqu'à mes doigts.

Je lui lançai un sourire que j'aperçus dans le miroir. Mes dents paraissaient moins blanches, entre mes lèvres pâles. Décidément, la robe noire boutonnée au ras du cou ne me flattait guère, masquant la blancheur de ma gorge et achevant d'effacer la minceur de ma poitrine.

— Et toi ? demanda-t-elle.

— Moi, je loge au-dessus de la Saône. Mon nom est Blanche Rougon.

Je suis âgée de vingt-sept ans, poursuivis-je...

— N'ai tout comme toi : vingt-six, vingt-sept, vingt-huit... quelque chose comme ça, que je me fais pas suivre l'horloge en poche ! Bon. Et à part ça, c'est-i quoi donc que tu courates ?

— Pardon ?

— C'est-i quoi donc que tu fais ?

— Hé bien... je me promenais...

— Hé ! C'est bien ce que je dis : tu courates ! Je te demande ce que tu fais dans ta vie.

— Je... suis seule. J'ai eu un fils. Mais il est mort.

Elle se taisait. Elle m'avait pris la main. Elle me regardait profondément. Sa bouche rougie se crispait un peu aux commissures, ses yeux noirs étaient embués.

— Moi aussi, murmurait-elle, j'ai n'eu un petit, je l'appelais Simon.

Dans le miroir, mes yeux vair n'étaient plus limpides non plus, ma bouche se marquait d'un peu d'amertume à la lèvre du bas. Je posai le bout des doigts sur sa main.

— Mon fils se nommait Georges.

Chose étrange, Rose m'informa de la mort de sa mère, quand je lui dis celle de la mienne.

— Ça, alors, ma drolette ! mais sommes pareilles !

— Sans doute... dis-je. Mais j'imagine que nous différons par certains traits.

— Bah ! Qui la connaît, la différence entre le cul et le visage ?

— Comment ?

— Ouais ! Sommes pareilles et aussi étrangères. C'est tout ! lança-t-elle en me resservant.

— Etrangères ?

— Une instruiseuse que s'en va causer aux écoles en robe de dimanche, du temps que l'autre se crève les z'œils pour une misère toute la damnée journée comme une souillasse !

— Une comment ?

— Souillasse !

— Tu es bien jolie et bien coquette, pour une souillon.

— Avons se n'honneur ! répondit-elle en se rengorgeant. Puis, comme je venais de répondre que l'institutrice se crevait aussi les yeux et cela également pour une misère :

— Qu'est-ce tu chantes ?

— Les soirées sont bien dures, lorsque les yeux piquent sur le papier aveuglant et sous la lampe sourde.

— C'est peut-être bien vrai...

— Oui, ainsi que tu le dis, nous sommes un peu pareilles.

— Pareilles ! reprit-elle en refrain. Elle déposa un petit baiser sur ma joue. Puis, se ravisant :

— Pareilles ?... hum, le cul et le visage, oui ! Tu touches combien ?

— Je touche moins d'un franc par jour.

— De quoi ? Tu te fais moins que moi, une instruiseuse ? Les salopiauds ! Tu fais le « cinquième quart », au moins ?

Je me sentis rougir. Je répondis en bredouillant que mon temps était si occupé le soir... les corrections... les préparations...

— Ouais, dit-elle, pensive et refermée, à ce qu'il me parut.

— Mais je puis t'assurer que je ne méprise en aucune manière celles qui le font ! m'empressai-je d'ajouter.

— J'espère bien ! Ça veut dire que tu pourrais me mépriser ?

— Voyons, tu le sais bien.

— Drolette, ce que je fais de mon cul, ça regarde que moi !

— Sans doute, Rose, sans doute. Mais... comment accepter sans regimber que nous soyons le jouet du destin ?

— Le « destin » ? Ah, joli nom ! Je l'avais encore jamais appelé comme ça !

— Pardon ?

— Ah ! ah ! Alors, est le destin, que nous rentre dedans ! Sacré destin, va ! Ah ! tu parles d'un sacré coquin de joueur !

— Ah ! ah ! ah !

Je mettais la main devant ma bouche, secouée par la quinte de rire. Cette Rose avait l'art de rire de tout. Et de me communiquer son art.

— Le destin... mon destin d'institutrice à un franc, et ton destin d'ouvrière à peu ou prou le même prix, ne sont ni plus ni moins que deux destins de misère.

— Elle franchicote, mais n'i chante la vérité vraie : sommes que deux misères... répéta-t-elle, un peu lointaine maintenant.

Puis, comme réveillée soudain, tournant la tête vers la glace

— Mais pour les hommes, deux petits trésors !

Elle avait reposé son verre et se passait la langue sur les lèvres. La chair cramoisie courait sur deux ourlets au carmin estompé. Elle jouait avec le verre sur lequel se voyait la trace grasse et rose de ses lèvres, en le faisant virevolter sur la table. Puis, elle fronçait les sourcils noirs, relevait le menton, redressait la gorge qui tendait sa robe de coton blanc en laissant deviner des seins pointés, un peu écartés, presque sous les bras, entre lesquels le corsage, dont trois boutons étaient défaits, laissait paraître dans le sillon ombré l'étincelle d'une petite croix d'or.

Le patron du *Petit Paradis* devait être de retour.

— Je te prie de m'excuser un moment, je reviens tout de suite !

— Je t'embrenne ?

— Oh, mais non, voyons ! Je dois interroger le patron du *Petit Paradis*. Il s'agit d'une affaire de famille. Mon père fut révoqué comme « rouge »*. J'aimerais savoir qui l'a dénoncé.

— Bonne chance.

Bredouille ! Le patron du *Petit Paradis* n'a rien dit. Ou bien il ne savait rien, ou bien il avait peur.

— Tu parles, quand i voient que le bout de z'oreille de la roussaille, i font tous dans leurs brayes !

— Mais, dis-je, je ne t'ai pas encore vraiment laissé la parole.

— Porte pas peine. Je dégobillerai bien, après de couper la pipi ! fit-elle en se resservant du vin.

Elle dit alors être un peu comme moi, l'enfant de l'aventure... Mais elle, elle assurait ne pas avoir choisi.

— Vrai, j'ai pas choisi grand chose ! Même pas les hommes que gigaudèrent dans mon pucier ! Tu sais, i s'en croient de choisir, les amoureux, et c'est que la vie qui les choisit pour toi... En tout cas, j'ai pas choisi de vivre à la Croix Rousse ! C'est la Croix Rousse que m'a choisie.

— Hé bien, c'est plutôt flatteur !

— Pas tant que ça.

— Raconte, s'il te plaît.

— Un petit coup par la gargouane ? me demande-t-elle en levant son verre.

Je levai le mien qui était encore plein de vin blanc. Nous bûmes toutes deux, mais je pris à peine une petite gorgée du blanc acide et frais, histoire de piquer mon attention.

— A la tienne, drolette !

---

* « Rouge » : Napoléon III se présenta comme le vainqueur du « péril rouge » et fit donner la chasse aux « rouges » dans les établissements scolaires, le ministre de l'Instruction publique Fortoul recommanda en 1852 de purifier le corps des enseignants « en retranchant de son sein ceux qui le compromettent ».

— Merci. Alors, veux-tu me conter à ton tour ton histoire ?

Elle passa ses doigts dans ses cheveux derrière la nuque et se mit à se gratouiller, elle se redressa, s'emplit d'air la poitrine.

— Bon ! accroche-toi, que l'omnibus décale :

Ma famille, elle commence aux sources du Rhône. Un jour, quelque bel aristo du Valais, descend de son château... N'était un château à donjon tout dressé dans un coin boisé, juste entre deux montagnes bien musclées, tu vois !

Cela se trouvait au loin, quelque part au-dessus des sources du fleuve, non loin de certaine ville appelée Sion. Un jour, le gentilhomme voulut descendre au bord du lac Léman, afin de connaître sa douceur, de se frotter à ses belles courbes.

— N'a pas raté, est tombé sur ma mère ! Enfin, elle était pas encore ma mère, mais a pas traîné. Tu penses ! une fille qu'elle pouvait pas se montrer à sa fenêtre sans que tout s'arrête pour l'aguincher, les passants, les voitures, et même, disait le grand-père, les horloges ! Elle, elle se montrait mais arregardait pas. Les bargeois l'agaçaient avec leurs yeux ronds comme des écus. Seulement voilà. Lui, ce fut pas pareil comme les autres. Elle l'a vu. Bel homme, de z'œils très forts. Ma mère l'a toujours dit. Elle s'y connaissait.

Il était passé sous sa fenêtre, repassé, repassé encore. Le soir, elle attendait le passage du cavalier aux yeux clairs dans la sombre Carouge. Cela avait duré quelques jours. Enfin, il l'avait enlevée un beau soir, un grand soir, debout sur son cheval caparaçonné, les bras et le regard si clair tendus jusqu'à la fenêtre de la jeune fille.

— A la première auberge sur le bord du lac, i l'embrocha d'un coup de maître. Et l'homme visait juste ! C'est comme ça que s'est faite la petite Rose...

Elle s'arrêta, resta silencieuse, songeuse.

— Veux-tu continuer ?

— Hein ?

Elle sortait à peine de son rêve subit.

— Veux-tu poursuivre le récit de ton histoire ?

— Ouais.

Et elle continua. Sa mère était de famille sarde. Du moins, venue de Sardaigne. Parce que, à ce que l'on disait, elle n'était pas originaire de l'île. On ne savait trop la cause de sa venue dans la région du lac. Carouge, proche de Genève était déjà une terre d'accueil. Quoi qu'il en fût, les Benisti n'avaient pas tardé à s'enrichir dans le commerce d'épices. La famille avait pignon sur rue, place du Marché. Mais ils ne reniaient pas leurs idées. Ils restaient fidèles à leur passé. Le grand-père contait à qui voulait entendre qu'ils avaient traversé la mer et toute l'Italie avec une seule valise. Il eut affaire, quand elle était petite, avec des sbires du duc de Savoie. Car il était partisan de Garibaldi.

— Ma mère cancornait, ajoutait-elle, qu'il envoyait d'argent, au lieu d'y envoyer à elle, à cette espèce de mercenaire que se battait soi-disant pour la liberté !

— Alors, toi aussi, tu es de l'aristocratie de l'âme ?

— Plutôt celle du cul !

— Pardon ?

— Quand a su qu'était coufle, ma mère partit de chez elle. Avec un homme de confession différente, et aristo par dessus le marché, elle avait peur du grand-père. C'est qu'avons le sang chaud dans la famille ! Alors, elle passa en France.

A Lyon, Rosa Benisti accoucha, à la Charité, comme les filles. C'était un signe du destin. La mère prénomma la fille ainsi qu'elle : Rose. Et elle la fit inscrire sous le nom d'Albe, le nom du père, dans l'espoir que celui-ci donnerait pour élever l'enfant.

Rose éclatait d'un rire jaune, en se resservant au pot.

— Tu parles, Charles ! Personne l'a jamais revu. Et elle, une fille mère qu'avait jamais rien fait de ses mains, sinon se faire belle !

Elle s'était offerte pour laver le linge dans une « plate »* sur le Rhône. La patronne avait regardé ses mains blanches comme les dents des Alpes. Elle avait ricané : « Ma pauvre fille ! des mains de sucre comme ça, elles vont fondre dans le Rhône ! »

— Alors voilà. A pas trouvé d'autre travail que celui de son cul. Au début, ça marchait. Ca courait, même ! Je me rappelle, faisait tant d'impression par sa beauté, les hommes se retournaient sur son passage. Comme quand elle était vierge, quoi ! Ça faisait plaisir ! L'appelaient « La reine de la Croix Rousse ». Tu le croiras si tu veux, mais elle a d'abord travaillé sur le quai de l'Est, et puis bientôt les types vinrent la chercher jusque devant chez elle, rue du Charriot-d'Or, sur la Croix Rousse même ! I en avait que venaient la prendre en voiture pour l'amener dans des hôtel de luxe après la Tête d'Or. M'achetait des habits, des friandises. Me gardait près d'elle, chez une voisine. Parlait de me mettre à l'institution de jeunes filles quand j'aurais l'âge. J'étais heureuse.

Rose prit alors un pli profond entre les deux sourcils. Ses lèvres semblaient pâles malgré le reste de rouge. Je saisis sa main.

— Seulement, ça a duré ce que durent les roses. Est tombée malade. A maladié quelque temps à l'Hôtel-Dieu. Et puis s'en est allé dans la chambre à coucher du royaume des taupes.

La petite fille avait sept ans. On l'avait menée voir une dernière fois sa mère. Elle venait de mourir vénérienne. Son visage était couvert de gros boutons. Malgré cela, elle était toujours belle. Elle portait au cou une petite croix d'or.

« C'est moi qui lui ai donnée, avait dit la sœur, afin qu'elle fût admise en paradis. Ta mère était une sainte.

---

* Plate : bâteau-lavoir et sèchoir (à fond plat).

Son corps fut supplicié, il était juste que son âme allât au paradis. »

— Mais moi, j'aguinchais de que personne n'i voyait, j'ai pris la croix qu'avait z'emporté l'âme de ma mère n'en paradis. Et jamais je l'ai quittée.

Du jour au lendemain, la voisine avait mis Rose à la rue avec son balluchon. Par bonheur, elle avait été recueillie par une copine. Celle-ci avait déjà un petit garçon. Elle l'avait prise pour garder le petit et faire le ménage.

— Voilà. C'est que comme ça que je suis restée sur la Croix Rousse.

Ma conteuse avait repris des couleurs, perdu le pli entre ses sourcils.

— Tu sais, ajoutait-elle, sa peau était bouffée — et son argent aussi ! — mais son âme restait propre.

Elle lui avait laissé le plus riche héritage. Cette femme était intelligente. Elle lui parlait de tout. Elle avait vécu, elle avait vu. Elle était connue pour son franc-parler. Elle le lui avait légué.

— Tu m'écoutes pas ?

A mon tour, j'avais dû rester un temps rêveuse.

J' apercevais mon regard errant dans le miroir, à côté du sien. La ressemblance était troublante.

— Oh ! ça alors ! Viens donc à côté de moi ! Regarde ! dis-je en montrant nos images côte à côte, mon visage clair, bandeaux blonds et yeux de vair, son visage sombre, bandeaux noirs et yeux d'anthracite. Vois-tu comme nous nous ressemblons ?

— Ouais ! Je semble toi, si voulons, en n'un peu plus cuite ! conclut-elle en ramassant son verre afin de lamper le reste.

Puis soudain, les yeux fixes dans le miroir, elle souffla :

— Bouge pas. Y a quelqu'un que nous aguinche.

— Où ?

— Dans la glace, au fond, lâcha-t-elle à mi-voix.

Puis, elle me regarda de nouveau, les pommettes flambantes :

— Le vendu, il a décanillé !

— Mais qui donc ?

— Le fantôme ! Cui-là, y commence à nous la friser !

— Qui est-ce ?

— Je le connais pas, mais pas besoin d'un dessin ! C'est un roussin, un jaune de la roussaille. Avec sa mouche et ses moustaches jaunes... Ah, il les a pas volés, ses poils de roussin ! Peut-être la seule chose qu'il a pas volée !

Je ris d'un petit rire un peu forcé. Car j'étais mal à l'aise.

Je me trouvais à nouveau dans la sensation d'être observée.

A la table voisine, un homme en frac, me regardait. Dans la moustache blonde, ses dents traçaient un sourire léger. Ses yeux me transperçaient.

— Victor ! s'écria Rose, en renversant sa chaise pour se précipiter vers lui, justement, je parlais de toi à la drolette !

Elle le baisait sur le front.

— Alors ça va ? quoi tu fais ? je t'ai pas vu depuis...

Elle remarqua qu'il me regardait toujours.

— Elle est canante, hein ? Mais attention, je te préviens, elle est « instruisérieuse » !

Puis, s'avisant qu'elle avait un peu mordu le trait :

— Je rigolais ! m'en voulez pas. Tiens, je te présente la Blanche. Est instruiseuse.

Elle ne put s'empêcher d'ajouter :

— Mais est comme toi, pas méchante !

Et toi, la canante, me dit-elle en se rapprochant, je te présente le compagnon Victor. Qu'est n'un garçon très bien. Faudra causer avec lui, a connu tout ça, les z'en cave, les décannés. C'est un partisan du grand Fourier, un « fils-au-zof » !

Nous éclatâmes d'un petit rire. Elle se pencha à mon oreille :

— Et, c'est pas pour dire, mais i arrête pas de t'aguincher !

— Rose a toujours de ces mots ! dit-il en souriant. Mais je suis sûr que vous et moi pouvons parler les mêmes mots.

* * *

VII

— Attends-moi un peu, m'amie !

J'avais peine à suivre Rose qui dévalait la Grand' Côte avec une aisance déconcertante. La robe rose relevée et prise dans sa main gauche, le chapeau, rose également, tenu de sa main droite, elle roulait des hanches sur le pavé, quelques pas en dessous de moi.

— Venez chez moi, nous parlerons mieux ! avait répondu Victor lorsque je lui avais demandé s'il n'avait pas connu mon père. Et il avait ajouté :

— Tenez, accompagnez-donc Rose à notre réunion !

— Ma drole, te faut venir, avait-elle chuchoté. Que sinon te perdras quelque chose !

J'avais tâché d'en savoir davantage. Peine perdue. Rose était mystérieuse :

— Une réunion secrète, y est pas secrète si se mettons à n'en miailler !

A peine cela faisait-il quelques dizaines de pas que nous dévalions la Grand Côte, et j'avais déjà mal aux chevilles.

Les brodequins à talons, je vous recommande cela pour les vieux pavés !

J'avais abandonné, malgré moi, la robe noire droite de l'institutrice, mais je ne me sentais pas de mettre une de ces robes claires tonitruantes des ovalistes en dimanche. J'avais fini par accepter de mettre cette robe que j'aimais bien et qui avait appartenu à ma mère. C'était un tulle noir, à volants et à dentelles, devant quoi Rose s'était écriée de ravissement.

Cloc clac cloc clac, cette chipie semblait à son aise, perchée sur les échasses, autant que sur un tapis dans un couloir ! Et tout ceci pour descendre dans je ne savais quel guépier !

Nous suivions la pente du pavé et la succession des immeubles en escalier, abordant chacun par le coin du toit en colombage de tuiles rondes, puis passant à hauteur de l'étage aux fenêtres à jalousies, enfin côtoyant son rez-de-chaussée. Nous défilions devant des échoppes, porte-pots, cordonnier, manouche diseuse de bonne aventure, vendeur de cigarettes à l'unité, charcutier, tripier. Nous croisions des hommes qui montaient, cachés par leur casquette noire, des femmes qui se tenaient debout, en tenue plutôt décolletée et qui parlaient fort aux hommes, des gamins en haillons, assis dans le ruisseau. Le pavé moutonnait, non seulement de cahots mais d'une saleté ! Il fallait regarder tout le temps où l'on mettait les pieds, afin d'éviter, si possible, de marcher dans la boue, la tripaille et la crotte. J'essayais de ne presque pas respirer, juste du bout des narines, en remerciant le dieu de la coquetterie de m'avoir inspiré l'envie saugrenue pour une « instruiseuse » de mettre quelques gouttes de l'eau de violette de Rose avant de partir. C'était une descente dans le ventre de la Grand' Côte.

Enfin, Rose s'arrêta de descendre pour tourner sur la gauche et s'engouffrer dans une ruelle. Plus de pavé, maintenant, mais de la terre battue assez plate où les immondices étaient moins nombreuses.

Soudain, elle s'était arrêtée. Le chapeau noir d'un bourgeois se dressait devant nous. Il marchait lentement, paisiblement, en bourgeois. Alors, Rose lui emboita le pas en redoublant le claquement de ses talons. Le bourgeois pressa le pas. Je me mis aussi à suivre en faisant également claquer les talons. Alors, il se prit presque à courir, tenant son chapeau, le buste plié en avant. Nous claquions encore plus fort. Il s'enfuit en courant vraiment, soufflant comme une locomotive, lançant ses bras, ses gants et sa canne en tous sens, disparaissant enfin dans une porte, tandis que nous éclations de rire.

A quelques pas de là, il fallut descendre encore quelques marches vers le bas de la côte. Puis, nous nous engouffrâmes dans une porte basse.

« Entrez, mes sœurs, mais silence ! la réunion est commencée. »

Le petit homme nous avait toisées de haut en bas, puis avait chuchoté sur un ton peu amène. Il s'était lentement effacé, comme sur ses gardes, pour nous laisser la place dans l'embrasure de la porte.

— T'inquiète pas, l'oiseau est toujours comme ça, souffla Rose.

La pièce enfumée restait opaque. Après un temps d'accoutumance, je commençai à deviner que le lieu était habité de fumées, de respirations et d'effluves. Puis, une éclaircie se fit vers un fenêtron ouvert qui laissait entrer de l'air pur. Il s'agissait d'une mansarde dont les chevrons baissaient de ce côté à hauteur de tête. Il fallait se baisser pour ne pas se cogner. Il faisait chaud. Je ne distinguais encore personne dans la brume opalescente. Seul, un brouhaha confirmait qu'il y avait là des humains, que c'était bien la fameuse réunion.

« Comment en est-on venu à ainsi ignorer le rôle des passions ?

— On n'ignore pas la passion, on l'emprisonne pour chercher à l'oublier. »

J'eus un frémissement le long de l'échine. C'était une voix masculine que je connaissais, une voix chaude, ployante, aux légères montées et aux glissements graves ! Victor !

« Venez chez moi, nous parlerons mieux. »

A la sortie du « vinaigre », Rose nous présentait. Victor laissait sourdre sa voix. Il parlait en ployant le cou, penchant la tête, ce qui rapprochait sa bouche de mon visage. Aussitôt, j'étais agitée d'un frémissement.

Je ne le voyais toujours pas, mais j'écoutais sa voix.

— Notre siècle est celui de l'audace où l'homme prend tous les risques : il construit en métal, il use du feu et de l'eau pour se déplacer à folle vitesse, il joue avec la richesse, il bouleverse les villes, il révolutionne l'Europe...

— Mais cet empire est barbare ! Il est bâti sur les hécatombes de Décembre* !

— Et imposé par une occupation militaire** contre laquelle il conviendra un jour de se lever ! ajoutait une sorte de missionnaire barbu au poil, au regard et à l'allure de ce que Jacques Vingtras appelle « un bibliste de la Révolution ».

— Exact, ponctuait la voix chaude de Victor. Et tout à

* Décembre : répression de l'émeute parisienne contre le coup d'Etat du 2 décembre 1851 de Louis-Napoléon Bonaparte : environ deux mille morts.

** Occupation militaire : le maréchal de Castellane a commandé un état de siège sans précédent à Lyon : ponts et grandes rues occupés, sentinelles dans la ville, Croix Rousse bourrée de troupes, artillerie massée sur le cours des Tapis. « Jamais appareil militaire plus formidable n'avait été déployé à Lyon » (*le Salut public*, 7 décembre 1851).

la fois, cette époque est celle d'une couardise à l'égard des sens, ces forces humaines intérieures, que dis-je d'une terreur envers elles ! qui fait aussi mener contre elles une guerre sauvage.

— Le mot est peut-être un peu exagéré. Une guerre contre les sens...

— Une guerre ! oui, c'est le mot juste ! m'écriai-je dans le brouillard de fumée.

Etais-je téméraire de me lancer ainsi !

Mais Victor parlait d'or. Je le sentais. Je le savais. J'avais découvert cette « guerre » avec étonnement dès le début de ma carrière.

— A l'institution, on en arrivait à placer les menottes aux jeunes filles pour la nuit !

J'allais entrer dans le bureau de la directrice, lorsque, par hasard, je l'entendis faire ses recommandations à la surveillante de nuit :

« Mademoiselle, vous êtes tenue à des rondes chaque heure et à l'assistance stricte au coucher. La règle est à faire appliquer sans défaut : se déshabiller dans le noir, se coucher en chemise à manches longues, les mains sur le drap ; l'édredon est formellement interdit. En cas de faute, poser les « menottes » à l'insoumise » !

— Notez qu'il est possible, répondit une voix assez proche, que l'onanisme soit source de graves inconvénients, de maladies, peut-être, ainsi que l'indique la faculté.

— Fadaises ! dit-on au fond. La faculté est remplie d'ânes !

— Peut-être, mais la ville est pleine de femmes hystériques qui s'épuisent à se toucher !

— Disons la vérité vraie : que les salopiaudes de petites bargeoises que savent pas même se le faire faire, alors se passent le temps à se le faire toutes seules !

C'était la voix de Rose. Je ne la voyais pas. Mais je vis plutôt rouge.

— A la fin ! Ce qui est grave, c'est que des... des filles se débauchent dans les rues ! criai-je.

— Et quelle débauche ? et qui les débauche ?

— C'est justement de cela qu'il convient de parler ! dis-je sans reprendre mon souffle, la prostitution est un fléau...

— Certes, me coupa-t-on. C'est ce que dit bien Maria Deraisme :

« L'Occident, tout en pratiquant légalement et officiellement la monogamie, autorise néanmoins tout homme à user de la polygamie occulte et même ostensible, tout en méprisant les femmes qui s'y prêtent... La moitié de l'humanité condamne d'une part ce qu'elle provoque de l'autre... »

— Je connais ce discours à Paris de « la Passionnée », l'institutrice qu'on nomme ainsi pour se dévouer sans réserve contre la prostitution, rétorquai-je :

Cette distribution anormale des rôles, cette répartition inique des fonctions et des responsabilités ne peut amener que le gâchis... Tel est donc le dilemme : où les femmes déchues, ou les hommes criminels !

— Ouais, je dis pas ! Mais je parle pas des rues, au grand jour. Je te parle de quoi font dans l'obscurité, ce qui se fait en dedans. Les salopiaudes sont pas celles que gagnent leur vie et risquent d'attraper quelque malandre. Sont celles que savent pas cougner l'homme et que se trouvent toutes seules au lit dans le noir et le froid !...

— Enfin, l'on ne peut blanchir toutes celles qui nagent dans l'ordure sur le trottoir...

— L'ordure ? Ah ! n'est pas pour dire, mais doit n'être bien propre dans la chavasse de tes demoiselles de pensionnat que z'ont pas même droit de se la laver !

— Les jeunes filles que j'enseignais...

— Tu veux dire tes salopiaudes ?

— Sa... sa... sale toi-même !

— Assez, toutes les deux ! Taisez-vous et asseyez-vous, s'il vous plaît !

C'était la voix de Victor. Quelle confusion ! Comment m'étais-je laissée aller à m'échauffer comme une maraîchère ? Je me sentis aussi rouge que le drapeau de mon père.

— C'est un sujet bien épineux, reprenait quelqu'un. Il ne faut pas s'emballer.

— Oui, mais enfin, comment expliquer une telle Terreur exercée sur les passions ?

On se récria dans un désordre de voix : dangereuse peste... balivernes... aveuglement... obsession...

Quelqu'un ponctuait le charivari :

— Quelle preuve a-t-on que cela rende réellement sourd ou même aveugle ?

— Justement, jusqu'à présent, c'est vraiment la région des ténèbres que l'étude des passions et de leurs destinées, reprenait la voix si chaude de Victor. Nous n'en sommes qu'à la préhistoire de l'amour et donc de la sociabilité. Ignorance et barbarie...

La fumée se dissipait. On avait ouvert la fenêtre. Je commençais à distinguer l'assistance.

Le petit homme qui nous avait reçues, vêtu d'une blouse gros bleu, montait la garde à l'entrée. Les participants se trouvaient assis, qui sur une chaise, qui sur un tapis. Parmi eux se côtoyaient des blouses d'ouvriers, bleues, grises, des fracs, des redingotes et des jaquettes. Malgré la chaleur, nul n'allait en chemise. Bienheureuses les femmes, peu nombreuses, qui portions des robes ajourées ou décolletées de coton blanc ou pastel. Comme cette chipie de Rose qui avait trouvé du meilleur goût de se mettre toute en rose ! A vrai dire, la profondeur de son décolleté, cerné d'une dentelle noire, soulignait à ravir le contraste entre le rose du tissu et le blanc de la chair où se glissait la petite croix d'or ! Il ne manquait que le dénuement de ses bras affiché par un sans-manches de bal, du plus mauvais goût et tout à fait déplacé dans cette réunion. Elle voulait séduire, c'était l'évidence ! Mais elle en rajoutait un peu trop !

Victor paraissait occupé à en regarder d'autres, cette grosse, par exemple, qui parlait debout, encore élargie par l'ampleur de sa crinoline, coincée dans sa mise endimanchée au bonnet à mantille bleu et aux épaules nues d'où débordaient aux aisselles des bourrelets de chair, et qui demandait :

— Est-il vrai que le mariage soit nuisible ?

— Il suffit d'ouvrir les yeux, avait répondu la voix chaude. Les conséquences du mariage monogame sont l'adultère et le cocuage. Lisons *le Nouveau Monde amoureux** à la sixième section. Charles y a rassemblé un tableau de soixante-quatre espèces de cocuage en « civilisation » ! Ainsi est notre société, qui pratique régulièrement et d'abondance ce qu'elle interdit. Ainsi est notre monde qui ne fait ce qu'il dit ni ne dit ce qu'il fait. Ainsi est la nuit sauvage et dangereuse où tout est interdit et où l'on risque tout.

Certes, il parlait d'or ! Je me laissais bercer, charmée par sa voix.

— Il est avéré que toute révolution politique est condamnée à terme sans la révolution des mœurs. Les compagnons qui tentèrent, tentent et tenteront le « Grand Soir » sans changer au fond la vie, sans toucher au mariage ni à l'amour monogame, ils échouèrent, échouent et échoueront radicalement et douloureusement...

Ils sortaient un par un, avec des « Bonsoir, frère ! » et « Bonsoir, sœur ! »

Encore sous le coup de la voix chaude de Victor, un

---

* *Le Nouveau Monde amoureux* : œuvre de Charles Fourier où l'amour est pris en compte comme fondement de la sociabilité.

peu feutrée, éloignée, à l'autre bout de la pièce, je sursautai. Il me parlait maintenant tout près.

— Si vous voulez bien rester, Rose et vous, vous partagerez mon souper.

— Mais, Monsieur, vous n'aviez pas prévu. Croyez que je ne voudrais pas...

— Venez, je vous en prie.

* * *

VIII

— Il y en aura toujours assez, n'est-ce pas, Mélanie ? jeta Victor à la vieille.

— Ca dépend si z'ont la faim canife ! Qu'y a n'un petit pot de soupe qu'avions faite pour toi. Pour quatre, risque pas faire déborder les bouilles ! grommela-t-elle.

— Bien ! Nous allons améliorer la ration. Ouvre un bocal de salé. Et aussi un foie gras, veux-tu ?

— Un foie ? Est le dernier ! Je croyais que le gardions pour se graisser le fond de la gargouane au quatorze juillet !

— Bah ! Ce sera donc pour la Saint-Jean ! Une fête païenne vaut bien une chrétienne. Et puis, le jour le plus long... Fais ce que je te dis, Mélanie ! Au reste, mieux vaut le manger tout de suite, avec ces bruits de bottes, de fusils et de casques qui agitent le monde ! dit-il d'un petit rire mi-figue, mi-raisin.

— Tu crois qu'elles pensent qu'à manger, bougonnait

la vieille. Quand deux femelles s'amènent au terrier du mâle, n'est pas que pour se faire emplir la bouche.

— Mélanie, je t'en prie ! Quand j'ai des invités, garde tes jugements surfins pour toi, veux-tu ? Et puis, ajouta-t-il en souriant énigmatiquement, c'est ce qui te trompe.

— Moi, ce que j'en dis...

— Hé bien n'en dis rien, Mélanie, ce sera très bien ainsi ! Et fais ce que je te demande !

Je descends à la cave, ajouta-t-il. Je ne serai pas long.

— Ouais, et tu serais pas long à nous mettre en carême, à ce jeu là, râlait la vieille en s'éclipsant vers la cuisine. Un foie ! si c'est pas malheureux, quand on peut bien faire avé quelques retailles !

— Est pas mal gentil, ici, pas vrai ? Se voit bien qu'on est pas chez de la rafataille !

La pièce faisait peu ou prou la dimension de la mienne et y trônaient le buffet et la table ainsi que chez moi. Pour tout luxe : des rayonnages sur deux côtés, face à la fenêtre près de quoi était l'évier et face au buffet qui était recouvert de tout un bazar d'objets hétéroclites. Sur les rayonnages s'alignaient des livres, beaucoup de livres, la plupart reliés de cuir marron, certains marqués de lettres d'or.

Victor agitait le verre sous son nez tout droit. Ce miroir grossissant faisait apparaître dans les reflets oignon pâle, tantôt ici et tantôt là, un blaireau de mèche blonde, une lèvre mince, un menton pâle et lisse, rasé de près.

— Mirez, voulez-vous ? susurra-t-il de ses lèvres si rouges, presque féminines.

Mirer, je ne faisais que ça ! Ses yeux topaze lançaient de dangereux rayons de vin blanc.

La vieille avait claironné de loin qu'elle n'avait pas faim, qu'elle était fatiguée, qu'elle partait se coucher, qu'on se passerait bien d'elle, qu'elle était bien tranquille !

— Goûtez-donc ce petit vin de Gaillac. C'est un cru oublié depuis le Moyen-Age, heureusement pour les connaisseurs ! Je le fais venir de chez ma grand-mère. Il traverse les monts du Cantal et passe ceux du Forez et du Lyonnais, en plein hiver. Ce n'est pas comme ces brouets amenés par train du Midi, qui fermentent en gare sous la pleine chaleur ! Le voyage par les montagnes, en fût de chêne sur voiture à cheval le bonifie à ravir. Le résultat, le voici ! ajouta-t-il en versant le liquide dans mon verre.

Je tâchai de humer, en passant comme lui le verre sous mes narines. Une odeur aigrelette m'emplit d'abord le nez. Puis, je perçus des parfums mêlés, des vagues fragrances de fleurs.

— Reconnaissez-vous ce bouquet ?

— Heu... c'est-à-dire... ma foi...

— Cette année, il tire surtout sur le muguet, précisa-t-il.

— Oh, c'est vrai, le muguet, tout à fait le muguet !

Je m'étais écriée avec un enthousiasme si naïf que j'en fus moi-même étonnée. Suis-je gourde !

— Merci, professeur ! repris-je. Heureusement, il y a les hommes pour nous enseigner !

— Vous vous moquez ? Vous avez un peu raison. Il est vrai que nous autres hommes avons toujours tendance...

— Laissez ! Je plaisantais. Dites-moi plutôt ce que vous savez de Virgile Rougon.

— Je me rappelle assez bien de lui. Il fut des instituteurs « rouges » révoqués par l'empereur, n'est-ce pas ?

— Tout à fait. Je désire savoir qui l'a dénoncé.

— Qui ? Seule la police pourrait le dire. A moins... Je pourrais vous faire rencontrer un garçon qui a travaillé à *L'Insoumis*. Si vous voulez, nous irons demain au *Progrès*. Le journal *L'Insoumis* était...

— Je connais. Je vous accompagnerai au *Progrès*. Merci pour votre aide.

Victor parlait le verre devant les yeux, faisant jouer la lumière dans le nectar jaune.

— Oui, je n'échappe peut-être pas plus que d'autres à

certaine fatuité de l'homme. Mais j'ai une haute opinion de la femme, savez-vous, Blanche ?

— Comme du vin ?

— Certes. Mais vous plaisantez encore. S'agissant de la femme, je ne plaisante pas.

— Vraiment ? dis-je, un peu sceptique.

— C'est, et de très loin, la plus grande affaire de l'homme.

— Ah ! l'emboimeur ! s'écriait Rose en se renversant en arrière, les yeux au ciel, que c'est beau la chanson des violons !

— Comment ? demanda-t-il, mi-figue mi-raisin.

— C'est que monsieur entame la marche d'approche z'à grands coups d'emboimage.

— C'est égal, dis-je en riant, ce n'est déjà pas mal de ne pas prendre le sujet avec dérision.

— Hé oui ! C'est la sujette que faut n'i prendre z'avec force, pas vrai ?

— Enfin, Rose ! tu ne peux arrêter ? rouspétait Victor.

— Allez ! je m'en vas ! que vos affaires de basse-cour me couflent ! Je m'en vas. Adieu et ménagez-vous !

Rose sortie, je me trouvai un peu désemparée. Mais le vin, doux et moelleux, glissait en moi comme un baume. Mon enthousiasme revenait.

Je priai Victor de poursuivre. Il poursuivait. Les progrès sociaux, selon Charles, s'opéraient en raison des progrès de la femme vers la liberté et les décadences en raison du décroissement de la liberté des femmes.

Nous bûmes, durant qu'il parlait sur le sujet, en mangeant le foie gras. Puis, le partisan de Fourier entama le thème de l'amour libre. Cela me fit boire pour l'accompagner un autre plein verre. La bouteille était vide et il parlait toujours.

L'amour doit multiplier à l'infini les liens sociaux. Il est la notion essentielle. Les philosophes qui rabaissent l'amour ne sont que charlatans. Mais, à la vérité, disait-il, l'amour est surtout question spirituelle. Il s'agit de laisser à la femme libre usage de son esprit...

S'agissant de l'usage de mon esprit, je commençais cependant à ressentir certaine contrainte, effet du vin ou du tour de la conversation. J'ouvris tout grands les yeux, secouai un peu la tête afin de secouer mes idées.

— Et de son corps, enchaînai-je.

— Oui... Donc, le but est le couple angélique qui sait faire charité de sa volupté.

— C'est cela, Victor, dis-je la volupté.

— Heu... oui... Je disais donc qu'en terre d'Harmonie la liberté de la femme sera signe de la liberté...

— Victor...

— Pardon ?

— Voici une heure que vous parlez...

— Une heure, vraiment ?

— Pour le moins ! et vous ne me laissez guère parler !

— Croyez-vous ? Je suis impardonnable. Surtout pour une... Vous êtes bien institutrice ?

— Non. Je ne le suis plus. J'ai dû quitter l'institution.

— De quoi vivez-vous ?

— De beaucoup de bonheurs et de peines mêlés. Mais, si votre question se rapporte aux ressources... il me faut vous répondre : de rien !

— Ouvrez un cours privé. Je vous trouverai des élèves.

— Je ne dis pas non. Merci, merci beaucoup.

— C'est bien normal... et pas très difficile, pour moi. Mais maintenant, parlez donc, Blanche !

Qu'avais-je à dire ? Ma tête était tout à la fois si pleine et un peu vide. Mon verre, lui, était bien vide mais je sentais ma tête déborder, de ce que j'avais absorbé, ou de ce que je n'avais pas encore dit. Je me raidis, versai un peu d'eau de la cruche dans le verre, trempai le coin de la serviette dont je tamponnai discrètement mes joues, avalai le reste.

Derrière mon convive, un trumeau au cadre d'or surmontait la cheminée. Le miroir se montrait un peu piqué, dans sa partie basse, celle où se réflétait la chevelure blonde de Victor. Sa tête apparaissait ainsi de dos, voilée de la bruine des piqûres du miroir, la chevelure clairsemée sur le haut du crane. J'avançai mon visage de côté, de manière à ce qu'il se refletât tout à côté de celui de l'homme, presque joue contre joue. Contre la nuque engoncée dans la voussure des épaules, surmontée de la pâleur de la calvitie, mon port de tête et la blancheur lisse de mon front, cernée par le blond de mes bandeaux, tranché par le lien de tulle noir. L'attente brûlante de ma jeunesse et la solide vigueur de son âge !

Victor avait repris son monologue, de sa voix chaude et ondulante. Il en était à la « théorie fouriériste du neutre passionnel de l'amour » :

« Sa courbe typique, l'ellipse, est à double foyer par emblème du double emploi de la passion... C'est la courbe que décrivent les mondes en Harmonie... »

Un bruit qui semblait venir du fond de la pièce lui fit tourner la tête de profil. La droiture de son nez et l'angulosité de son menton étaient soulignées par la proéminence des arcades sourcilières. Pourtant, une lèvre inférieure charnue s'arrondissait sensuellement sous le panache blond de la moustache.

« ... l'azur, couleur de l'amour, est le champ de l'harmonie céleste... »

Je tournai aussi mon visage de profil et, sans m'inquiéter de la bizarrerie de la situation, je donnai dans le miroir un baiser à son image.

— Que faites-vous ? dit-il en semblant s'éveiller en sursaut.

— Je baise votre image, dans le miroir.

Il eut un petit rire surpris, redevint vite sérieux, songeur. Puis soudain :

— Vous êtes plus à votre affaire dans l'image que dans

la parole, n'est-ce pas ? Il songea encore un moment, puis ajouta : Qui dira ce qui prime, de l'image ou de la parole ? Vaste dispute...

Je jetai un nouveau coup d'œil dans le miroir, sur ma robe de tulle noir qui n'allait, ma foi, pas si mal avec mes cheveux blonds.

— A quel point, repris-je après un temps, la femme s'affirme-t-elle en affichant son corps paré ? et à quel point s'annule-t-elle ce faisant ?...

Cependant, j'attache le plus grand prix à la parole. Je voudrais un jour être entendue, comme l'est un Gambetta ou un Raspail, et cependant différemment, aussi... comme une femme. Mais pour moi, voyez-vous, ce qui est l'essence de la vie, la chair de l'être, c'est encore le geste, l'acte.

En disant cela, j'avais avancé ma main vers la sienne. Mes doigts tremblaient de plus en plus, à mesure que j'approchais, que je voyais la peau soulevée par les veines bleues, comme une pâte fraîche fourrée de coulis de myrtilles.

Le contact déclencha une décharge d'énergie, un frisson qui me parcourut.

— Hé bien, Blanche... la... cette nuit est la plus courte de l'an, savez-vous ? Aussi ne faut-il point trop attendre pour aller dormir. Plutôt que de le faire en image, si vous me baisiez en acte !

A l'approche de sa peau, une odeur m'assaillit. J'eus d'abord la sensation d'un parfum inconnu, quelque vague cuir de Russie. Et aussitôt surgit une odeur si étrange, connue, celle de la peau mâle, lourdement musclée, quelque peu piquante, fascinante. Je fermai les yeux et crus un instant défaillir.

Sa joue était étrangement à la fois douce et irritante.

— Vous n'allez pas rentrer chez vous à cette heure, dit-il. Je dors très bien sur le fauteuil. Je vous laisse mon lit.

J'acceptai. Ainsi, nous serions à pied d'œuvre demain pour descendre de la Grand' Côte au *Progrès.*

* * *

IX

— S'il vous plaît, Antoine Ducros travaille-t-il toujours chez vous ?

— Ducros, oui, Monsieur.

— Veuillez m'annoncer et demander s'il peut me recevoir accompagné de Madame.

— Un instant, je vous prie, je vais voir.

Victor et moi venions de descendre par la « ficelle »* pour prendre aux Terreaux l'omnibus jaune.

— N'avançons z'au devant, 'sieurs-dames ! ordonnait le conducteur.

C'était déjà presque plein. Un garçon épicier avec des sacs de papier jaune dans les bras, une cuisinière, son panier sur les genoux, un commis de fabrique dans son paletôt trop court, un vieux monsieur lisant *le Salut Public*, un homme en redingote, la moustache ébouriffée, une

---

* « Ficelle » : funiculaire à crémaillère montant à la Croix Rousse.

jeune femme en toilette du matin... Ai-je eu raison de mettre cette robe noire ? Avec son panier large, elle fait un peu démodé. Mais baste !

Je portais cette robe que j'aimais bien, qui avait appartenu à ma mère. C'était un tulle noir, à volants et à dentelles, devant quoi Rose s'était écriée d'aise.

Derrière le cheval flegmatique, la voiture trépidante roulait régulièrement sur les rails de la rue Impériale, en sonnant devant les passants : ding ding !

Le siège du *Progrès* se trouvait place Bellecour, en attendant que fût réalisé le projet d'un splendide immeuble au début de la rue Impériale. En attendant cette promotion quasi officielle d'un brillant local rue Impériale, le journal libéral avait donc pignon sur la plus grande place de Lyon. Nous descendîmes au coin de Bellecour.

Pendant que Victor négociait à l'entrée du *Progrès*, j'eus envie de faire quelques pas sur le gravier du terre-plein, laissant mon regard errer dans l'espace lumineux de la grand'place, sur les jets d'eau qui tiraient leurs fils mouvants, sur les petits marronniers qui s'alignaient en toile de fond, tandis que derrière moi claquetaient les sabots des chevaux sur le pavé. C'était la même vue que j'embrassais, exactement la même, lorsque, petite fille, je passais mes journées à la fenêtre des Delaunay.

J'observais avec un petit pincement de cœur la façade austère que la famille de ma mère devait avoir quittée en cette saison pour sa propriété du Point-du-Jour.

Soudain, un silence. Je regardai sur mon épaule. Un landau gris d'argent était apparu à l'arrêt. L'homme aux favoris m'observait. Il se découvrit à nouveau, d'une main au gant blanc :

— Madame, je ne vous propose pas de monter dans ma voiture, je sais que vous aimez marcher. Permettez-moi seulement de vous dire qu'il est heureux que de telles promeneuses viennent trancher la vie trépidante d'un homme.

Le landau démarra, s'éloigna, tourna le coin de la place, remonta de l'autre côté le long des marroniers et stationna devant le pavillon de la « Maison Dorée »*.

Un pas fit crisser le gravier. Je me retournai vers l'immeuble du *Progrès*. Victor revenait vers moi.

— Nous n'avons pas de chance. Ducros vient de sortir en reportage. Il faudra repasser.

En prenant une voiture de place*, nous avions encore le temps d'arriver à l'heure à la Rotonde. La réunion avait lieu dans la grande salle de bal public.

Le voici, le grand soir !

L'entrée de la salle de bal s'ouvrait, noire de monde. Pourtant, nous étions en début d'après-midi et ce n'était pas encore l'heure de danser ! La voiture fendit la foule qui protestait et nous déposa devant le portail où, par chance, Rose et les amis nous firent entrer.

La salle luisait de toutes lueurs. Les rayons de soleil qui pleuvaient de la coupole, les rampes qui couraient le long de l'orchestre et les lampes qui flanquaient les piliers donnaient toute la lumière possible. On se pressait, assis aux tables de côté, debout dans le reste de la place, en cet après-midi du 25 juin, dans la vaste salle de la Rotonde qui semblait une vaste scène éclairée a giorno. Des hommes en blouse, mouliniers et autres ouvriers, casquette ou bonnet sur la tête, se tenaient en petit nombre près des portes. Quatre ou cinq autres portaient le frac et gardaient la tête nue, le chapeau à la main. Mais le gros de la foule paraissait bigarré : mélange de robes de travail noires ou écrues et de robes colorées, surmontées d'ombrelles noires ou multicolores. Les ovalistes étaient-elles toutes venues ?

Mille cinq cents, mille huit cents, deux mille... Qui eût

* « Maison dorée » : pavillon de Bellecour abritant un café de luxe.
* Voiture de place : voiture de louage en stationnement sur une place (ancien taxi).

cru qu'elles fussent autant, lorsqu'elles se dirent ce matin : « Rendez-vous à la Rotonde ! » Aux premiers bruits de rendez-vous, la police et les patrons ricanaient. Un rendez-vous politique de femmes dans une salle de bal ! pourquoi pas au bordel ?

Le brouhaha ne baissait pas. Pourtant, peu de filles parlaient, attentives, inquiètes. On attendait.

Soudain, des acclamations, des bravos : une silhouette féminine se dressait, grimpée sur une table. Un lustre la surplombant de peu, sa robe blanche semblait lumineuse. Elle portait un chapeau plat. Des chut retentissants fusaient.

— Arrêtez de dégouler ! est la Rosalie, que va parler !

— Rosalie, qui est-ce ? demandai-je à l'oreille de Rose.

— Rosalie Rozan. Une des nôtres. Ecoute.

D'abord, on n'avait perçu qu'un ridicule filet de voix incompréhensible dans les restes de rumeur. Rien à voir avec les trompes tonitruantes des orateurs mâles auxquelles on était accoutumé dans les salles publiques lyonnaises.

Puis, le silence s'étant fait, sa voix incisive coupa l'épaisseur moite de l'atmosphère :

« ... et aussi à la Guillotière, devant chez Boy, rue Duphot ! Etions deux ou trois cents compagnes, là, sur le trottoir. Cette rafataille des sergents de ville nous ont chassées à coups de bâton. Mériteraient que plus jamais n'i descendions, sur le trottoir, que sauraient plus quoi z'en faire, de leur bâton ! »

On éclatait de rire : « Ah ! ah ! ah ! C'est ça ! Bien dit ! »

« En attendant, c'est à nous de parler puisque sommes là ! » dit-elle en désignant la foule d'un geste de main avant de redescendre de la table et de disparaître hors du faisceau de lumière. Ne resta d'abord que le silence, lourd, long. Puis se leva un murmure. Enfin, tout au fond, quelque part vers l'orchestre, une voix de crécelle :

— Ce qu'i nous faut, c'est dix heures et pas une de plus !

— Ouais, pas même z'une de plus ! répondait-on de l'autre côté.

— Et nos deux francs, hein ? nos deux francs ! ajoutait une voix de femme posée.

— Ouais, nos deux francs !

— Et nous faut z'aussi des chaises !

— Ouais ! Que notre culasse vaut bien celle de bargeoises !

On lançait des avis de-ci, de-là. Les interventions se multiplièrent, se recouvrirent, de telle sorte qu'on n'entendit plus rien.

C'est un homme en redingote qui, dressé sur la table, dans la lumière, prit enfin la parole :

« La démocratie, c'est l'ordre. Vous ne pouvez toutes parler ensemble. Alors, il faut qu'une femme parle au nom de toutes. Qui parlera ? »

Silence. On regardait à peine autour de soi, de peur de trop se faire remarquer. L'homme en redingote tournait la tête de droite, de gauche.

— La Rose ! proposa une voix. C'est toujours elle que parle pour nous autres des Chartreux !

Rose eut un instant d'hésitation, jeta un regard circulaire, me regarda. Je mis dans mes yeux toute la flamme de ma conviction qu'elle devait parler.

— Ouais ! s'écria-t-elle ! je veux bien dégouler pour les filles. C't'une affaire que j'y connais pas trop mal. Et faites confiance, que j'aurai pas peur de miailler ! C'est pas le moment de brider son âne par le cul !

— Vous plaisantez ! rétorquait l'homme en redingote. Rose est bonne fille. Nous la connaissons tous. Elle n'a pas sa langue à la poche, c'est une affaire entendue. Mais pour parler politique, c'est différent. Comment voulez-vous qu'elle vous fasse entendre des patrons et des notables, si elle ne sait même pas parler français !

Un murmure approbateur se répandit.

Rose a pâli. Elle est restée muette, les sourcils noirs froncés et les muscles des mâchoires contractés. Elle haletait, la poitrine soulevant son corsage avec violence, s'enflant avec l'inspiration, se rétractant un peu sur le souffle. Elle semblait un fauve traqué décidé à vendre chèrement sa peau.

Que pouvait-elle faire ?

— Laisse-donc, murmurai-je à son oreille. Présentement, nous n'y pouvons rien faire.

Alors, me regardant soudain droit dans les yeux, elle découpa entre ses dents :

— Présentement, m'amie, présentement. Mais fais confiance, que changerons ça !

Puis, comme la salle faisait toujours silence, elle dit tout fort :

— Celle qu'i nous faut, est la Blanche ! est plutôt canante et personne sauront franchicoter plus bien qu'elle ! Que n'est z'instruiseuse !

Tous les visages se tournèrent vers moi. Toutes les respirations se suspendirent à ma réponse. Parler au nom des ouvrières, le rêve de toute institutrice ! Mais je me rappelai comment, dans la fumée souffrée du canon qui venait de tirer sur la Croix Rousse, je m'étais juré de me faire institutrice pour donner la parole aux pauvres.

— Non ! répondis-je à voix bien haute. Je suis sensible à l'honneur que me fait Rose. Mais, malgré mon désir d'être des vôtres, malgré que mon cœur souffre avec le vôtre, je ne saurais parler pour vous. Non, moi, l'institutrice, je les respecte trop pour prétendre parler à la place des ovalistes.

— De toute façon, avait repris l'homme, la politique est affaire d'hommes. Vous, les femmes, vous pouvez bien tempêter et c'est tant mieux parce que les patrons ont la crainte que vous ne cassiez tout.

— Ouais ! Est bien vrai ! fusèrent quelques voix.

— Mais, après la tempête, il faut la parole. Il faut savoir exploiter la victoire. Il faut posséder la science du combat social : la virilité. Et il faut posséder la science du discours : la rhétorique.

— Et tout ça dans un caleçon ? Ben mon colon !

— C'est pas encore demain qu'une simple canante va dégobiller, alors !

— Rassurez-vous. Il y a une personne capable de dire la parole d'autrui sans la trahir. C'est l'écrivain public ! dit l'homme à la redingote.

En jaquette blanche, l'écrivain public Bosquier s'était juché sur la table. Ces imbéciles l'applaudissaient. Il confia sa badine et son chapeau à des mains qui se tendaient en bas de la table.

— Ducros est ici, me souffla-t-on dans l'oreille. C'était Victor qui venait d'apercevoir le journaliste.

— Où donc ?

— Au pied de la table de l'orateur. Ce grand escogriffe au grand chapeau. On ne peut ne pas le voir !

— Attendons-le à la sortie, dis-je.

Bosquier levait la tête, cherchant l'inspiration.

« Quelle corporation est plus sacrifée que celle des ovalistes ? Quel est son droit ? Celui de passer ses jours et ses nuits à l'atelier. Déjà, les rues sombres et humides sont parcourues de poitrinaires. Mais que dire de l'atelier, après la journée, quand on ne peut ouvrir à cause du froid ? Et quel est son devoir, à la corporation ? Travailler, travailler sans cesse, pour une misère. Un franc et quelque, duquel les repas sont déduits ! Chez certains patrons, on paye même sa « place au feu »*. Bienheureuses si l'on

* « Place au feu » : droit (payant ou déductible) de cuire sa soupe au feu du patron.

couche gratuitement à l'atelier ! Il faut remercier le maître de nous laisser un bout de sol à balayer et à couvrir d'une natte cafardeuse la nuit. Quant au jour : douze heures de travail effectif, quatorze heures ou plus debout, sans le droit de s'asseoir, est-ce que nos organes de femme... »

— Montre ! lança l'une des filles, au milieu de quelques rires étouffés.

Mais la foule dissipée par la plaisanterie redevint attentive quand Bosquier conclut :

« Pour finir, voici deux requêtes : réduction de deux heures de la journée de travail et augmentation de cinquante centimes par jour. Soit : la journée de dix heures à deux francs ! »

On applaudit. L'écrivain saluait comme un comédien, d'une révérence, la badine et le chapeau en main, quand l'homme à la redingote reprit la parole pour lire un billet.

— Un message est adressé par des patrons réunis au café de *la Renaissance.* Je lis :

« *Nous maintenons notre refus et ne sommes pas dans l'intention d'accepter le débat sur aucune base.* »

Ah, le beau charivari ! On huait, on sifflait, on hurlait, on chantait ! Deux filles se regardaient en pétant de leurs doigts sur la bouche, si bruyamment que tout le monde riait. Il y eut même une fille, sur la gauche, pour monter sur une table et, les jupes troussées sur des jarretières à nœuds roses, passer son bras par derrière et le brandir entre ses jambes dans un splendide bras d'honneur.

Rosalie Rozan était remontée sur la table. Calme, toisant la salle, elle attendait le silence. Quand il fut revenu, elle dit :

— Toutes les droles en grève demain !

Une ovation la salua. Mais l'écrivain demandait à nouveau la parole pour conseiller de ne faire « ni scandale ni violence à celles qui veulent travailler, parce qu'on n'obtient rien par la violence. »

— Culs brenneux ! répondit une voix impossible à localiser tant ce fut bref, ils nous laisseraient crever !

— Portez pas peine, lança une autre voix, on sait comment on gagne ce qu'on veut des hommes !

— Ouais ! ajouta Rose, d'une façon ou bien d'une autre, on y gagnera !

* * *

X

A la sortie de la Rotonde, Victor et moi nous nous postâmes chacun d'un côté pour ne pas rater Ducros. Mais il y eut une bousculade. Bosquier était pris à partie par des filles. Elles se jetaient sur lui en criant :

« Arregardez le ! l'espèce de faux démocrate !

— Serait pas n'un faux z'homme ?

— Attrapez-le, qu'allons i sortir les brayes, z'allons bien voir !

— Pouah ! Doit être z'une horreur ! Allons tout i couper, oui !

Il a fallu l'intervention de Rose, aidée de cinq ou six filles des Chartreux pour dégager la victime désignée et l'emmener hors de la salle.

Comme Victor avait pêché Ducros sur ces entrefaites, nous avions tous couru au café *Balmont.*

Victor levait son verre.

— Allez, Antoine ! en souvenir du passé !

— Santé ! répondait le journaliste.

— C'est moi qui paye, mais c'est la jeune femme que voici qui désirait t'inviter, ajouta Victor.

— Enchanté. Je suis toujours enchanté d'intéresser une jolie jeune femme.

Lui aussi faisait plutôt jeune et joli, quand la tête libérée de son haut-de-forme et la position assise le rabaissait à mon niveau !

— Que puis-je pour vous ?

— Monsieur, le nom de Virgile Rougon vous dit-il quelque chose ?

— Bien sûr. Il y a longtemps. Révoqué et déplacé, hein ? Où est-il, maintenant ?

— C'est justement ce que je cherche à savoir, si toutefois il est vivant. Je recherche aussi le dénonciateur.

— Navré. Je ne sais rien. Il y a longtemps que j'ai coupé avec le milieu.

Il tira de sa veste un étui de cuir repoussé, l'ouvrit, offrit des cigarettes et, devant notre refus, en tira une pour lui, battit un petit briquet d'or, aspira et souffla la fumée en renversant la tête.

— Vous devriez ne pas remuer ce temps, Mademoiselle, c'est de l'histoire ancienne et ces gens n'étaient pas toujours très intéressants, savez-vous.

Je soufflai entre les dents :

— Virgile Rougon est mon père.

— Je vous demande pardon. En ce cas... évidemment... Si j'ai un tuyau, je vous promets de penser à vous.

On parlait de continuer la soirée ailleurs. Nous sortîmes.

Cette soirée virait déjà à la moiteur obscure, à l'approche de la nuit. Le quartier était un peu malsain pour nous, en compagnie de l'écrivain. Nous n'avions nulle envie de filer vers Bellecour et Perrache, sur le pavé lustré et le macadam des belles rues des patrons, encore moins dans les ruisseaux de sang de la Grande Boucherie*. Le Rhône sentait un peu l'herbe fraîche coupée, il roulait, décidé et sonore, tendu vers les lumières de l'aval. On décida de repasser le pont. Il valait mieux se rendre chez Victor.

— Ce que fait chaud ! J'ai la pipi ! Donnez-nous de vin, les hommes, si vous nous donnez pas de parole !

Rose tendait son verre à Victor. Déjà, elle avait lampé, d'un grand coup de tête en arrière, un premier verre du blanc mousseux dont Victor avait remonté deux bouteilles de sa cave.

— Délicieuse, en effet, cette Albette, dit Ducros.

— Blanquette, rectifia Victor. Elle est produite à Limoux, en Languedoc. Je la fais venir en bouteille.

Et l'orateur se lança dans une nouvelle péroraison. Ce n'était pas comme le champagne, un vin bourgeois à vouloir jouer les aristocrates sans y parvenir, les bulles tenant lieu de bouquet. Ce n'était pas davantage un vin noble. Avec sa douceur mêlée de piquant où foisonnent toutes les plantes de la garrigue, c'est le produit de toute une tradition populaire. Concédée dans l'Aude par ordonnance royale, cette méthode de vinification de mousseux naturel était multi-centenaire. Cependant, c'était une œuvre, un joyau de l'élite du travail...

— Et cause que tu causeras ! coupa Rose. Les hommes, ça parle comme les ânes pètent ! et avec tout ça, moi, j'ai n'encore le verre vide !... Et toujours pas la parole !

Il s'en est suivi un silence. J'aimais le silence, bouffée de calme au réveil de la ville, le matin sur les degrés des toits roux quand on ouvrait la fenêtre. Mais comment supporter le bâillon de la femme à se taire ? Comment souffrir l'excision de la langue qu'on nous fait à tout âge ?

En fait, Victor n'était jamais que comme tous les autres,

---

* Grande Boucherie : quartier entre le pied de la Croix Rousse et les quais de Saône où étaient situés abattoirs et boucheries.

les notables qui ne nous reconnaissent pas la virilité propre à la politique. Les socialistes qui font de même. Et tous les autres qui trouvent normal que nous ayons à demander la parole d'un époux pour nous déplacer, pour travailler, pour gagner de l'argent...

— A quoi pensez-vous ? me demanda Ducros. Vous semblez si songeuse.

— A quoi pensé-je ?... à... Flora Tristan, qui a si bien connu notre quartier et notre condition. Savez-vous ce qu'elle écrivit un jour ?

« L'homme pense que la parole de vie est dangereuse — et voyez quelle différence, la femme est poussée à répandre cette parole de vie. La femme est la vie et l'homme est la borne. »

— Je vois, répondit Ducros, vous avez été blessée à la Rotonde. Mais notre ami Bosquier n'a pas entièrement tort, vous savez. Comment se faire entendre, si l'on ne parle la langue française ? Il faut toujours procéder à une traduction, au doublage. On a toujours besoin d'un double. Il faut un double qui sache traduire, qui sache dire ce que l'on voudrait sans savoir, un double qui sache assumer nos désirs.

Victor resservait enfin la blanquette. Après le pot de chez *Balmont*, je me forçais un peu à vider mon verre. Le mousseux paraissait d'abord doux mais j'étais aussitôt assaillie par les piqûres du gaz dans le nez.

— La langue française ? Gognandise ! La préfecture est pleine de types qui dégoulent si bien comme moi le parler de la Grand' Côte, rétorquait Rose. J'en connais très bien cinq ou six, de ces giflards !

Elle tendait son verre que Victor remplit en répondant.

— Le préfet, lui, parisien nommé par l'empereur, ne prendra jamais au sérieux une demande dite en lyonnais.

Et il me servit également. A ce second verre, je goûtai le fort arôme fruité.

— C'est bien pourquoi il faut des traducteurs, assurait Bosquier. Traduire n'est pas trahir.

— Ouais ! Tu parles ! Des mâles que z'ont de bourses pleines pour parler de questions de femelles... dit Rose.

— Oumf ! oumf ! pouffait Bosquier.

— Il est vrai, cela ne convient pas, déclarai-je. Car ceux qui parlent le pur français ne sont pas le pur peuple et ils trahissent forcément sa pensée.

— Je n'apprendrai pas à l'institutrice que tout s'apprend ! me jeta Ducros.

— Tout s'apprend, certes ! Il est vrai. Mais c'est aujourd'hui que l'on aurait besoin...

— En connaissez beaucoup, vous, des bargeois que veulent donner parole aux femmes ? dit Rose. Et pan ! elle débouchait la deuxième bouteille de blanquette qu'elle laissait déborder en mousse blanche sur son verre, avant de faire la tournée.

Nous nous abîmâmes un moment dans la dégustation de cette association brûlante, la boisson de Victor associée à la réflexion de Rose. Après le piquant des bulles, c'était le doux du miel. Et cet arôme de fruit que je croyais connaître mais que je n'aurais su dire, quelle luxuriance !

— Il faudrait, unies en une même bouche, la connaissance de Rose et ma pratique de la langue.

— Ce qu'il faudrait, dit Victor, ainsi défini, ce serait l'union des contraires. La dialectique...

— Et pourquoi pas ? notai-je. C'est bien ce que l'école devrait...

— Y croyez-vous vraiment ? Un apprentissage mutuel, un échange des savoirs et des langues...

— Que n'échanger les langues, nous, les droles, z'y savons faire un peu ! Viens par ici ! dit Rose en agrippant Bosquier par les cheveux et en lui plantant un baiser en pleine bouche.

Telle était la situation, suite à la Rotonde et à la blanquette, que nul ne parut s'en offusquer ! Quant à moi, je m'amusais beaucoup à observer son manège.

— L'union des contraires ! Z'avez vu ? disait-elle en plongeant ostensiblement sa langue entre les lèvres de Bosquier qui n'en revenait pas, agité comme une marionnette, roulant des yeux de barbot tiré de l'eau.

Victor commença par rire franchement. Puis, son rire se crispa, vira au jaune. Il me servit encore de la blanquette. Je retrouvai la puissance de l'arôme fruité et le paradoxe de la rondeur se frayant une place parmi le piquant du gaz.

Victor me regardait. Ses yeux me fixaient maintenant très sérieusement. Il me saisit le visage, une main de part et d'autre des joues, à la naissance du cou. Les commissures de sa bouche frémissaient. Sa lèvre se relevait sur ses dents. Alors, il effleura à peine mes lèvres. Puis il posa sur elles l'énervement de sa joue.

Les secousses levées en moi se calmèrent. Je reprenais mes esprits. Il avait reculé son visage pour m'observer, le regard coupé d'un pli vertical entre les deux sourcils. Le trumeau reflétait notre face à face, son visage et le mien, les gros sourcils fauves et la trace courbe de mes sourcils clairs, les lèvres incarnat frangées de la moustache flamboyante et les lèvres carminées tendrement ourlées, la chevelure paille et les cheveux de soie, les joues piquées de poivre rose et la délicate nudité de la peau blanche.

Cependant, les contraires s'accordaient plutôt. Jusqu'aux différences entre Rose et moi qui faisaient symphonie dans nos actes à chacune. A chacune son baiser, à chacune son geste ! Je tournai la tête afin de comparer ma situation avec l'attitude de Rose et de l'autre homme.

Ça, pour comparer !

Bosquier se tenait allongé, en appui sur ses coudes, la tête redressée pour observer avec ses yeux de barbot apoplexique, soufflant par la bouche grand ouverte. Rose était agenouillée sur lui. Comment pouvait-elle, ainsi, en public ? Elle s'agitait comme une sirène, ondulant de tout le corps. D'une main, elle tenait ses jupes ramassées et roulées de côté en dénudant ses cuisses, de l'autre, elle plongeait sous elle, tandis que ses reins se soulevaient, se balançaient, et tandis que sa tête se secouait, s'échevelait... Lorsqu'elle se relevait davantage, on voyait...

La surprise passée, je lui dis :

— Toi, alors ! En public ! Tu n'as pas honte ?

— Bugne, va ! Je fais que gagner mon « cinquième quart ». Tu ferais mieux d'en faire autant.

— Oh, non, alors ! Malgré toutes les blanquettes du monde, ce n'est pas moi qui oserais !

— C'est bien vrai que parlons comme les ânes pètent ! Tant de gognandises, pour n'en parler que du « cinquième quart » ! Moi, j'y vois tout simple. Les instruiseuses gagnent leur vie z'avé leur bouche, les ovalistes « cinquié-mistes » z'avé n'autre chose ! J'ai pas raison ?

— Peut-être, Rose, peut-être...

— Qui sait ? Quelque jour, te faudra peut-être z'i faire.

— Jamais ! Je ne pourrai jamais.

— Qui sait ? sourit-elle encore. Dans la vie, tout semble que bouge pas, et pourtant tout tourne !

La suite de la soirée fut plus calme, la fatigue et le vin ayant fait leur effet. Durant que la plupart dormait, je passai longtemps à la fenêtre à observer les miettes de lumière saupoudrées sur l'encre de la ville, les nébuleuses lactées des places ou des théâtres, l'horizon verdissant, au Sud, d'on ne sait quelle lueur.

Au moment de prendre congé, Ducros demanda à me parler. Je sortis avec lui sur le pas de la porte.

— J'ai votre filière. Je n'y ai pas pensé sur le moment, mais c'est l'homme qu'il vous faut. Un photographe qui a travaillé pour la rousse. C'est un inventeur en son genre ! La photo d'identité. Et un précurseur ! Il a commencé avec l'Empire, au début des années cinquante. Je jurerais qu'il a travaillé sur les supects « rouges ».

Voilà. Excusez-moi encore pour tout à l'heure. Je vous ai dit tout ce que je sais. A vous de jouer !

* * *

XI

— Je dois rendre visite à un photographe, dis-je. Il aurait photographié mon père. C'est le journaliste qui me l'a indiqué. Il s'appelle Duval.

— Coufle ! fit Rose en se tournant face au mur de l'alcôve, blanc de chaux ébréché, pour bougonner : Et moi que pensais justement de t'y mener !

— Par exemple ! C'est de la transmission de pensée ?

— Mais non ! gone ! A moi, mon affaire, c'est le corps !

— Pardon ?

Elle se retourna de face, la joue mate et les cheveux noirs sur l'oreiller au blanc tout frais.

— T'as envie de crever longtemps la faim canife ?

— Mais, Rose... je n'ai guère le choix.

— Pardi que si !

— Alors, dis-moi comment je puis gagner si facilement de l'argent, toi qui sais tout !

— T'es pas vraiment gognasse ! fit-elle en me découvrant. Qu'est belle, la drole ! Tu sais pas que ça peut payer ?

— Je sais. Mais ne compte pas sur moi pour le commerce de l'amour. Je ne pourrais pas. L'amour est un culte. Il serait... sali par un marchandage et...

— Ca va ! ça va ! Je connais la chanson. Mais tu veux bien te faire voir ?

— Cela dépend...

— Te faire tirer le portrait ?

— Hum... oui.

— Bon. Allons demain chez Duval.

Rose ferma les yeux. Elle avait bien voulu rester coucher chez moi, après le festin de pain dur et de vieux fromage de chèvre arrosé d'eau de source.

« Gagner de l'argent... gagner de l'argent ! »

Sa voix continuait à sonner dans ma tête. Je me tournai à mon tour vers la ruelle du lit où ses vêtements pendaient sur le tabouret.

Près du corset, elle avait déposé une chemise de fine soie rose à jours, des jarretières rouges passementées d'argent et des bas de soie noirs brodés de roses rouges.

Au petit matin, le ciel bouché ne laissait guère passer de clarté, que nous quittions le bord de la Saône. Vue du haut du boulevard, elle sommeillait encore lourdement dans un reste de nuit, couchée au pied de la falaise.

Nous descendîmes la montée Barajous. Mieux valait ne pas s'approcher du fleuve. Le Rhône, lui, n'avait pas cessé de veiller. Il roulait encore sa violence nocturne. A son côté, sur la rive instable, le moindre faux pas pouvait être fatal.

Nous étions dans un lieu humide, obscur, hostile. Nous savions les magasins s'échelonnant en bord de Rhône, regorgeant de richesses dégorgées par les ouvriers d'ici ou extirpées aux nègres de là-bas. Je réprimais un tremblement.

Mais Rose avait ramassé un bout de tuile. Elle traça sur une façade un signe cabalistique : deux points rouges.

— Qu'est-ce que ceci ? soufflai-je.

— Deux points dessus la maison d'un bargeois : le premier c'est mon poing sur la gueule, le second c'est bientôt point final !

Je ris et ramassai également un bout de brique pour tracer les deux points. Elle indiquait les maisons :

— Tiens, çui-là aussi, c'en est un beau, pourfendeur de républicain ! Pouvons y aller !

Pfoum ! Nous riions d'aise à l'idée de la frayeur matinale des bourgeois qui allaient se demander quel attentat menaçait les « marqués ».

— Houn ! houn ! houn ! faisait Rose. Ca est z'une idée à une copine, que s'appelle Michelle Louis. Houn ! houn !

Nous nous arrêtâmes cours d'Herbanville, en retrait du quai, derrière la haie de saules et de taillis, devant une entrée de magasin fermée de deux lourds et hauts battants. Rose frappa. A peine entendait-on le bruissement du fleuve.

Un petit homme à lunettes rondes et à manchettes noires nous ouvrait.

— Je te mène une amie. C'est que pour travailler.

— A cette heure ?

— Et depuis quand Monsieur n'a de z'heures ?

— Savez-vous bien ce que c'est, la photographie ?

— Ben... fis-je.

— La photographie, commença-t-il à déclamer, figurez-vous, Mesdemoiselles, que c'est l'art par excellence, où l'homme joue de la nature à son gré. Quant on y pense ! Garder à voir pour toujours un spectacle que le temps eût effacé sans remède ! Pour quelques francs, n'importe qui laisse son portrait à la postérité ! N'importe qui reste intact. N'importe qui possède son remède contre le vieillissement. Ah !, monter un artifice au service du naturel ! Seulement, justement, la photo est l'art d'user de la lumière naturelle. Aucune rampe de gaz ne peut remplacer le soleil.

— Vraiment ? Aucune invention de la science ? demandai-je.

Un jour, peut-être... on ferait de la photo lumineuse et animée. Du moins si l'on en croyait un photographe qui parlait un peu à tort et à travers. Il s'appelait le père Lumière. Tu parles d'un prédestiné ! Il avait un laboratoire rue de la Barre. Mais n'anticipons pas.

Nous n'en étions pas là. Il nous fallait attendre le soleil.

— Joli visage, fit-il en rajustant ses lorgnons devant mon nez.

— Merci, répondis-je.

— Voyons, ajouta-t-il en soulevant ma robe jusqu'au genou, bien ! ah, très bien !

— S'il vous plaît ! coupai-je en rabaissant ma robe, je vous prie d'être correct.

— Fiou ! siffla-t-il. Et vous, ne soyez pas idiote ! En attendant, revenez plus tard ! Je n'ai pas besoin de vous à cette heure ! coupa-t-il en allant rouvrir sa porte.

— Moi, Duval, il se trouve que j'ai besoin de vous, répondis-je.

— Plaît-il ?

— Refermez votre porte. Si vous permettez, j'aurais une petite question à vous poser. Répondrez-vous ?

— Cela dépend de la question.

— Avez-vous photographié Virgile Rougon à la police, en cinquante-deux ?

Le photographe s'était soudain intéressé de très près à la plante verte dont la tige tortueuse s'élevait dans l'encoignure de la pièce. Il examinait une feuille sur le dos vernissé. Il la retournait sur le ventre mat.

— Je vous demande de me répondre.

— Possible. J'ai fait mes premières expériences à l'époque.

— Qui l'a dénoncé ?

— Si vous croyez que j'avais accès au portefeuille !

— Ce portefeuille, mon giflard, te vas l'ouvrir la prochaine fois que vas travailler au commissariat !

Il prit entre ses doigts une autre feuille, la caressa.

— Je risquerais gros et je ne vois pas pourquoi. Non, non. Pas question que je fasse ça.

— Verrons ce que verrons !...

— Maintenant, ça suffit. Vous vous taisez et vous posez !... Du moins, dès que le soleil...

— Laissez-nous rester ici en attendant ; nous n'avons rien à faire dehors, dis-je.

— A ce point ?

— La Blanche fait qu'instruiseuse ; mais est renvoyée. Et moi, à l'atelier, c'est grève.

— Alors, le grand Empire de Napoléon III est déjà fini ?

— Napoléon-le-Petit ? Qui sait ? dit Rose en une grimace. En attendant, on doit s'emplir les bouilles !

— Avez-vous faim ?

— Un peu, mon giflard ! répondit-elle sans vergogne. Avons bu le café sans rien, et pas même de sucre.

— Asseyez-vous. Je vous fais porter quelque chose. Mais c'est une avance sur votre salaire !

— Avec ou sans intérêt ? lança Rose en se laissant tomber sur la chaise.

La machine semblait mystérieuse, recouverte d'un drap noir, juchée sur un piédestal en forme de trépied. Duval apportait une grosse boîte et s'affairait sous le rideau.

— Il place la plaque, dit Rose. Ça craint la lumière comme la cale tant fragile d'une petite barge.

— Alors, la photographie, c'est la recherche et la fuite de la lumière réunies ?

— Elle a tout compris, fit la voix étouffée sous le drap.

L'officiant continuait son rite masqué. On eût dit les préparatifs de quelque cérémonie secrète. Je ne croyais pas si bien dire ! Duval travaillait pour les « Deux Passages » qui lui faisaient faire leur réclame.

Deux duègnes vinrent nous aider à nous habiller. On nous avait apporté toute une batterie de sous-vêtements que nous faisions jaillir des cartons avec des cris de ravissement.

— Et ce jupon, hein, vois ce jupon, est-il délicieux ?

Nous palpions la finesse du coton, nous nous extasions sur la délicatesse des jours, des passements, des dentelles. Tout était splendide. Jusqu'aux corsets que je n'avais jamais vus en telle quantité. Il y en avait des chair, des roses, des cuir, des noirs à rubans et lacets rouges !...

Rose se montrait en cheveux, ruissellement noir, et se tenait en équilibre du bout des fesses sur sa chaise. Elle ne pouvait s'adosser à cause de la crinoline grège de lin, rousse de crin, noire de fil de fer et chocolat des mignonnes faveurs qu'on venait de poser à la taille et au fond. Cette vaste corolle cependant flattait fort sa silhouette en lui faisant une taille de guêpe dans son corset noir aux lacets et aux rubans rouges. Au-dessous de la fraîcheur nue des épaules s'accrochait la petite croix d'or, au beau milieu des seins qui se tendaient, mats sur leur support noir, terminés en brunes aréoles.

Pour moi, j'avais revêtu une robe de soirée louée à je ne sais quelle duchesse endettée. Je me tenais debout durant que l'on me coiffait, à cause de la crinoline qui sous-tendait la robe. Duval avait opté pour une coiffure courte, à bandeaux tressés, qui faisait, disait-on, fureur en Angleterre. Du décolleté bordé d'émeraudes —, vraies ou fausses ? — partait la coupe de la robe, une vaste polonaise verte. Je devais la relever un peu sur les dessous à vanter dans la réclame. En l'occurrence, sous l'épaisseur du premier jupon de brocart véronèse, dans les frou-frous du fond d'un jupon de tulle, Duval voulait laisser voir des bas du dernier chic.

— Vous avez la jambe bien tournée, ronde à souhait. Ce n'est pas comme cette courateuse de Rose !

— La courateuse, tu sais ce qu'elle i dit, au gros giflard !

— Ne t'énerve pas. Ta jambe a son charme et le reste aussi, et tu le sais bien. Mais là, dit-il en touchant mon pied, c'est parfait pour le bas brodé.

Il fit le geste de donner une claque sur la jambe. Je me reculai, soustrayant ma jambe nue à sa claque et le gratifiant d'un regard tranchant. A la fin, me prenait-il pour une jument ou pour une... ?

Je me tournai pour enfiler plus discrètement la paire de bas de soie tilleul brodés de papillons jaunes et nouer les jarretières dont les nœuds jaunes étaient la réplique de ces papillons. La psyché me renvoyait l'image de la jambe tilleul, ronde au-dessus du genou et galbée au-dessous, entre le papillon du mollet et celui de la jarretière.

— C'est vrai, dit Rose, qui avait l'œil dans la glace. T'as le fumeron plutôt bien tourné.

— Et cette bouche avez-vous vu cette bouche ? Croyez-moi, nous allons faire du beau travail. Lyon va en frémir !

Les photos firent en effet frémir place Impériale. La direction des « Deux Passages » en fit exposition dans des cadres d'or accrochés sur toute la longueur de la vitrine.

Il fallait voir l'effet ! Quand on arrivait depuis les Terreaux, avançant péniblement parmi piétons, fiacres et voitures à bras, se serrant devant la clochette de l'omnibus, et que soudain l'on débouchait sur la place aux fenêtres décorées de garde-corps ouvragés en fonte, aux réverbères à couronne de fer et de verre, à la fontaine aux femmes moulées en fonte, au sol asphalté, le joyau du modernisme, c'était encore la vitrine des « Deux Passages ».

La grande maison de nouveautés avait à lutter contre plus grande encore : « La Ville de Lyon » qui avait son empire bien établi sur plusieurs étages et sous plafond de verre. On trouvait de tout dans chaque maison, aux mêmes prix fixes, avec la même séduction d'étalage, nuances chatoyantes des confections, couleurs vives des tentures... Pour capter la clientèle, il fallait faire mieux aux « Deux Passages ». Le directeur n'avait pas lésiné.

La vitrine avait été vidée des lingeries, modes et coupons qui faisaient abondance. Les modèles qui faisaient l'objet de la réclame trônaient : chemises, jupons et bas, disposés avec art, blancheurs flottantes comme soulevées par un vent coquin, couleurs reposant lascivement en corolles épanouies et longs pétales pastels. Au-dessus des modèles vantés, à hauteur des yeux des spectateurs, nos photos.

Les vues se succédaient dans leurs cadres dorés. On eût dit des attitudes de mouvement décomposé pour une lanterne magique !

Rose se montrait d'abord le bras le long du corps. Puis, elle le levait peu à peu. Elle se trouvait successivement dans la même attitude, en cheveux, ruissellement noir sur le dossier de la chaise, pieds repliés en dessous, puis de plus en plus avancés au fond de la crinoline. Celle-ci, aux divers tons de gris, formait une vaste corolle sur la taille de guêpe en corset noir aux lacets et aux rubans plus clairs. Au-dessous de la nudité folle des épaules se glissait la petite croix luisante, au beau milieu de l'infernale fermeté ogivale des seins qui se tendaient, chairs mates sur leurs supports noirs, terminées en sombres bourgeons tendus, entre lesquels la petite croix luisante était on ne savait quoi de provoquant, de rassurant, ou d'intrigant.

Passant la tête par dessus les badauds, juchés sur la pointe des pieds, les garçons de courses sifflaient admirativement.

Quant à mes photos, elles me montraient également en des positions variant peu à peu, semblables au bout du compte. J'étais prise le buste un peu penché, la bouche offerte dans une légère moue, debout dans la robe de soirée que je soulevais légèrement en regardant le passant.

Je me montrais en coiffure courte, à bandeaux tressés et je paraissais naturelle quoique je fusse joliement maquillée pour souligner les yeux et les lèvres. Sous la vaste polonaise à décolleté bordé de pierres, on apercevait d'abord la pointe d'un escarpin noir, puis, sous le volant du jupon de brocart sombre, sous les frou-frous du jupon de tulle blanc, on voyait les bas du dernier chic, la soie aux papillons qui montraient un peu l'arrondi du cou de pied, le creux de la cheville, jusqu'au commencement du gras du mollet.

La devanture du grand magasin se vit toute la journée assaillie par la bousculade. Les femmes du plus grand monde côtoyaient les domestiques descendues de leurs mansardes, sans parler des bourgeoises qui accouraient de leurs propres boutiques. C'était un flot continu de femmes fleurant la violette et l'iris, chargées de paquets et d'ombrelles, tandis que les voitures stationnaient en attendant.

— Quelle classe, porter ainsi la crinoline comme une robe du plus riche brocart !

— Oui, cette brune est assurément une aristocrate !

Pas de doute ! Rien à voir avec ces démones de malheur qui hantent jusqu'à nos rues de la Presqu'île !

— Les « Deux Passages » est vraiment le temple de la mode ! Dénicher de tels modèles !

Les crinolines se vendaient comme des petits pains. Le directeur du grand magasin faisait fortune. Il les avait à bas prix parce qu'on n'en voulait plus à Paris où elles passaient de mode. En deux jours, le stock fut liquidé.

Lorsqu'on ne trouva plus de crinoline, les clientes insatisfaites commencèrent par faire un esclandre au rayon, puis sortirent dans l'intention de se replier vers « la Ville de Lyon ». Mais elles s'arrêtèrent encore devant la vitrine pour s'apercevoir que, à côté de la brune piquante en crinoline, la blonde qui montrait une cheville ronde en bas à papillon était aussi fort séduisante. On se mit à complimenter la légère indiscrétion de ce bas.

— Oui, ma chère ! La brune n'est qu'une cocotte à se montrer ainsi dévêtue. On voit bien que cette blonde est une femme honnête.

— Hum ! une telle honnêteté... Poitrine discrète, cheville entraperçue... hum ! hum !

— Voyez donc, Président, cette élégance ! Avez-vous déjà vu une telle bouche ? Un pied plus mignon ?

— Oui, quel chien ! On ne résiste pas à une telle femme.

— J'avoue que si elle me regardait ainsi en chair et en os !...

C'étaient des hommes, portant frac et haut chapeau, qui passaient dans la rue et commentaient derrière les femmes.

Le jugement masculin fut le signal. Ce fut une nouvelle ruée. Les « Deux Passages » furent à nouveau investis à l'étage de la lingerie mais, cette fois, la cohue se massait en caquetant autour du rayon des bas. En quelques heures, le stock de bas de soie à motifs brodés serait épuisé.

N'ayant pas résisté au désir de prendre la « ficelle » pour descendre voir ça, je me trouvais place Impériale, un peu à l'écart, adossée à un jeune platane d'où je pouvais cependant observer la foule devant la vitrine.

Quand cela se mit à vagir en direction des quais de Rhône, je ne distinguai d'abord, au fond de la rue donnant sur le quai, qu'un vague attroupement. Mais, au fur et à mesure qu'approchait l'attroupement, on distinguait les robes multicolores et les chevelures contrastées des filles. J'en reconnaissais une des Brotteaux par-ci, une de la Guillotière par là. Elles s'arrêtèrent, soudain silencieuses, à l'entrée de la place, figées devant les « Deux Passages ».

Soudain, elles s'égaillèrent toutes vers la vitrine, comme un vol d'hirondelles qui se pose et palpite. Elles se trouvaient derrière les badauds, gesticulant pour essayer de voir entre les têtes, regardant, toujours en silence, fascinées par les photos et par les modèles. Je me faisais petite dans mon coin. Qu'allait-il advenir ?

C'est alors que retentit un cri :

— Les démones ! Voyez, ce sont les démones ! Elles vont nous égorger ! Sauve qui peut !

Et la femme qui avait donné l'alerte, une bourgeoise à robe et ombrelle noire, se précipitait dans le magasin en entraînant la foule à sa suite.

Ce fut un éclat de rire général, de si bon cœur qu'il me fut vite communiqué. Comme j'approchais du groupe des filles, on me reconnut.

— Mais.. est l'amie de la Rose ! Est la Blanche ! Qu'est-ce te fous là, toi ?

— Je... j'ai travaillé pour la réclame, dis-je en montrant les photos qui m'affichaient, tandis que j'eusse mieux aimé que s'entrouvrît la terre pour m'y cacher.

— Est bien vrai, qu'est la Blanche ! Et la Rose, vois ! sont la Blanche et la Rose !

— C'est que sont bien canantes !

— Ouais ! Ça fait rien, est pas bien pour notre bourse, tout ça ! dit une noiraude en hochant la tête.

— Des histoires de bargeoises, oui !

— C'est que me n'achèterais bien, moi, de ces petites histoires !

— Ça fait rien ! se montrer comme ça le fumeron à l'air pour tout Lyon !

— Qu'est-ce tu veux, ma pauvre, répondit une autre, quand faut bouffer, y a pas de sot métier ! Et c'est pas nouveau ! Pas vrai, la Blanche ?

— Oui, je...

— Bon ! y allons ?

— Où ? demandai-je.

— Faisons le tour des ateliers en grève ! Et allons trouver celles de la Croix Rousse, que de roussins n'ont mises z'en arrête trois ou quatre des droles, qu'elles nous appellent ! Marche z'avec nous !

* * *

XII

— Alors, drolettes, toutes en grève ?

— Paraît que travaillent encore dans quelque atelier de Brotteaux. Mais aux Chartreux, toutes ! Regarde !

Sous un vieux cerisier retors, dans une pénombre gris-bleue, l'assemblée des filles au jardin des Chartreux avait plutôt l'apparence d'une cour d'amour. En demi cercle autour du tronc couvert d'escarres, délicatement assises sur l'herbe, les jambes de côté sous les flots de coton blanc ou teinté, des filles grignotaient un croûton aillé, sirotaient un pot, chantonnaient, frappaient des mains, éclataient de rire. L'une d'elles passait pour offrir à piquer des cerises dans son panier. Le vieux cerisier se contentait de les caresser de ses branches stériles.

Rose, à son habitude, était rêveuse, assise un peu à l'écart, le dos contre le tronc gris-noir, dans une robe jaune paille illuminant cette pénombre.

— J'arrive juste des « Deux Passages », dis-je en la baisant. C'est un extraordinaire succès.

— Quoi ?

— Oui, le magasin ne désemplit pas et il y a queue devant la vitrine.

— Alors, coque-moi, drole, que c'est la fortune ! Faudra voir à faire dégouler Duval !

— Crois-tu ?

— Ma vieille, un patron, n'est qu'un maquignon ! Quand n'i propose quelque chose, c'est qu'i peut z'en donner deux fois plus !

— Tu dois avoir raison.

Elle me tendit son pot en ajoutant que, de même, il ne fallait pas que les filles se laissassent faire. On disait que les patrons voulaient lâcher sur les heures et pas sur le tarif. Dix heures au lieu de douze, payées toujours au même prix, ce n'était déjà pas mal ! Mais, si elles s'y mettaient toutes, elles gagneraient les deux francs.

Je portai le pot à mes lèvres, levai la tête. Ouatch ! Je ne m'y ferais jamais, à son vinaigre !

Je lui rendis le pot en grimaçant pour dire :

— Certes. Mais la question est : s'y mettront-elles toutes ?

— Ça, c'est qu'à nous de z'y faire un peu bougeonnes, m'amie !

Elle se cala le goulot entre les dents, avala plusieurs gorgées, ôta la bouteille, fit mine de la caresser comme une femme peut faire à un homme, la retourna goulot en bas, fit la moue et reprit :

— Les drolettes devraient bien marcher, si savons bien y éclairer le chelu.

— Oui. Quand des aventuriers pris dans le pot-au-noir aperçoivent la lueur de l'embellie, rien ne peut les empêcher de mettre cap sur la lumière.

— Fiou ! siffla-t-elle. Viédaze, ça se voit que t'es n'instruiseuse !

— Aujourd'hui, le monde est encore obscurci de nuées aveuglantes. Mais les gens ont parfois des coups d'œil. Le bonheur n'est plus enclos derrière les murs des châteaux. Il est un peu partout dans les rues, aux vitrines, aux réverbères, aux jardins, dans les défilés, les bals, les brasseries, les orphéons, les restaurants... On veut voir la lumière. On veut être vues belles en pleine lumière. Le vent de la révolte souffle dans le cœur de ces filles soumises à l'esclavage obscur.

— Combien de temps soufflera-t-i, le vent ?... En attendant, faut se bouger les fumerons ! dit-elle en se levant d'un bond.

Devant chez Eyraud, place Rouville, nous menaçâmes de forcer les portes. Le patron retenait les vingt ouvrières au travail. On disait qu'il les avait attachées aux ovales. Six hommes avaient été chercher une charrette de pierres qu'ils s'apprêtaient à lancer contre le portail. Le patron a laissé entrer Rose et Rosalie. Deux roses pour un fumier ! Comme cela durait et que nous commencions à gronder, on nous apporta des pots. Enfin, elles ressortirent bientôt avec l'assurance que les filles qui travaillaient n'étaient pas contraintes et la promesse que les chefs d'atelier adhéreraient au mouvement.

Nous allâmes également rue de Flesselles voir celles de chez Thérasse et rue Fantasque pour celles de chez Giraud. En tout, disait-on, soixante-quinze filles de la Croix Rousse travaillaient encore, contre quelque cent cinquante en grève. Rose affichait une mine soucieuse.

— Sois tranquille, soufflai-je, lorsque les chefs s'y mettront, les filles, comme par le fait du hasard, y viendront aussi.

— Mouais, grommela-t-elle. C'est que cette rafataille des chefs y est pas encore, du temps que se remue la culasse !

Elle avait une réunion du bureau. Je l'avais quittée vers le milieu du boulevard. Je marchai un moment dans l'étouffant début de nuit. Bien que je fusse fatiguée, je n'avais pas sommeil. Je marchais sans voir. Je rêvais éveillée. J'étais nue dans la vitrine, en corset noir paré de dentelles rouges, je regardais couler un fleuve d'argent. Soudain, je m'aperçus que j'avais descendu par la Grand' Côte, jusqu'à la rue de Victor. Il me suffit d'obliquer à gauche, d'accomplir quelques pas puis de frapper à droite.

Personne n'ouvrit, mais la porte n'était pas close. Il n'y avait pas trace de la duègne, à cette heure. Je me laissai tomber sur le fauteuil. De la chambre à la porte entrouverte me parvenait la respiration de Victor, forte, régulière. L'atmosphère était paisible. Je m'endormis.

— Quelle surprise ! Vous auriez dû m'éveiller ! Je... je vous fais du café tout de suite !

Victor courait, hirsute, le cheveu en bataille, la savate traînante. A peine réveillée, j'avais fait un peu de toilette, et sauté dans mes vêtements pour poser un petit baiser sur son front.

— Devez-vous vraiment partir ? demanda-t-il quand j'eus avalé un pein bol de café au lait et de pain trempé.

Je le devais.

Le fleuve de vif argent roulait sous le ciel de plomb.

— Déjà ? dit Duval. Mon télégramme vous a vite rejointe !

— De quel télégramme s'agit-il ?

— C'est les « Deux Passages » qui veulent encore des photos. Et de toute urgence.

— Justement, Monsieur, dis-je, je suis venue pour parler.

— Parler ?

Je m'assis, dépliai les pans de ma robe sur les brodequins, croisai les doigts et regardai Duval droit dans les yeux :

— Monsieur, vous m'avez donné dix francs pour les photographies.

— Ce n'est pas mal payé.

— Je ne suis pas de cet avis.

— Dix jours de salaire d'institutrice pour un jour de pose.

— Oui, mais tout Lyon a acheté des bas parce qu'il m'a vue.

— C'est flatteur.

— C'est pour l'argent, Monsieur, que je m'affiche ainsi.

— Je sais. Et alors ?

— Alors, Monsieur Duval, vous plaisantez en me disant que ce n'est pas mal payé.

— C'est le tarif.

— Voulez-vous me dire combien ai-je fait gagner aux « Deux Passages » ?

— Je n'en ai nulle idée !

— Combien vous ai-je rapporté ?

— Cela ne vous regarde pas !

— Il me regarde, Monsieur, de vous dire que nous pouvons faire d'autres photos d'urgence ainsi que vous le demande le grand magasin, mais que ce sera cent francs, ou bien...

— Cent francs ! Vous rêvez !

Duval éprouvait soudain de nouveau un grand intérêt pour une feuille de sa plante verte.

— Je suis tout à fait éveillée, Duval.

— Cent francs pour votre bouche, même avec votre jolie gueule en plus ! Ah ! J'en paye la moitié à Rose pour montrer son cul !

— Pardon ?

J'eus un haut-le-cœur. Le photographe était allé chercher un album qu'il feuilletait. Une photo montrait Rose de dos, accroupie sur le divan, le visage à demi retourné, vêtue d'une simple chemise blanche courte et de bas rayés.

Quelle position, pour se faire photographier ! Il y avait toute une série de photos de la même eau, une quinzaine, peut-être. Que dis-je, de la même eau ! Sur presque toutes, mon amie se tenait devant une tenture sombre aux motifs floraux, et tout contre un miroir à volutes et à torsades qui encadraient la nudité de ses chairs. Offerte, abandonnée, livrée, elle ressemblait à une esclave.

Dire que cela n'était ni plus, ni moins que ce que je faisais, en me faisant portraiturer !

Le souffle court, je passai successivement en revue les photos. Sur certaines, je n'arrivais pas à me persuader que c'était bien Rose, cette femme se montrant ainsi les fesses écartées. J'éprouvais à la fois une envie d'en finir et le désir de voir encore les suivantes.

— Joli, n'est-ce pas ?

— Vous... je ne nie pas que vous soyez un bon professionnel. Mais laissez-moi vous dire que c'est là travail de négrier.

— Je ne force personne. Rose est on ne peut plus libre.

— Libre d'être obligée de se taire et de se montrer pour gagner de l'argent. La femme est libre de se vendre ou de crever la faim. La voici, la liberté de la femme d'aujourd'hui !

— Ma pauvre petite, ajouta-t-il en rangeant les photos de mon amie, tu crois qu'il suffit de te montrer pour gagner de l'or ? tu crois que ton pied, que ta gueule, avec tes yeux et tes lèvres, valent de l'or !

Il ricana :

— De nos jours, il n'y a que le cul qui se paye très cher ! Je te donne vingt-cinq francs pour tes photos, pas un de plus !

Au-dessus de sa cheminée, un trumeau à la toile déchirée et au miroir piqué me renvoya mon image. Mes lèvres se serraient, bandées dans une moue pétrifiée.

Je me suis assise sur le canapé. J'ai de nouveau arrangé les plis de ma robe. Je me trouvais chez un spécialiste de l'apparence ? Hé bien, je devais soigner l'apparence ! J'ai ouvert mon réticule et je me suis mise à lustrer mes ongles à l'aide du brossoir à peau de chamois.

Le photographe avait passé la porte vers son laboratoire.

Je me levai pour le rejoindre. Monsieur faisait mine de s'affairer. Il bricolait sa boîte, tournant tout autour pour toucher l'objectif, déplacer un pied... Avec sa blouse noire et ses manchettes, il avait l'air d'un potache qui n'aurait jamais vu une boîte. Il semblait devenu inquiet, flairant quelque chose. Il me sentait trop sûre de moi.

Comme le silence durait, il se décida à demander :

— Alors, nous nous mettons au travail ?

— A votre place, Duval, commençai-je très calmement, je ne chercherais pas à m'indisposer.

— Indisposer ? Mais...

— Vous travailliez pour la police au coup d'Etat de décembre, n'est-ce pas ?

— Oui. Vous êtes bien savante !

— Ce sont, aujourd'hui que l'Empire se libéralise, des états de service un peu gênants.

— Je sais.

— Et vous ne craignez rien ?

— Bah ! que pourrais-je craindre ?

— Quelqu'un de mal intentionné pourrait très bien aller les exposer, ces services passés, à ceux que vous avez maltraités et qui sont maintenant à des responsabilités.

— On ne le croirait pas, s'il n'était de confiance.

Duval avait disparu, enfoui sous le drap noir. Le reste du cabinet commençait à devenir fort clair, du fait de la lumière tombant par la verrière.

— Il se trouve, cher Monsieur, que j'ai de la famille dans les affaires. Je suis une fille Delaunay. Et nous avons un oncle qui est du dernier bien avec le chef de la police.

Le photographe repoussa le drap, se redressa, me regarda.

— Vous ne feriez pas ça.

— Pourquoi pas ?

— Quand on est honnête, il faut une bonne raison pour...

— Je veux venger mon père.

Il verdit. La bonne raison, je l'avais.

— Alors ? demandai-je.

— Entre gens réalistes, on peut toujours s'entendre.

— Oui. Vous m'apportez le portefeuille concernant mon père et je me contente de cinquante.

— Vingt-cinq et je vous donne le portefeuille.

— Duval, souris-je, vous m'offensez. Ma bouche vaudrait-elle moins que le cul de Rose ?

— Je ne vous dis pas ça, puisque je lui donne cinquante et à vous vingt-cinq et le portefeuille !

— Non, Duval, cinquante et le portefeuille.

— Vous ne vous rendez pas compte ! explosa-t-il. Cette histoire de portefeuille, c'est un travail dangereux ! Et de toutes façons, vous êtes trop chère !

Je me suis dirigée vers la porte.

— Bonsoir, Duval. J'en reste à mon portefeuille plus cinquante. Réfléchissez, vous me ferez donner réponse. Mais laissez moi vous dire que vous vous trompez.

Je tournai le bouton de la poignée.

Duval regardait la porte, l'appareil, et encore la porte, l'air affolé.

— Croyez-moi, ajoutai-je en jetant à peine un coup d'œil par dessus l'épaule, j'y ai bien songé. Je ne dis pas que les photos de Rose ne valent rien. Sans doute trouve-t-on quantité de mâles amateurs pour les payer au prix fort et les contempler à la lueur d'une bougie, en cachette. C'est bien compréhensible, en ces temps victoriens où voir le corps au jour est interdit.

Je tirai la porte.

— Mais quant à mes photos, Duval, vous les sous-estimez. Je suis sûre que vous pouvez les vendre trois fois plus cher.

— Trois fois ?

— Oui, Duval, ou même davantage.

— Comment cela ?

— Ce ne sont que des vues d'une femme moyenne. Mais

justement, elles n'ont pas de prix. Sait-on ce que peut valoir, pour une citoyenne, le fait de se voir en médaillon, comme autrefois les privilégiées ? Grâce à nous, Duval, au lieu du reflet sombre et morne de leur personnage obscur, elles vont déguster cette image illuminée, idéale d'elle, cette vue de l'art !

Songez-vous que toutes les femmes, riches ou pauvres, toutes les femmes de Lyon attendent cela dans l'ombre ? Enfin, elles vont pouvoir se repaître au grand jour de leur propre image jusque-là invisible ou clandestine. Voici que leur image de femme, jusqu'alors dérobée à la surface fuyante d'un ruisseau, au fond obscur d'un puits, voici qu'elle est enfin prise. Leur image, jusqu'à ce jour seulement tentée en imagination, comme un daguerréotype changeant, ou comme une pose sur plaque à gélatine, fragile, assombrie, voilée, sous-exposée...

— Vous connaissez la photographie ?

— J'ai lu des livres.

— Quels livres ?

— Des livres... chez un ami.

Je vous disais que l'image de la femme était floue, vue fugitive s'enfuyant, qui, mal fixée, s'obscurcit et redevient ténèbre. Et voici que cette image devient enfin solide, qu'elle s'affiche, nette, claire, précise dans le contraste du noir et du blanc, la lutte des contraires, l'alchimie de la lumière et de la ténèbre ! C'est l'avènement du règne de la photographie, Duval, qui immunise l'image de la femme contre le temps, contre le néant ! Voici enfin le règne où elle tient, instantanée et éternelle, magique et si humaine, intime et tellement publique, éclatante, provocante, rayonnante, souveraine au grand jour !

Si l'on y songe, cela n'a pas de prix. Voyez-vous, Duval, ces photos rapporteront tôt ou tard une fortune.

— Vous en êtes certaine ?

— Dans l'immédiat, il est évident que vous pouvez

tripler, voire quintupler le prix pour les « Deux Passages ». Le directeur paiera sans sourciller.

— Diable ! Ne filez pas si vite ! Et fermez donc cette porte !

Comme je m'asseyais, il se frappait la tête :

— Vous n'avez pas même pris une tasse de café !

— Un sucre, s'il vous plaît ! N'avez-vous de petits gâteaux ?

— Le pâtissier est à deux pas.

Les petits fours étaient fondants, le café d'un arôme supérieur. Celui de la victoire. Duval voulait bien lâcher les cinquante francs et le portefeuille, à condition que nous nous missions au travail dans la minute. Je prenais tout mon temps pour finir ma tasse de café à petites aspirations entre les lèvres.

Vraiment parfumé, ce café ! Il faudrait acheter le mien chez son fournisseur. Et, pensai-je en riant, il faudrait parler à Rose de mes cinquante plus le portefeuille ! Car, après tout, Rose était autant femme que moi, et qu'en savais-je, au fond, si ma bouche valait mieux que son cul ?

Ah ! ah ! ah ! la tête de Duval, quand Rose lui demandera cent cinquante !

* * *

XIII

— Un paquet pour Madame Rougon !

Le commissionnaire avait empoché sa pièce, touché sa casquette, puis dévalé l'escalier. Je déballai fébrilement le gros paquet contenant un ballot de vêtements surmonté d'une boîte large et plate. Oh ! Duval était vraiment un artiste.

Je contemplai la photo à la « tournure ». Le directeur des « Deux Passages », ne reculant devant rien, lançait maintenant la « tournure » ou faux cul de Paris, dont la mode remplaçait celle de la crinoline. Je posais en robe d'après-midi très claire, remontée derrière à hauteur des coudes par la tournure et tombant en plissé jusqu'au jupon sombre. La taille était serrée haut. Derrière, sur les plis tombant de la tournure, le paletot s'allongeait en petite queue. C'était un paletot également très clair, à manches longues, boutonné par-dessus la robe en suivant la courbure légère de la poitrine. Je m'offrais en cheveux, clairs également, les yeux baissés, la bouche un peu boudeuse. Une merveille de portrait, d'une délicatesse sans pareille.

Voici que le photographe-sbire faisait dans la délicatesse ! Monsieur m'avait adressé la photo et la tenue avec un petit mot :

« *Voici votre cliché. Vous pouvez passer pour le règlement de la somme convenue. La robe est aussi un cadeau. Pour la suite, j'attends le moment opportun.* »

— Oh, avec ce z'emboimeur, vaut pas la peine de se presser la courle, dit Rose en regardant le portrait. Il cigrolle si bien comme il emboime ! Tu l'as pas demain, ma drolette, ce portefeuille ! Viens plutôt chez moi sur les deux heures...

Quand j'entrai « chez elle », un bout de grenier mansardé au plancher disjoint et noueux, j'aperçus les deux hommes. L'un, d'un certain âge, assis sur le lit, écrivait sur ses genoux. L'autre, plus jeune, se courbant dans la soupente, chapeau à la main, marchait en parlant.

— ...en conséquence, disait le vieux sur le ton de la dictée, le bureau déclare...

Il s'était arrêté, l'œil inquiet.

— Est la Blanche ! Inquiète-toi pas, n'est pas une bigorne ! Pouvons continuer, qu'elle y est une des nôtres. Attends un peu, la Blanche ! I a du café sur le poëlle.

Je me servis une tasse en prenant bien soin de ne pas faire de bruit. Rose écoutait la traduction en lyonnais que proposait le jeune homme au fur et à mesure que le vieil homme les disait en français, approuvait ou corrigeait les phrases. L'autre notait.

Il s'agissait de solidarité, de sommes, d'aide en tout genre... ils disaient que pour tenir, les ouvrières ne devaient pas rester seules, qu'elles auraient besoin de faire partie d'une organisation... on assurait les ovalistes du soutien de la section lyonnaise de l'A.I.T.*...

— Celui-ci est l'Albert Richard. T'as déjà vu sa bonne cale ? Un vrai cul de pauvre ! me dit enfin Rose.

Albert Richard, cela me disait quelque chose. Mais quoi ? Je dévisageais le jeune homme aux joues creuses et à la barbe châtain foncé, pendant que Rose expliquait mon affaire. Non, je n'avais jamais vu ce garçon. Il se montra très aimable, intéressé même.

— Ma famille a bien connu Virgile. Ma mère surtout, je crois. Je vous promets de vous rapporter ce qu'ils savent sur lui. Mais je préfère vous dire tout de suite que j'ai souvent entendu mon père s'exclamer qu'on ne savait qui avait donné au préfet une liste d'enseignants « rouges » et qu'il était à craindre que cela ne se sût jamais.

— Il y a bien des archives à la police ?

— La libéralisation peut faire disparaître des portefeuilles.

— Alors, c'est sans espoir ?

— Qui sait ? A votre place, je chercherais à obtenir un entretien avec un personnage qui a pu vivre les événements. Mais les subalternes ne parlent guère, n'ayant guère à dire. Il faudrait un personnage haut placé. Souvent, ces choses sont beaucoup plus aisées aux femmes...

— Tais-toi ! dit Rose. Que la Blanche est sage comme une image !

Le ciel s'était couvert de ce plafond de plomb qui menaçait d'orage. Le Rhône haletait en dessous, torrent de plomb aussi, entre les falaises de façades d'ardoises. Venu de loin, le fleuve galopait vers son destin. Si je

---

* A.I.T. : Association internationale du travail (par la suite dite « Internationale »).

voulais avoir des chances de parvenir à savoir quelque chose sur père, il me fallait faire comme lui.

Rose m'avait raccompagnée afin de m'aider à revêtir la robe. Elle voulut aussi que je misse du rouge, un rouge foncé, presque grenat, qu'elle me prêtait. Cela allait si bien, avec la robe ! Devant cette robe d'épais satin tilleul, mon miroir en éblouissait ! J'étais une autre femme. Elle montrait une croupe plus qu'avantageuse, remontant derrière entre les coudes et tombant en plissé jusqu'à mi hauteur, sur le jupon vert épinard. La taille était prise sous les seins qu'elle soulignait, marquant le creux sous la chair relevée par le corset, renflant le tissu. Le paletot, également de satin tilleul, s'allongeait par derrière en une petite queue. C'était un paletot à manches longues, boutonné de gros boutons d'obsidienne par-dessus la robe en suivant la courbure de la poitrine.

Délicieux. Déé-lii-ci-eux, chantonnai-je en tournant sur les talons pour voir l'effet. J'étais parfaite. Enfin, presque. Car il manquait une coiffure. La coiffure ! m'écriai-je.

Duval n'avait pas joint de coiffure. Heureusement, je possédais un chapeau de paille tenu par un ruban de velours qui convenait parfaitement à l'après-midi en cette saison.

En sortant, la chaleur pesait, encore plus étouffante. Je marchai vers le bout du boulevard. La Saône paraissait aussi sombre, mais lisse comme un miroir. Malgré ce calme, elle avançait. Je le savais. J'allais faire de même.

D'où je me trouvais, à l'extrémité du boulevard Napoléon, cela ne valait pas la peine de retourner prendre la ficelle. Je serais vite descendue vers l'omnibus qui me conduirait à Bellecour. Avec un peu de chance, un landau gris perle stationnerait devant le pavillon de la *Maison Dorée*.

J'eus assez vite descendu le cours, malgré les talons hauts de mes brodequins. Je rejoignis le quai Saint-Vincent où passait l'omnibus. Au milieu d'un groupe bigarré, je commençai d'attendre. Vue de plus bas, à hauteur du quai, la Saône semblait moins obscure, argentée qu'elle était par une brise de lumière provenant du Midi qui remontait sa surface comme un ris survenant de la mer.

Un roulement de voiture légère. Un arrêt. Ah !

Le landau gris d'argent était devant moi, son cheval soufflant, l'homme au chapeau noir se découvrait.

— Vous refusez toujours de monter dans ma voiture, Madame ?

Peste ! Je partais dans l'intention de chercher à le rencontrer à Bellecour et voici qu'il me tombait dessus ici, sur le quai, tout de suite, alors que j'avais encore un pied sur la Croix Rousse ! que je n'étais pas même repeignée ! Je me sentais très décontenancée de le voir si tôt et à cet endroit. Peste de peste ! Quel hasard !

Ici se rencontraient le destin de la grande histoire et la nécessité de mon petit roman. Ici étaient confondus les béotiens qui ne voulaient mêler la vie et la littérature. Ici sont trompés les barbons qui voudraient isoler fiction et réalité pour les empêcher de s'aimer. Car jamais un geôlier, naïf ou criminel, n'empêcha une fille de se faire aimer.

La bienséance eût voulu que je refusasse.

L'homme au landau, cet homme qui pouvait en savoir sur mon père, il désirait que je montasse ? Que demander de plus ?

— Certes non, monsieur. Il fait si chaud que je profiterai bien volontiers de votre offre. Et puis, ajoutai-je en m'appuyant sur le bras qu'il m'offrait après avoir mis un pied à terre, nous ne sommes plus des inconnus, n'est-ce-pas ?

— Un verre de Meursault bien frais, s'il vous plaît.

— Du Meursault ? Décidément, Madame...

L'homme roulait des yeux ébahis entre ses favoris filasse. Il allait d'étonnement en étonnement. J'avais exulté quand il m'eut dit être fabricant. Lorsqu'il m'apprit qu'il devait se rendre à une réunion de patrons* au sujet de la grève, je manquai applaudir.

— Deux autres Meursault ! commanda-t-il. Madame ne boit que du Meursault.

Ce qu'il pouvait m'amuser ! Il prenait pour de la désinvolture d'aventurière ce qui était ignorance de débutante. Il n'avait encore jamais entendu une femme demander du Meursault l'après-midi à la *Maison Dorée*. Il se piqua de prendre la même chose que moi, afin de goûter cette boisson nouvellement à la mode dans les cafés de je ne sais quelle capitale d'Europe dont il me croyait peut-être fraîchement débarquée.

Comme il se faisait tard, il m'offrit de l'accompagner à la *Tête d'Or*. Là-bas, je pourrais prendre l'air et me rafraîchir en l'attendant pendant sa réunion. Ensuite, nous dînerions ensemble.

Je regagnais le restaurant en pressant le pas, le cœur battant. L'allée était déserte à la nuit tombante. J'avais hâte de retrouver *les Montagnes gauloises*.

J'avais voulus faire une promenade dans le parc, malgré que Sylvain Dominical, puisqu'ainsi se nommait le fabriquant, me l'eût formellement déconseillée. Ce n'était pas un endroit pour une femme honnête ! Et gnagnagna, et gnagnagna, est-ce que je suis une poule mouillée ? avais-je dit dans son dos, après être sortie.

Je m'étais tout d'abord promenée tranquillement. Les saules déjà grands, intercalés avec chênes et charmes encore jeunes, brassaient l'air moite de la nuit. Après m'être enfoncée sur une assez longue allée à ciel ouvert, je débouchai dans une avenue de vieux peupliers épaissie de buissons de noisetiers et recouverte d'une épaisse voûte de feuillage. Là, dans une pénombre d'autant plus inquiétante

---

* Patrons : chefs d'ateliers.

que c'était nuit tombante, j'entendis des bruits dans les fourrés. D'abord, je distinguai mal ces bruits de ceux émis par le Rhône qui mugissait et bondissait dans les pierres, non loin de là. Puis, j'entendis des halètements, des cris étouffés. En prêtant l'oreille, je reconnus que ce n'étaient pas des bruits d'animaux. D'ailleurs, les voitures qui stationnaient sur les côtés, disaient assez que leurs propriétaires étaient les auteurs des bruits. Parfois, un bourgeois sortait d'un buisson, suivi de loin par une fille. On se saluait vaguement, on s'ignorait parfois, et la voiture repartait au trot tandis que la fille s'en allait à pied.

Quand j'eus la sensation que je connaissais bien, celle d'être observée, mes cheveux me tirant comme s'ils se hérissaient. Derrière moi, filait, aussitôt qu'aperçu, l'homme à la moustache et à la mouche jaunes.

J'approchai à pas vifs des flonflons du bal. J'avais encore la chair de poule en pénétrant dans le vestibule des *Montagnes gauloises*. Les flonflons s'atténuèrent. Le maître d'hôtel, un grand à favoris, s'approcha. Si Madame voulait bien le suivre. Ces messieurs n'avaient pas terminé. Mais Monsieur Dominical avait prévenu que Madame allait venir souper en sa compagnie. On nous avait réservé le petit salon d'été, dans le buisson de roses. Madame aimerait sûrement. Monsieur avait demandé que l'on servît du meursault. Fallait-il l'apporter tout de suite ?

— Oui, dis-je, c'est cela. Tout de suite.

Le salon d'été stagnait, submergé par la végétation et la musique du bal. C'était une corbeille ménagée dans un haut buisson qui recouvrait table et chaises. On baissait la tête pour y pénétrer. Il faisait encore chaud. Les roses exhalaient leur parfum luxuriant en murmurant parfois dans leur feuillage. J'étouffais, crispée parmi ces roses, au beau milieu des flonflons, comme si ce mélange contenait quelque menace, des épines empoisonnées, ou comme s'il cachait des horreurs perpétrées en silence par derrière, dans les profondeurs du parc. Je frissonnai.

Lever le verre de cristal devant la lampe que le majordome avait allumée, voir la couleur d'or du Meursault aux légers reflets verts et sentir, dans l'odeur entêtante de rose, percer sa noisette un peu vanillée et puis, tout doucement prendre une petite lèchée de liquide moelleux et brûlant ! Cela redonnait vie.

La salle sentait la sueur et le patchouli. L'orchestre sonnait une sorte de danse villageoise un peu civilisée.

— Qu'est-ce ?

— Une gavotte, me répondit-on.

Aussitôt après, retentit un rythme assez endiablé.

— Tu danses la polka ? me demanda un garçon en jaquette et col cassé. Il avait l'air bon bougre et désireux de s'amuser.

Je n'avais jamais voulu danser, depuis que j'avais refusé à mon époux, le soir de mon mariage. J'ignorais tout de la danse de faubourg, à l'exception des noms qui excitaient les filles, gavotte, contre-danse, quadrille, fricassée et la nouvelle polka. Jamais je n'avais pénétré dans une salle de bal avant la réunion à la Rotonde, cet enfer où je n'eus pas même l'idée de m'encanailler autrefois. Mais je haïssais la danse de salon, la valse, qui n'était pour moi que cérémonie mondaine, simulacre de délicatesse où excellaient les militaires avant de commander la canonnade.

Lorsque Sylvain Dominical parut dans la corbeille, il me baisa la main en me priant d'excuser son retard, pestant qu'avec cette malaria de grève, tout était dérangé, je ne réagis d'abord pas.

Mais, comme il vidait un verre de Meursault en se renversant sur le dossier de sa chaise, les jambes étendues et les favoris déployés comme nageoires et ouïes d'un poisson sur sa fin, je demandai :

— De quoi parliez-vous avec votre malaria ?

— De ce vertigo des grèves qui affole les cervelles !

— Le vertigo des grèves ?

— Oui, les menuisiers, les bronziers, les marbriers, les passementiers... on va bientôt chercher qui n'est pas en grève !

— Est-ce... si mauvais ?

— Ah ! cela dépend, vous savez. Certains négociants n'étaient pas fâchés, à cause des affaires qui sont calmes en ce moment.

— Alors, ne faut-il pas encourager la grève ?

— Mais, ma chère amie, dit-il condescendant, c'est une crise, que dis-je une catastrophe ! si les choses continuent.

— Vraiment ? fis-je en essayant de paraître la plus innocente possible, conjecturant que l'homme avait plutôt l'habitude des péripatéticiennes du bois que des femmes de tête.

— Tenez, expliqua-t-il, un signe qui ne trompe pas : la bourse stagne ; certaines valeurs s'affaissent. Le P.L.M.* notamment. Non, ma chère, c'est ce que j'ai dit nettement : il faut être ferme face à la grève.

De fait, il ne revenait pas mécontent de sa mission. Les chefs d'atelier l'avaient entendu. Conduits par Bonnardel qui levait son verre à la santé du combat pour la soie, ils finirent par décider d'expulser les grévistes de leur logement à l'atelier, de demander l'arrestation des filles les plus acharnées et de faire venir des ouvrières piémontaises pour remplacer les grévistes. Pas question d'accepter les revendications. Ils étaient décidés à se battre. Car la grève actuelle des ovalistes pourrait bien être fatale à l'industrie du moulinage à Lyon. C'était grave.

— Tout cela ira mieux demain ! en attendant, buvons ! lançai-je avec toute la désinvolture possible.

— Vous avez raison, buvons ! dit-il en nous resservant.

---

* P.L.M. : compagnie de chemins de fer Paris-Lyon-Marseille.

Mais ça n'ira pas mieux demain. Toute la région est en feu : le Forez, le Stéphanois, le Dauphiné...

— Est-ce une raison pour ne pas manger ? dis-je à son oreille.

— Juste ! répondit-il l'œil allumé par mon frôlement. Et il frappa dans les mains.

— Pour ce soir, j'ai fait préparer selon vos ordres un souper léger de ma façon. Pour la forme, n'est-ce pas, Monsieur ? murmurait le majordome à l'oreille de Dominical qui ricanait grassement en tendant son verre vide dans un message muet assez éloquent.

— Monsieur a-t-il choisi son vin ?

— C'est Madame qui choisit. Pour une fois... Nous restons au Meursault ? me demanda-t-il ?

— Non, assuré-je, je désire savoir le menu afin d'assortir.

— Bravo, Madame. Félicitations, Monsieur. Monsieur ne dîne pas avec n'importe qui. Il est aujourd'hui des personnes qui veulent dîner entièrement au champagne ! Rien que du champagne ! fit-il en levant les yeux au ciel. Se peut-il qu'on ignore ainsi le florilège merveilleux de la cave française aux centaines de crus ? Et pourquoi pas un vinaigre avec du sucre et des bulles, qu'on enverrait partout dans le monde en prétextant qu'il y a là une boisson délicieuse ? Un repas complet au champagne ! Ce serait comme un pays où soufflerait toujours la Bise,* sans jamais un coup de Traverse* aux effluves de fleurs montagnardes, et sans un bon coup de Vent* à la cravache du soleil et aux fragrances des arômates !

— Célestin est poète ! dit Dominical.

Il commençait à m'agacer ! Je ne m'en serais pas aperçue toute seule, peut-être ?

---

* Bise : vent du Nord.

* Traverse : vent d'Ouest.

* Vent : vent du Sud.

Sur le potage d'écrevisses et le relevé de quenelles d'écrevisses en sauce verte, le maître d'hôtel conseilla un Graves blanc. Avec le garenne rôti au citron, un... Meursault et pour finir un Sauternes, pour Madame, sur la pâtisserie.

Et un Sauternes pour Madame ! Quand arriva le gâteau au chocolat, j'étouffais dans mon corset, tant j'avais fait honneur à tous les mets qui, pour être légers, n'en étaient pas moins abondants. Je conservais néanmoins, quoique avec quelque peine, le contrôle de mon esprit. Et celui de mon verre, les deux étant liés ! J'y étais parvenue en rusant, faisant mine de boire, portant le verre aux lèvres seulement pour goûter. Par contre, Dominical dardait un regard allumé et tenait un propos assez leste comme pour me confirmer que lui, ne gardait plus guère le contrôle de son esprit. Le moment était venu.

Les roses embaumaient moins, juste ce qu'il fallait et leur chuchotement était devenu subtil, un simple accompagnement complice.

Je commençai par avaler deux gorgées d'eau fraîche, aspirai un grand coup, pris nonchalamment mon verre à la main, et me penchai vers l'homme :

— Ainsi, croyez-vous qu'on risque de recommencer trente-quatre ?

— Dieu nous en préserve ! et aussi de recommencer quarante-huit !

— Quelle époque ! Heureusement qu'est venu l'Empereur ! Il a nettoyé le pays.

— Ah ! vous l'avez dit !

— Et heureusement que l'on s'est débarrassé des enseignants « rouges » qui restaient, encore l'année...

— Cinquante-deux. Avril cinquante-deux ! C'est une époque que je connais bien. Mon père travaillait à la préfecture. Par ordonnance du ministre, les instituteurs barbus durent se raser, les profs « rouges » devaient se blanchir ou partir. Belle époque, où les choses étaient plus nettes qu'aujour...

— Oui, c'est ça ! A Lyon, il devait y en avoir en nombre, des « rouges ».

— Oui, il y en avait.

— Vous avez dû en connaître, n'est-ce pas ?

— Quelques-uns.

— Ah ?

Pouvais-je dire le nom ? Etait-ce trop vite ? Mais Dominical avait déjà l'élocution ralentie de qui est receleur d'une certaine quantité de boisson...

— Vous rappelez-vous d'un nommé Rougon ? me décidai-je à demander.

— Rougon, Rougon... peut-être, oui, il me semble qu'il y en avait un qui s'appelait Rougon.

— Qu'est-il devenu ?

— Ça, on les a révoqués... Ils sont allés au diable ! Hé ! hé ! et dieu seul sait où !

Il riait, il se trouvait très fin.

— Et... sait-on qui a fait le rapport de police ?

— Aucune idée, conclut-il en passant sa main dans mon décolleté.

— Je... voudrais marcher ! dis-je en me dégageant précipitamment pour enfiler le boléro.

— Avec plaisir, assura-t-il sur un ton égrillard.

Imbécile !

Je n'eus pas trop de peine à l'empêcher de plonger le bras sous mon boléro. Car l'avenue s'étalait, bien éclairée par les réverbères. Il alluma un cigare et prit le parti de parader à mon bras en balançant sa canne à pommeau.

— Nous reviendrons dîner ensemble. Vous m'en prierez, vous verrez ! assura-t-il en tapotant ma main sur son bras.

Cela m'étonnerait, pensai-je, quand surgit une grosse

voiture qui roulait pesamment quoique à vive allure. C'était une lourde voiture noire à ferrures et à grilles.

Mon souffle se coupa. En lapin sur le banc du cocher, l'homme à moustaches et à mouche jaunes. Derrière, par une des petites fenêtres grillées, Rose ! Sa tête voisinait avec celles d'autres filles.

Elle m'a regardé intensément, au passage, d'un profond regard noir, sans rien dire.

La voiture s'est éloignée comme un arrachement.

— Qu'est cela ? demandai-je à Dominical.

— Des filles insoumises qu'on rafle pour les encarter !

— Mais... qui les emmène ?

— La police ! qui donc voulez-vous ?

Le roulement sinistre de la voiture s'éteignait derrière les arbres

— J'ai froid. Raccompagnez-moi à la Croix Rousse, dis-je à Dominical en lâchant son bras.

— Déjà ?

— Je vous en prie, je ne me sens pas très bien.

— N'ayez crainte, on ne touche pas à celles qui sont en bonne compagnie.

— Mais on rafle les autres. C'est sa compagnie qui compte, pour juger d'une femme, n'est-ce pas ?

— Je n'y peux rien.

— Bien sûr. Pourriez-vous au moins faire libérer ces femmes ?

— Non. Je n'ai pas ce pouvoir.

— A la fin, c'est inhumain, de les traiter ainsi !

— Que voulez-vous, il faut bien contrôler ces filles ! Je ne parle pas de vous, naturellement. Je parle de celles qui évoluent dans la fange. Ce sont des agents de contagion des maladies honteuses : syphilis, gonorrhée... sans parler des ulcères, des dartres, de la gale et autres maladies secrètes. Ce n'est par par hasard que le préfet inclut la prostitution dans la réglementation concernant les ordures.

— Raccompagnez-moi, je vous prie, tout de suite !

Il n'avait pas le pouvoir de les faire libérer ? pensai-je dans la voiture. Hé bien, restait à trouver quelqu'un qui l'eût !

* * *

XIV

— Que peut-on faire pour Rose ?

— Je suis au regret d'avoir à vous répondre : rien, absolument rien ! me dit Victor d'une voix sourde.

— Cependant elle ne faisait aucun mal.

— Elle était en contradiction avec la loi. Rose n'ignore pas que celle-ci interdit le racolage aux fenêtres et à plus forte raison dans la rue.

— Rose est notre amie à tous deux.

— Cela ne me donne pas davantage de pouvoir contre la loi.

— Ne me dites pas que votre Société,* qui sait édifier écoles, usines, cités et que sais-je encore, qui les fait fonctionner comme un Etat dans l'Etat, qui est forte jusqu'à inspirer le percement de canaux rejoignant les

* Société : une des nombreuses sociétés capitalistes d'inspiration fouriériste.

mers, est dénuée de tout moyen d'aider les siens quand ils sont aux mains de la police !

— Aider l'un des nôtres emprisonné pour ses agissements ou ses opinions, c'est évidemment possible et d'ailleurs, il n'est pas rare que l'on ait à le faire. Mais, avec la rafle de Rose, il s'agit d'une affaire de mœurs, Blanche... de morale.

— Hé bien ? demandai-je à Victor.

Il alluma un cigare, me tourna le dos, s'approcha de la fenêtre et me répondit de sa silhouette obscure se découpant sur la brume qui noyait la ville. Certes, nous pouvions combattre la moralité de la « civilisation » afin d'avancer vers la nouvelle morale de l'« harmonie ». Mais cependant, nous devions être vigilants en matière de morale. Nous ne pouvions soutenir une immoralité qui n'était elle-même qu'un produit putréfié de la « civilisation ».

— Immoralité, le « cinquième quart » que doit faire Rose pour vivre ?

Il a tiré sur son cigare, songé un moment face à la brume et conclu :

— La prostitution est la prostitution. Elle est surveillée et réglementée comme l'ordure des rues. Notre combat ne se déroule pas dans l'ordure. Nous ne nous trouvons pas sur le même terrain.

Le débat était achevé. J'avais très mal au cœur. Je me levai et gagnai la porte en soufflant :

— Le problème, Victor, c'est que l'ordure n'est pas toujours celle qu'on pense !

Et je pris la Grand' Côte en descendant.

Au fur et à mesure que je descendais, la brume semblait se dissiper, ou plutôt passer au-dessus de ma tête et de la ville. A mes pieds coulaient des rivières de perles claires s'étirant, jaillissant de bracelets de pierres lumineuses. Je savais que c'étaient là toutes les enfilades de rues et les découvertes des places éclairées au gaz. Au bas de la Grand' Côte, je me trouvais à l'entrée de ce grand corps de la ville paré pour séduire et pour intimider. La lumière tranchait les ténèbres comme des sabres couverts de joyaux brandis sur un corps noir.

Madame Richard exultait :

— Albert ! Albert ! C'est une jeune dame qui vous demande. Elle désire défendre une de ses amies injustement emprisonnée !

Je ne peux dire que je me sentais très fière quand, après être parvenue au bas de la Grand' Côte, tournant le dos à la colline de la Croix Rousse pour suivre l'enchaînement des réverbères en direction du sud, traverser le bain de lumière aux mille becs de gaz des places, trottoirs, façades, portes cochères, je finis par taper, rue de la Lanterne, à la porte cloutée de l'épouse du teinturier Richard.

Une femme seule la nuit, venant à pied et toquant à la porte d'un jeune bourgeois lyonnais ! On voit le tableau ! Heureusement, la maison étant à deux pas et la rue déserte, je ne croisai ni traînard ni sergent de ville.

Madame Richard m'a fait entrer elle-même après une petite explication sur le seuil. Bien sûr, il fallait défendre les femmes. Je la savais réputée très occupée du sort des femmes. Elle avait signé dans *le Progrès* un manifeste de femmes de Paris. Elle pensait qu'il y avait et qu'il y aurait longtemps de l'ouvrage pour faire valoir nos droits. Elle était évidemment ravie que je désirasse voir son fils.

Elle fit servir un Xérès blanc et des bugnes au salon. Elle prit les noms, âge, adresse, références de Rose. De toute façon, une question de femme était son affaire. Elle suspectait les hommes de n'être pas sans arrière-pensée. Elle me prenait les mains. Elle était, en toutes ces questions, entière partisane de Maria Deraisme et de tous ses Discours.

— Cette histoire d'amour libre du grand Fourier, cela me chiffonne, voyez-vous, disait-elle, pensive.

Et d'abord, l'amour est-il libre ? Y a-t-il de la liberté en amour ?

Est-on libre, après serment, de rompre un lien sans grief réel ?...

La liberté est nulle dès que la passion est maîtresse...

L'amour libre est une fiction ; et pour peu qu'on l'observe, c'est la pire des chaînes. Ce qui ressort le plus dans l'amour libre, c'est l'annihilation de la famille !...

L'individu, à la recherche de sa seule satisfaction, glisse de plus en plus sur la pente de l'égoïsme.

Madame Richard proposa un peu plus de Xérès. Elle n'avait laissé placer un mot à Albert qui était noyé dans sa barbe et dans son fauteuil entre elle et moi. J'avais été bien inspirée de m'adresser à elle. Cette affaire serait réglée demain. Il fallait reprendre une petite bugne, c'était excellent pour le Xérès, bon vin blanc mais un peu rude. Mais je ne lui parlais même pas de moi ! Comment ? institutrice renvoyée ? Mais c'était un acte injuste ! une atteinte à la liberté d'opinion ! une ségrégation anti-féministe !

Le Xérès donnait vraiment une gifle à la bouche suivie d'un éclatement de soleil dans l'estomac.

Malgré tout, Albert réussit le coup de force de demander la permission de m'emmener en sortie, sans fâcher sa mère. Il avait rongé son frein longtemps. Puis, le moment venu, visiblement habitué à cette vigilance tactique, il sut placer son coup avec vitesse et précision.

— Bien sûr, mes enfants, bien sûr ! avait dit madame Richard en me couvant du regard. Mais attention aux rues ! Prenez plutôt la voiture, c'est plus sûr, la nuit.

— Mais non, maman. Nous irons seulement à trois pas, au *Joyeux Gone*.

— Tu vas conduire une dame en cet endroit ?

— Pour boire un petit pot, à l'heure qu'il est, nous n'avons pas besoin de courir rue de Bourbon !

— Tout de même, ce... mannezingue !

— Enfin, maman, je sais ce que je fais !

— C'est bon, mes enfants, c'est bon, dit-elle sans conviction. Je ne suis, pour certaines choses, qu'une vieille femme d'autrefois. Passez une bonne soirée. Et, ajouta-t-elle à mon adresse, si vous n'êtes pas à votre aise dans ce mannezingue, n'hésitez pas à revenir ici. La maison vous est ouverte jour et nuit.

Quai de la Pêcherie, j'étais d'abord aveugle, à cause du manque de clarté, le réverbère qui eût dû éclairer étant éteint tout près de nous. On entendait la Saône ramper tout près, le ventre affamé et la tête aux aguets. Au-delà, on apercevait le quai de Bondy où se déplaçaient les brandons des lanternes de voitures et de charrois. Audessus, les étincelles des vagues maisons en escaliers, celles de l'obscur couvent dominateur. Enfin, la silhouette sombre et fourbe de la statue. Tout ceci, comme toujours, face à la Croix Rousse. Je ne pouvais oublier ce face à face.

Deux montagnes, l'une où trône la Vierge, une vierge d'or qui a la tête dans le ciel ; l'autre où, sur la crête déchirée comme celle d'un volcan, vit une population qui a faim dans le ventre et les pieds dans la boue. On entend sonner les cloches tout le jour au sommet de Fourvières. Tout le jour les métiers battent de l'aile sur les hauteurs de la Croix Rousse.

Mais la nuit tous les chats sont gris et les montagnes se rapprochent dans leur silence étincelant. Ainsi, moi qui descendais du monde de l'or et de l'autel, je me rapprochais du monde de Rose en descendant au fin fond de la ville.

Le *Joyeux Gone* avait tout du mannezingue. On y entrait par un entrepôt sombre qui semblait d'abord clos et désert. Ce rez-de-chaussée faisait le coin du quai Saint-Antoine et de la rue du Petit-David. On passait les hautes arcades rectangulaires par une barrière à claire-voie que le gardien laissait pousser moyennant une chique de tabac. Sous l'obscure voûte de pierre grise soutenue par des piliers carrés qui faisaient penser à ceux d'une église, on se frayait passage entre les ballots et les caisses débarqués du quai voisin. Dans les arômes entêtants d'épices et de fruits du Sud, on se présentait à une porte horizontale que le gardien soulevait. Alors, dans un dégagement d'effluves de tabac et d'absinthe, surgissait la lueur de la cave éclairant les degrés de l'escalier en invitant à la descente.

La fumée garantissait la discrétion des joueurs et celle des comploteurs. Entre les arcs des voûtes basses, je devinais des gens vêtus de blouses, de casquettes, de sabots. A deux pas de l'hôtel de police, au pied de la vierge, en pleine Presqu'île bourgeoise de la cité des plus capitalistes du monde, cette cave aux allures de crypte était le bas-fond de la société et une sorte de sommet de la politique. Ainsi des anarchistes, voire des communistes aimaient à se retrouver ici.

Le pot sur la table, après un petit coup d'œil circulaire dans la brume de fumée qui diaprait sous les voûtes, Albert venait de m'introduire à la nature du lieu. On prétendait que Jules Vallès soi-même y était venu boire, à cette table, là, tout près du pilier, avant d'écrire un article dans *l'Insoumis*. Le visage marqué quoique fort jeune, auréolé d'une barbe châtain foncé, Albert avait tout à fait la physionomie en accord avec ce lieu. Il me demanda si j'avais rencontré mon patron.

— C'est encore mieux qu'un patron, il est fabricant !

— Mazette ! et le résultat ?

— Néant, fis-je en hochant la tête.

— Vous vous y serez mal prise. Quand une femme veut, avec un homme...

— Je vous prie de vous mêler de vos affaires, voulez-vous ?

— C'est pour vous, ce que j'en dis, pour l'affaire de votre père.

— Et aussi pour l'affaire qui vous occupe ! Rassurez-vous. J'ai des nouvelles à ce sujet, ajoutai-je, plus amène.

Je lui contais tout ce que m'avait confié Dominical au sujet de la grève, la mise à la rue, les arrestations, les briseuses de grève. Il bondit.

— Sacrebleu ! un moment, j'arrive !

Et il courut tenir conciliabule avec quelqu'un d'une autre table que je ne voyais que très vaguement dans la fumée. Un homme se leva précipitamment, prit la porte. Richard revint vers moi en me priant de l'excuser.

— Quelques dispositions urgentes à prendre. Nous te... vous remercions. Vous allez éviter à pas mal de filles en grève de se faire prendre demain matin.

Il remplit mon verre en versant le vin du pot, lequel apparaissait être un blanc-rosé.

— C'est un vin gris. Le patron est auvergnat. Il le fait venir de Corent, son village natal, non loin de Clermont-Ferrand.

Il éleva le gros verre. A la lueur de la chandelle, le vin paraissait jaunissant, rosâtre, cipollin.

— Ni rouge, ni blanc. Comme beaucoup, ricana-t-il.

Puis, il me regarda, sourit. Ses lèvres tranchaient, rouges dans sa légère barbe châtain. Donnant, donnant ! Il avait quelque chose à me dire, au sujet de mon père.

Mon cœur bondit.

— Papa l'a bien connu. Il lui a dit adieu le jour de son départ. Il l'a conduit à la gare. Virgile Rougon partait pour Genève.

Je reposai mon verre avant d'y avoir porté les lèvres. Genève ! Si proche, quoique étrangère ! Et jamais une nouvelle ! Pas même une lettre ! Et moi qui le croyais mort ou transporté sur un autre continent !

— Virgile n'était pas naïf. Il n'allait pas faire risquer de graves ennuis à sa fille. La police intercepte tout ce qui vient de Suisse, surtout de Genève, connue pour être le repaire des exilés.

La servante, plus qu'accorte avec ses seins débordants d'une robe ouverte en carré sur la poitrine, posa le plat de saucisson chaud aux pommes. Albert se mit en demeure de couper des tranches de saucisson chaud tout en me parlant de l'A.I.T.

L'Association, quoique dissoute par jugement, était bien vivante. Elle disposait, ainsi qu'une hydre, de plusieurs têtes. L'une, à Londres, surtout forte en gueule. Elle donnait des leçons au monde entier. Elle était animée par des penseurs : Marx et autres.

Le saucisson était des plus appétissants, rond, rose et juteux, au milieu des pommes de terre fumantes, dans la sauce ocre qui baignait le tout. Cela sentait bon l'ail et le laurier.

Une autre tête, elle-même un peu bicéphale, avait poussé en Suisse, sur les rives du lac et dans le Jura. Elle était également animée par des grands comme Bakounine ou Guesde. Enfin, il y avait notre tête, celle de Lyon, plus près du sol, quelquefois un peu improvisatrice, quoique correspondant avec Londres et surtout avec Genève et aussi avec la Fédération du Jura. Mais elle avait à son actif un rôle dans toutes les grèves qui éclataient.

Le saucisson giclait sous la dent et les pommes de terre fondaient, dans une divine alliance de l'aillé et du salé mêlés à la fadeur de la pomme de terre bouillie.

La section de Lyon de l'A.I.T. recevait des aides financières d'autres villes, du Creusot, de Rouen... et même de l'étranger, de Suisse, de Bruxelles, de Londres... Les ouvriers et les ouvrières adhéraient. On avait un pied un peu partout, dans le bois, le bronze, le marbre, le coton et, bien sûr, dans la soie ! On comptait de vieux lutteurs et de jeunes penseurs. A Lyon, l'Empire n'avait qu'à bien se tenir !

Le vin m'avait d'abord semblé bien acide et sans arôme. Mais, ayant vidé mon verre, je trouvais qu'il n'était, somme toute, pas sans effet. Je commençais même à lui trouver une trace de parfum, un arôme subtil, quelque chose comme l'églantine fanée.

— Ainsi, l'Empire et le capitalisme auraient leurs jours comptés ? Je ne demanderais qu'à vous croire. J'ai tellement envie de le voir, le « Grand Soir »...

Albert Richard me regarda de ses yeux marron-vert, un iris chêne clair ramifié de filaments phosphorescents, une feuille morte animée par la vie qui reprend, comme, dans la nation, après avoir été quasiment assassiné, le peuple reprenait force.

— Nous le verrons !

— Vous savez, j'ai peine à y croire.

— Certes, il est aisé de pervertir la démocratie, faire croire au bonheur par l'abondance de marchandises... Les grands magasins sont l'éden d'aujourd'hui... Mais nous verrons le « Grand Soir ». Il faut y croire, Blanche.

Certes, ajoutait-il en portant le verre aux lèvres, le temps est où les hommes et les femmes sont fascinés par les grottes des magasins plus riches que celles d'Ali Baba, par les myriades de becs de gaz bien plus luisantes que la lune. Mais l'histoire des civilisations ne retient guère la verroterie. L'Empire chasse le peuple des villes pour le parquer dans les faubourgs. Il faut se cacher dans les caves pour rester dans la cité. L'Empire saigne le peuple et réduit ce qui en reste à l'état de bêtes.

Tout cela n'a qu'un temps. Notre vieux peuple de France est du genre où se mêlent les désirs de tranquillité et les forces du rêve. Les faits le prouvent et les discours le disent. Blanqui, Marx, Bakounine, Proudhon, Vallès, Hugo le profèrent...

... je vous avertis la mort dans l'âme : vous ne voulez pas du progrès ? Vous aurez les révolutions ! Aux hommes assez insensés pour dire : l'Humanité ne marchera pas, Dieu répond par la terre qui tremble.

— Je ne vous savais pas croyant.

— La force de lutter mourrait sans une foi. Le tout est que cette croyance brûle de la flamme du feu et non de la fumée de l'opium.

— Croyez vous possible le retour de la République et des républicains ?

— C'est de cela que je vais discuter à Genève. Nous voulons savoir ce que sera demain.

— Le retour de la lumière ?

— Oui, l'embrasement. La révolte. La guerre !

— Encore la guerre ?

— C'est toujours la guerre, Blanche. La guerre dans nos campagnes et dans nos villes. La guerre est le père et la source de toutes choses, disait le philosophe. Notre France se fait par la guerre, cela n'est pas nouveau. Les casernes de la Part-Dieu sont toujours pleines d'artillerie et d'infanterie. Le peuple de Paris a conquis les droits du citoyen à la pointe de ses piques. Celui de Lyon a résisté à la réduction en esclavage du travailleur par le tranchant de ses couteaux.

Le tout est de ne pas se laisser embarquer dans une guerre de seigneurs, ainsi que la piétaille bernée qui écrase et égorge ses pareils !

Richard avait achevé un deuxième pot. Comme il m'en avait servi assez peu, deux petits verres, peut-être, il devenait lyrique.

— Les guerres commencent dans l'honneur pour des principes et se poursuivent dans la honte et le sang pour de l'or et de la puissance.

— Vraiment ? Il n'en est point de juste, alors !

— Savez-vous, Blanche ? Je fais un rêve, souvent, de plus en plus souvent. Un jour, un grand jour, le peuple sonne le canon sur un fleuve gelé pour avertir le monde qu'il a décidé de se débarrasser d'un despote blanc retranché dans son palais d'hiver sous l'or et sous la neige. En attendant un tel jour, j'ai le pressentiment que demain, le peuple tirera le fusil sur la place de l'Hôtel-de-Ville et hissera le drapeau rouge. Il y aura foule place des Terreaux. Il y aura des canuts, des ouvriers, des bourgeois et des femmes comme toi.

Mais n'anticipons pas, ponctua-t-il en vidant son verre. Je vais à Genève pour dire que la situation politique est explosive et que nous tenons prêtes nos machines infernales, chargés nos revolvers, aiguisés nos couteaux !

— J'aimerais tant aller à Genève. La République... le pensionnat libertaire*, la terre d'asile à nos républicains... On dit que de l'union du Rhône et du lac naquit une lumière à nulle autre pareille, jaillissements bleutés en des humeurs rosâtres.

— Vous savez, la lumière est un peu où et comme on la voit...

— Je la vois sur le lac de Genève, je la vois sur le fleuve, je la vois sur la mer.

— Laquelle ?

— La mer du Sud. La lumière qui a quitté notre pays est parvenue là-bas. Elle s'y est réfugiée. Elle est si forte qu'elle remonte parfois, atténuée mais persistante, jusqu'à Lyon. Certains soirs, en regardant attentivement les fleuves vers l'aval, on la voit apparaître. C'est une trace, un feu-follet, un reflet fuyant comme un mirage. Elle se love dans les rondeurs paisibles de la Saône, elle rue dans les chutes nerveuses du Rhône...

Un jour, un soir, la lumière du début et celle de la fin se rejoindront. Au lieu de cette vêprée obscure et floue que nous avons, ce sera la clarté. Les collines de cobalt, écrasées par le ciel d'azur, tomberont dans les eaux calmes comme dans les eaux folles, et toutes deux en seront rougeoyantes...

Quand je sortis de ma rêverie, Albert Richard me caressait légèrement la main, du bout des doigts, le regard perdu au plafond.

— Emmenez-moi ! lui dis-je.

---

* Un pensionnat fouriériste où les mœurs étaient libertaires (organisé par Pestalozzi) a existé en Suisse.

— Hein ?
— Emmenez-moi à Genève avec vous.
— Vous plaisantez ?
— Pas le moins du monde.
— Il faut réfléchir.
— C'est fait.

Je finis de boire un bon demi-verre à mon tour. Le vin ne me sembla plus être qu'une dose de liqueur chaude et tonifiante.

Oui, j'avais réfléchi. Pour l'immédiat, la trace de mon père et le fanal de la révolution se trouvaient à Genève, en remontant le cours du Rhône.

Et le jeune Albert se rendait à Genève !

Je me servis moi-même encore un peu de vin et le lampai sans coup férir.

Je regardai Albert droit dans les yeux. Ils étaient un peu voilés d'une bruine d'émotion. Mais clairs. Les ovales grossissaient, les pupilles verdissaient, les iris grandissaient. Mes yeux se fermèrent devant les branches de sapin de cils ployants. Mon menton s'irrita sur une barbe buissonneuse. Mes lèvres s'écrasèrent sous le glacier fondant de la bouche. Mes jambes flageolaient, mon esprit partait.

Pour Genève, déjà, tant j'étais impatiente.

* * *

DEUX ANS APRÈS

« Le drapeau rouge

(Extrait dans *le Cri du Peuple*, 9 mars 1871)

« Il a flotté depuis quatre mois au sommet de Lyon sur les hauteurs de la Croix Rousse ! Flotté comme une menace contre les Allemands qui, de loin, croyaient voir luire la crête d'un volcan...

Pauvre drapeau rouge, grand calomnié !

On en a fait l'étendard des meurtriers, parce qu'il a la couleur du sang ! Mais ce sang, c'est celui du peuple, le sang du martyr et non le sang du bourreau. Il n'a que cela à donner ce peuple. C'est son or et sa pourpre : il a ouvert ses veines, voilà tout, et il en a inondé sa bannière...

Il faut avoir la mémoire de ces choses et se découvrir devant ces souvenirs ! ne pas les laisser insulter par des hommes ou devant des hommes dont les pères ont peut-être été les soldats de ces révoltes, à Transnonain ou à la Guillotière !... »

Blanche, la rouge

Jules Vallès

LETTRE

à M. Albert Richard
20 quai Serin
Lyon

*le 15 germinal, an 79**

Albert,

Deux ans, ou presque, que nous ne nous sommes vus ni parlés ! Les dernières nouvelles de Paris me décident à t'écrire.

Je veux oublier l'atroce du passé, notre fiasco à Genève, la tenue à l'écart des entretiens avec les révolutionnaires, l'échec à retrouver la trace de mon père, l'indifférence de la famille de mon amie, ta froideur, mon départ solitaire.

Je veux oublier le désert sauvage enduré dans ma ville, soudain glacée à mon retour, étrangère sans mon amie disparue.

Car le tragique du présent surpasse tout. Les Prussiens à Paris, leur empereur couronné à Versailles, la France de la Révolution dotée d'une assemblée royaliste !

Et puis, quelle aventure que la vie ! Le soleil se lève de nouveau : le peuple de Paris prend les canons et décrète la Commune. Ceux de Marseille et de Toulouse suivent.

Et vous, Lyonnais, qui prenez l'Hôtel de Ville trois jours !

Que faites-vous, où êtes-vous, jeunes Lyonnais d'honneur ? Que faites-vous dans cette Presqu'île devenue marasme flasque où les jeunes femmes qui refusent de vivre en bourgeoises disparaissent et croupissent en prison,

---

* Le 15 germinal, an 79 : le 4 avril 1871 (selon le calendrier révolutionnaire alors réutilisé sur quelques affiches par certains « Jacobins » de Paris) !

où l'on condamne à mort les jeunes gens amoureux de révolution et à la solitude les femmes dévorées de désir ! Que faites-vous dans Lyon, dans ce corset de pierre au fleuve rétif et à la tendre rivière ?

Hier, les troupes de Paris insurgée se sont mises en marche sur Versailles, Versailles palais des rois, Versailles office des Prussiens, Versailles gouvernement des propriétaires !

Que font, que préparent ici, les révolutionnaires ?

Tu as ignoré l'offre de ma passion, de mon corps, de ma vie. Cette ignorance est, semble-t-il, la barbarie du droit de l'homme. Mais n'ignore pas, je t'en prie, que je suis dévouée à la révolution à quoi mon père s'était voué. Ce matin qui se lève peut être celui du Grand Soir. Celui du jour où les femmes enfin ne seront plus muettes, confinées, méprisées, prostituées. A ce jour, déjà des femmes sont debout les armes à la main sur les murs de Paris.

Au bout de l'entracte obscur, les feux s'allument enfin pour le deuxième acte. J'entrevois la lueur qui peut déchirer l'atroce rideau sombre, la pluie de sang figé qui étouffe la société. Et par la déchirure, nous le savons, nous, femmes, se fait une naissance.

Réponds-moi, s'il te plaît, si tu as quelque lumière de ce que sera demain, ici. Je suis décidée à ne pas rester vaine et seule dans le noir.

Blanche Rougon

* * *

2e ÉPOQUE

XV

— Mais c'est notre Blanche ! Quelle bonne surprise !

Dans la vitrine que j'étais en train de lécher, j'aperçus dans mon dos, juché sur un landau argent, un homme chapeau bas. Je me retournai. Face à moi, cet homme au chapeau noir dans la main gantée de gris, c'était Dominical. Son buste se découpait, sombre sur la façade claire de la bourse aux hautes fenêtres cintrées et barrées de fins meneaux. Entre des colonnes dont les soubassements étaient ceints de couronnes sculptées, une accumulation de fenêtres immenses affichaient le reflet de déchirures de lumière entre des nuages nacrés, s'accaparant le feu du ciel, palais de la lumière dérobée pour l'argent.

Je tournai d'un pas de côté, afin de ne plus voir l'homme en contre-jour. Le fabriquant n'avait pas changé. Ses favoris semblaient n'avoir pas même poussé en deux annnées. Mais quelques fils de coton blanc se mêlaient au tissu filasse en un jacquard désordonné, anarchique.

Nous nous trouvions place de la Bourse, jeudi 20 avril 1871, primidi 1er floréal an 79. Des modistes et des couturières, en robes claires, égayaient la place qu'elles traversaient bras dessus, bras dessous, en chapeaux ou en cheveux. C'était le premier jour du mois des fleurs, le printemps de la nature et des gens, mais on patouillait encore dans la fange et tant de choses étaient fânées. Je venais de vivre deux années terribles et j'eusse été bien loin de me douter de ce qui allait advenir.

Genève m'avait été un calvaire, bien loin du pays de cocagne que j'attendais. Pas de trace de mon père, la famille de Rose me claquant la porte au nez, Albert Richard me laissant repartir sans même l'argent du trajet. Ensuite, les déceptions avaient alterné avec les catastrophes, l'arrestation de filles, le plébiscite triomphal de l'empereur, la guerre et la défaite contre la Prusse, l'insurrection avortée de septembre, encore des arrestations de filles, le raz de marée conservateur aux élections, la guerre civile de Versailles contre la Commune de Paris.

Seul rayon de soleil dans tout cela, au bout du compte l'Empire n'était plus, victime lui-même de la guerre. Au cœur de ma ténébreuse solitude, la République, quoique enchifrenée, avait été le point du jour et les trois jours de la Commune de Lyon* une brève embellie.

Mais la Commune de Paris se faisait l'aurore des temps nouveaux. Après plus d'un mois de pouvoir populaire et

---

* Commune de Lyon : mercredi 22 mars 1871 à 23 h : l'Hôtel de Ville de Lyon est envahi par les manifestants et la Garde nationale ; le conseil municipal est chassé, le préfet est arrêté, une « Commission provisoire » est désignée, une proclamation est affichée : « Citoyens, la Garde nationale... a rendu à la Commune de Lyon tous ses droits et toute sa force... ».

Samedi 25 mars à 4 h du matin, sous la pression des résistances, notamment celle des « radicaux » du conseil municipal, les insurgés abdiquent.

social dans la capitale, la ville des lumières redevenait le phare du monde. Pourquoi ne pas être alors optimiste ?

— Vous ici, belle Blanche ? Quelle bonne surprise !

Dominical descendait du landau en gardant son chapeau à la main, la canne à pommeau d'ivoire coincée contre le flanc, l'autre main tendue pour recueillir la mienne.

Qui eût dit que ce riche et puissant fabriquant se présenterait à nouveau sur mon chemin, moi qui me trouvais si délaissée ?

Je l'étais au point que j'avais un moment mis à la poche ma fierté. Après ma lettre restée sans réponse, j'avais demandé à voir Albert Richard. J'avais escaladé jusqu'à son dernier étage quai Serin, pénétré dans sa petite chambre de bonne à lit de fer. Il s'était contenté de m'écouter, puis de me congédier poliment, afin de se remettre d'urgence à la rédaction d'une lettre à son ami Bastelica. Pire, Albert osait me renvoyer avec un prêche, si bien que je regagnai ma tanière en me disant :

« La révolution s'avance : je m'éclipse, la révolution s'avance — vous grandirez ! Je suis au nord de la révolution -vous êtes en pleine lumière — au midi ! Non pas que je me sente indigne d'aimer la révolution, mon amour atteindra son apogée quand elle deviendra terrible, c'est-à-dire sublime. »

Pour l'instant, le sublime se limitait à être descendue dans la ville basse, la Presqu'île illuminée au gaz, pour loger rue Grenette, une rue transversale coupant la rue de Lyon*. C'était une chambre de bonne laissée par une fille morte à l'Hôtel-Dieu, sans un traître sou pour payer le loyer. Je passais le plus clair du temps à relire *les Misérables* et *les Fleurs du mal* et à mendier les nouvelles au *Joyeux Gone* où l'on me prêtait les pages chiffonnées des journaux,

---

* Quelques noms après l'Empire :
Rue de Lyon : ex-rue Impériale et future rue de la République.
Rue de l'Hôtel-de-Ville : ex-rue de l'Impératrice : rue Edouard-Herriot.

le Progrès, *le Rasoir* ou *l'Excommunié*. Parfois, quelque anarchiste velu me prenait en pitié et me payait un pot malgré mes protestations :

— Ne t'en fais pas, Blanche, serre les dents et bois du rouge !

C'étaient là mes rapports avec l'homme. Aussi pensais-je beaucoup. A défaut de communard, mes pensées allaient vers le quarante-huitard : mon père.

J'allais oublier le sculpteur qui m'avait prié, à mon grand étonnement, de poser pour modèle de deux femmes qui lui étaient commandées et qui devaient flanquer une nouvelle façade de l'ex-rue Impériale. Cela faisait toujours quelques sous de gagnés ! A la vérité, cela faisait davantage. Car j'en étais venue à me prendre d'estime, presque d'admiration, pour ma poitrine que je n'aimais guère jusqu'alors.

— Bon dieu de dieu ! Saurai-je traduire cette merveille ? bougonnait-il en travaillant. Le sculpteur passait tant d'heures à boucharder, à polir, à peaufiner mes seins, tâchant de les reproduire avec tant de soin, que je m'accoutumais à les considérer avec intérêt.

Et voici que ce fabriquant que je soupçonnais depuis longtemps d'avoir des lumières au sujet de Virgile Rougon se présentait à nouveau sur mon chemin ! Ce n'était pas le moment de barguigner.

Je lui tournais encore le dos, les yeux dans le vaste miroir de la vitrine. Je me présentais dans un amour de robe blanche en coton drapé et souligné par des bandes ainsi que par un plastron bleu marine. Le petit bibi gris et bleu achevait de me mettre à la grande mode et d'apparence sans doute assez « cocotte lancée », malgré que j'eusse acheté cette tenue au rabais et à crédit chez un vieux marchand et que j'eusse à peine eu de quoi payer l'acompte de mes dernières économies.

— Allons-nous prendre un Meursault à Bellecour ou

entrons-nous au *Café de la Bourse* ? dit Dominical en montrant la direction de la main.

Je suivis des yeux la direction indiquée. Elle désignait l'étalement d'une façade d'établissement aux vitres délicatement ornées de gravures en guirlandes de lierre, aux lettres d'or égrenant CAFE DE LA BOURSE. Je lorgnai les luxueuses voitures, victorias, coupés, cabs, landaus, dog-carts et que sais-je encore, stationnées au devant. Après tout, boire un Meursault n'engageait à rien. Et je commençais à être plutôt lasse du carême sourd et ténébreux !

— Je prendrais très volontiers un Meursault ! glissai-je en souriant. Entrons ici. Donnez-moi votre bras, Sylvain.

On n'avait plus de Meursault. Le patron était confus. Voulait-on qu'il demandât chez un confrère ? J'avais dit que non, que cela ne faisait rien, que j'étais finalement un peu lasse du Meursault, que c'était vrai, toujours du Meursault, cela finissait par être monotone !

A la vérité, exceptées les rares gorgées de vinaigre payés par un des habitués du *Joyeux Gone*, je n'avais depuis longtemps pris d'autre boisson qu'un bon verre d'eau de source ! Je me sentais ravie de me trouver dans l'atmosphère douce des lampes aux abat-jour roses, attablée devant un guéridon au pied en pattes de lion doré sur le marbre veiné de rose sur quoi ne déparait pas le rouge d'un verre conique plein à ras bord de bitter.

Mais le ravissement fut de courte durée. Je portai aux lèvres le verre, dont les cercles concentriques superposés faisaient miroiter successivement le belle teinte cerise. Ouah ! Ma gorge et tout mon corps se rétractèrent. Quelle amertume !

— Vous n'aimez pas l'amer du bitter ?

— Je n'aime pas l'amer, ni du bitter, ni d'autre chose !

— Avez-vous donc tant de choses amères, dans votre vie ?

— Beaucoup, oui. Je vous ai déjà parlé de Rougon.

— Un amant inoubliable ?

— C'est cela.

— Je regrette. Je ne sais rien. C'est si ancien, déjà. Mais encore, Blanche, quant au présent ? Si je puis quelque chose... !

— La plus amère est sans doute la disparition de mon amie Rose. Vous souvenez-vous, du soir à la *Tête d'Or* où des filles furent raflées ?

Il se souvenait, en effet, de la voiture de police et des visages des filles, de celle qui me regardait... quand il s'exclama soudain :

— Bon dieu ! Réséda ! J'en suis certain ! Votre amie n'est pas loin d'ici, Blanche, dans une maison... enfin, une maison !

Ce n'était pas loin, en effet. La maison de Madame Andrée se situait face à la bourse. Il nous suffisait de couper la place en coin. Au passage devant la file de voitures, je ne prêtai guère attention à un fiacre où un homme à collier jaune se rejetait vivement en arrière.

Sitôt entrée dans le sanctuaire, je fus frappée par le contraste entre le luxe des tentures de velours cramoisi, des tableaux à cadres d'or, des sculptures de marbre rose ou noir, représentant évidemment des femmes nues, mais d'apparences fort nobles, voire presque pures et la tenue des cinq ou six filles avachies, vautrées sur le canapé à dossier aux angles arrondis ou sur les fauteuils de même velours vermeil. La plupart gardait les jupes relevées sur le genou, voire le jupon troussé sur la cuisse à jarretière noire. Une se montrait carrément en corset et sans jupon, les cuisses blanches étalées devant deux messieurs au frac noir et le verre à la main. Toutes portaient les traits fortement maquillés. Bel éventaire ! Mais je ne voyais pas Rose.

— Monsieur Dominical, vous venez de jour et accompagné ? demandait en riboulant Madame Andrée ; que voulez-vous donc ?

— Je voudrais voir Réséda.

— Elle est montée. Asseyez-vous. C'est un client rapide. Ce ne sera pas long.

Ce ne fut pas très long, en effet. Et heureusement, car, au milieu des aigreurs de champagne, de transpiration et de je n'ose imaginer quoi, j'étouffais, je sentais venir la nausée.

Quand Rose entra, suivie d'un vieil homme chauve, qui avait l'air complètement exténué. Elle arrivait, vêtue d'une délicieuse et chaste chemise de linon blanc assez ample, avec de juvéniles faveurs roses passementées aux manches ballons et dont le flou ne trahissait pas la poitrine. Elle ne me vit pas, s'en fut s'asseoir d'un pas las sur un fauteuil qui nous faisait face. Madame Andrée frappa dans ses mains et annonça que Réséda ne s'assît pas, qu'elle était attendue.

« Blanche ! » s'écria-t-elle en m'apercevant soudain et en courant vers moi.

Nous tombâmes dans les bras l'une de l'autre. Elle sentait fort la transpiration et le musc.

— Rose, pleurai-je, pourquoi n'as-tu pas donné de nouvelles ?

Elle chuchota imperceptiblement à mon oreille :

— Je suis prisonnière ici. Je dois cinq cents francs et je n'ai pas un centime. Aide-moi, si tu peux. Puis, à voix haute : Comment vas-tu, chérie ? Tu es avec Monsieur, maintenant ?

Elle déparait de profondes poches ses yeux qui restaient des morceaux de charbon brillant, tandis que ses joues un peu creusées semblaient molles sous le rond de crème rouge.

Je la quittai non sans un pincement au cœur, après que Dominical eût offert le champagne pour la circonstance.

Je réprimais les borborygmes piquants du champagne en me laissant raccompagner au landau.

— Où puis-je vous déposer ? demanda-t-il en me donnant la main pour monter.

Je m'assis en silence, tirai sur les plis de ma robe, puis laissai tomber simplement :

— Chez vous, si vous voulez.

Et je dépliai mon ombrelle en m'efforçant de rester impassible.

Il bondit : « Si je veux ! » Il prit ma main pour la baiser et siffler entre ses dents :

— J'attends cela depuis deux ans. Mais pas chez moi. Je connais un excellent hôtel discret, ajouta-t-il en montant à son tour dans le landau.

Nous remontâmes la Saône. Quoique la journée fût fraîche, j'étais couverte de sueur et j'avais la tête prise de maux violents. Le landau courait derrière la jument alezane qui menait bon trot, sans beaucoup cahoter d'abord, sur le pavé des quais. La rivière se tordait lourdement, quoique grosse des pluies récentes. Je préférais ne pas me demander comment j'allais faire avec Dominical, ni si j'allais seulement pouvoir. La Saône se déversait d'une sombre couleur châtaigne, contrairement à son habitude. Elle menaçait de déborder de son ventre trop plein. Elle se tordait en tous sens, elle recevait au ventre les coups des éperons rocheux qui la fendaient.

— Nous y voici, dit Dominical en déposant un baiser sur le dos de ma main.

Nous arrivions à l'île Barbe. Le Chatelard élevait sur l'île ses hautes murailles aux toits plats et, sur chaque rive, un hameau de quelques maisons se nichait aux pieds des collines.

— C'est ça que vous appelez discret, les guinguettes où le bâteau va mener gambiller dimanche toutes les ouvrières de Lyon ?

— Justement, dit-il. On n'ira jamais nous chercher là !

On n'y fût jamais allé nous chercher, peut-être ! mais nous n'y fûmes même jamais ! Car la crue rendait le gué impraticable. Il fallait pousser plus loin.

Le soir baissait quand nous atteignîmes l'auberge de l'île Roy, laquelle se trouvait bien sise sur la bonne rive. Mais il ne restait déjà plus une chambre libre à cette heure.

Dominical ne pouvait s'empêcher de pester à voix haute en retournant vers Lyon, et j'eus d'abord envie d'éclater de rire.

Le jour mourait, teintant maintenant la rivière d'encre violette, parfois mêlée d'une sécrétion blanchâtre ou d'un filet de sang. Ce voyage n'en finirait jamais. Enfin, nous aperçûmes de nouveau l'île Barbe. C'était l'heure sanguine. Le Chatelard levait ses murailles rougissantes aux toits pourpres. Sur les rives, les hameaux de maisons, éclaboussures rouges, se serraient aux pieds des collines mauves. Nous continuâmes à descendre le courant, tandis que la nuit tombait.

Je posai la tête sur le dossier de la banquette, calmée par l'obscurité et bercée par le roulis, en regardant l'eau noire dont nous suivions le cours.

Enfin, je m'étais éveillée pour apercevoir la lanterne du portier de l'*Hôtel des Voyageurs*. Dominical prit la meilleure chambre, avec vue sur la Saône. La rivière en crue coulait dans l'obscurité avec une sorte de bouillonnement inhabituel. En haut, les luciolles de la Croix Rousse clignaient des yeux. Je refermai la fenêtre. Ce n'était pas le luxe, mais les murs très blancs de chaux et les meubles rouges de merisier me plurent. Cela me détendit heureusement. Car je me retins de gifler Dominical lorsqu'il m'embrassa devant la fenêtre et tenta de me donner un baiser.

Je me contentai de le repousser en disant :

— Laissez ! C'est moi qui dois officier. Allongez-vous, s'il vous plaît.

Il s'allongea sur le lit, sans même ôter ses chaussures,

en roulant des yeux ébahis de barbot bien au-delà de l'asphyxie.

Mais ce n'était pas lui le plus en difficulté. Comment allais-je... ?

Il fallait vraiment que cela fût pour Rose. Oui ! Cette idée me sauva. Il fallait que je fisse pour Rose ce qu'elle eût fait pour moi.

J'imaginais que mon amie eût ôté sa robe et l'eût jetée sur le dossier du lit avec, pêle-mêle, le flot de dentelles de ses jupons.

J'ôtai ma robe blanche, que je pliai soigneusement sur le dossier de la chaise. J'enlevai également mes jupons.

Je pensai que Rose se fût penchée sur l'homme, l'eût baisé sur les lèvres et eût glissé une main dans la chemise, l'autre dans le pantalon.

Je défis le boutonnage latéral du pantalon collant dont je rabaissai à peine le rabat.

Rose eût peut-être poussé une exclamation d'attendrissement en faisant une corolle de ses mains.

Je ne pus réprimer un recul en voyant jaillir la chose dans une broussaille grise.

Rose se fût complaisamment montrée sur l'homme, se cambrant afin de redresser la poitrine, écartant ses cuisses, et elle l'eût glissée en elle.

Je tenais cachés mes seins dans mes mains. J'enjambais le corps. Cela me fit mal.

Dominical émit un grognement. Cela fut étranger, extérieur, lointain.

— Ce sera cinq cents francs, dis-je, après être allée me laver.

— Cinq cents ! Hé bien !

Mais... je veux vous installer dans vos meubles, Blanche. Vous... vous n'êtes pas une fille.

— M'installer ?... Nous verrons. Nous en reparlerons.

En attendant, il me faut cinq cents francs tout de suite pour éponger certaine dette.

— Vous les aurez demain matin.

* * *

XVI

Le portier de Madame Andrée ne voulut rien entendre.
— Je regrette, Madame, vous ne pouvez entrer !

Je me rendis pour la première fois à la boutique du *Confiseur du Roy*. Malgré l'enseigne, on semblait n'y avoir aucun complexe depuis l'avènement de la République. Je choisis le plus gros gateau, une charlotte à recouvrir d'un coulis au choix. La vendeuse proposait fraise ou groseille. Mais nous pouvons également faire un coulis de framboise ou de myrtille, Madame. Et nous avons aussi des confitures d'orange ou de mandarine dont nous faisons d'excellents coulis. Je ne vous parle pas de... C'est ça ! ne m'en parlez pas. Cela m'indifférait totalement. Pourvu qu'on me donnât le coulis à part. Ce qui fut dit fut fait.

Ainsi rapportai-je dans ma chambre un splendide gâteau qui me coutait plus que je possédais. Mais j'avais emprunté à la voisine, une petite modiste, non sans lui avoir conté mon aventure avec le fabricant, afin de la tranquilliser sur le remboursement rapide de la dette.

J'éprouvai de la peine à découper la charlotte par le milieu, dans l'épaisseur, à l'aide de mon couteau à tout faire, dont la lame était trop courte. J'y parvins sans trop de dégât en tournant. Puis venait le plus délicat de l'opération. Je plaçai les billets donnés par Dominical dans une enveloppe, soulevai la partie supérieure du gâteau, posai l'enveloppe au beau milieu, et refermai le tout. Il restait à répandre le coulis afin de masquer la découpe. Je refermai la boîte du pâtissier et griffonnai le mot que j'épinglai pour finir sur le couvercle, après avoir noté l'adresse au dos :

« Pour Réséda, de la part de Blanche »

« Rose chérie,

Voici un gâteau pour toi. Tu peux le partager avec tes amies. Mais je désire que tu le coupes et le goûtes d'abord seule. Mets bien à profit toutes les précieuses matières qu'il contient. A bientôt.

Blanche. »

La nuit venue, on frappa à ma porte. Je pâlis. Qui pouvait ?...

— C'est moi : Rose ! Ouvre !

Elle tomba dans mes bras :

— Drolette ! drolette !

Rose ! déjà ! jamais je n'eusse cru que cela pût aller si vite. Nous tombâmes visages dans les cheveux, les cous, restant embrassées. Chérie, murmurais-je, chérie. Elle se dégagea, me baisa les yeux, me prit les mains. Nous nous assîmes sur le lit. Elle avait pu sortir le jour même, grâce à un pieux mensonge, ayant prétendu qu'elle avait des symptômes vénériens. Elle les connaissait bien. Tu penses, il y en a une à qui c'est arrivé la semaine dernière ! Alors, voilà ! Réséda payait son dû et voilà que, au moment d'être source de graves ennuis, elle voulait justement partir. Madame Andrée ne se l'était pas fait dire deux fois. Elle avait couru aussitôt à la rousse pour les formalités.

— Et voilà ! fit Rose. Libre !

— Oui, mais, qu'allons-nous faire, dans ce moment si... difficile ?

— Tout ! lança-t-elle gaiement en se levant et en faisant tourner sa splendide robe. Ne sommes-nous pas les plus belles ?

Cette robe était un brocart sombre, mauve à fleurs noires, aux manches longues et aux rubans noirs tombant de biais vers la queue à l'arrière. Le décolleté tranchait droit, rectangulaire, avec un ruban noir qui le bordait, cachant juste les pointes des seins qu'on apercevait, moulés dans leur écartement.

— De quoi ruiner le photographe ! Il ne voudrait même plus vendre les photos afin de les conserver pour lui ! fis-je, pince-sans-rire.

— Pfoum ! pouffait-elle. Après ça, il n'aurait même plus le sou pour nous payer à coucher ! Il se le ferait tout seul devant nos images !

— Ma foi, ce serait plus reposant pour nous !

— Pfoum !

Après une petite quinte de rire partagée, je demandai comment avait-elle pu rester deux ans dans cette... ce bagne.

— C'est la rousse qui m'a conseillé d'y entrer. Dehors, je risquais la prison comme meneuse. Dedans, j'étais à l'abri.

— La police ! par exemple !

Quelque chose me choquait, qui était plus fort que cette insinuation du rôle de la police. Je n'aurais su dire exactement quoi.

Rose poursuivait. Elle avait appris par la suite que Madame Andrée l'avait achetée à un policier. La sous-maîtresse n'avait jamais voulu dire combien ni qui.

— Mais j'aimerais bien le savoir, crois-moi, ajoutait mon amie.

Qu'était-ce donc, qui me procurait ce sentiment d'étrangeté ?

D'abord, poursuivait-elle, cela avait été l'exultation d'être la coqueluche de chez Madame Andrée. Tous les grands bourgeois de Lyon voulaient avoir goûté à la fameuse Rose, l'ouvrière qui ne plaignait pas la besogne. Puis cela s'était très vite calmé, comme une mode éphémère. C'est alors que Madame Andrée avait eu une idée de génie. Si l'ouvrière ne faisait plus recette, il fallait faire d'elle une femme cultivée. Il y avait justement, parmi les habitués, un fidèle qui était professeur en retraite et qui, moyennant la gratuité, vint chaque soir lui donner sa leçon de français. Le brave homme se montrait si patient et si compétent qu'au bout de quelques mois, l'ouvrière Rose était devenue Réséda la femme cultivée qui fut à son tour la coqueluche du tout Lyon.

— On dit qu'en quelques mois, pute au beau langage, j'aurais fait la fortune de Madame Andrée.

— Suis-je bête !

Je comprenais soudain ce qui m'étonnait tant chez Rose. Où était donc son parler lyonnais ?

— Hé oui, chérie ! Je parle presque comme une instruiseuse, maintenant !

Mais sa splendeur avait été brève, l'époque étant venue des femmes qui se donnaient des airs honnêtes et se vendaient pour une robe et un souper dans une loge du Grand Théâtre. Les Lyonnais trouvèrent cela amusant, rapide et discret. La clientèle se clairsema chez Madame Andrée.

Alors, ç'avait été l'engrenage, les dépenses, le pécule mangé, les emprunts, les dettes, l'esclavage. Il fallait satisfaire les clients les plus pervers. Cela n'était pas le difficile. Mais il fallait satisfaire les plus sales. Imagine-t-on comme les bourgeois étaient sales ? La mode du tub* était connue, mais pas encore vraiment pratiquée à Lyon. Les hommes pouvaient passer des semaines sans user d'autre savon que le savon à barbe ! Et encore, pour ceux qui se rasaient !

C'était la servitude des autres et aussi celle de soi, ajoutait Rose les yeux au ciel. Du vin, elle était passée aux alcools. Elle en était venue à l'absinthe.

— Chérie ! on dit que ça rend fou !

— Plus de danger, ma fille.

Elle avait aussi changé pour ce qui concernait la boisson. Un jour, elle était tombée malade. Le médecin lui donnait quelques mois à vivre, si elle continuait. Elle qui vivait le calvaire n'avait voulu y mettre fin. Voilà. Elle ne touchait plus une goutte d'alcool. Plus de blanc ni de rouge ! Pas même de l'eau rougie.

— Alors, dis-je en lui versant du sirop de rose, goûte donc ça. Ce n'est ni du rouge ni du blanc.

Je lui versai un verre de sirop d'un rose opalescent.

Elle avoua, après avoir bu :

— C'est délicieux ! Velouté et parfumé. Figure-toi que tu m'as fait peur, disait-elle en riant. Je me demandais ce que tu me faisais boire.

— C'est du sirop de rose. Il vient du Midi. De la lumière. De la chaleur...

— Et c'est bon pour la santé ?

— Pas de problème. C'est le meilleur élixir possible. Regarde, dis-je : on dirait du sperme et du sang mêlés.

Elle parut en avoir le souffle coupé. Puis, à l'entendre éclater d'un rire tonitruant, je me laissai aller aussi à une immense envie de rire.

---

* Tub : grande cuvette où l'on pouvait faire de grandes ablutions.

Après plusieurs bonnes pintes de rire, Rose demanda :

— Et toi, chérie ?

Moi, je racontai Genève. Tout Genève et la suite qui n'était rien, que le manque, le manque d'homme, le manque à en crever.

— Bon dieu de dieu ! quand je pense que j'allais oublier ! Chérie, nous avons une piste.

— Hein ? Quelle piste ?

— Pour ton père. Un client occasionnel : Homais, le substitut du procureur de la République. C'est lui qui m'a dit. Il sait qui a dénoncé les rouges. Secret professionnel. Mais, dit-elle en éclatant de rire, ils ne nous connaissent pas, nous les professionnelles ! Qu'il repasse seulement entre mes mains et je me fais fort de tout lui faire avouer !

Je ris à mon tour de cet humour aussi douteux, mais je ris ! à en avoir mal au ventre.

Enfin, ayant repris son souffle, mon amie proposa de faire les cafés rue de Lyon. Nous avions de bonnes chances d'y rencontrer Homais, à cette heure du soir.

— Mais pas en négligé. Ma fille, habille-toi. Les hommes, ça sait pas nous résister si nous savons les attaquer !

Il y avait un bon dieu pour les péripatétitiennes. En effet, cela ne faisait pas dix minutes que nous marchions rue de Lyon en jetant des regards inquisiteurs dans les cafés, lorsque Rose souffla :

— Il est là ! Regarde l'homme qui picore sa chope du bout des lèvres !

L'homme picorait chez Casati, au coin de la rue du Bât-d'Argent. Homais, le substitut du procureur de la République, buvait et conversait avec deux hommes. Il ne sembla pas reconnaître Rose quand elle se mit à lui faire des petits signes depuis la table où nous nous étions installées. Ses interlocuteurs, un jeune homme et un autre plus âgé, se levèrent, traversèrent la salle, descendirent aux toilettes. Alors, Homais se leva également pour venir à notre table. Il montrait un masque fin et froidement courtois, un regard plein de réserve, une tenue de ville stricte, jaquette marron. Il se courba devant nous.

— Puis-je vous offrir quelque chose ? Je suis malheureusement dans l'impossibilité de m'asseoir avec vous. Je suis désolé ; je suis occupé...

— Offrez-nous donc votre compagnie ! dit Rose.

— C'est que... je suis avec des collègues, le procureur et le sous-chef de la police.

— Mon grand loup, dit Rose, encore au boulot, à cette heure !

— Ne m'en parle pas. On est informé d'un complot insurrectionnel. Des conseillers municipaux commencent à pencher pour l'insurrection depuis que Thiers veut désigner lui-même les maires des grandes villes. Certains veulent attendre pour les laisser s'enferrer et pour piéger le maximum de responsables. D'autres préfèreraient intervenir tout de suite. Question de prudence ! Sérieux dilemme. Une affaire qui ne me plaît pas beaucoup.

— Oh ! la justice qui fait des heures supplémentaires ! dit-elle, alors que se courbait devant nous le jeune homme, de retour du sous-sol. Mais asseyez-vous donc avec nous !

— Taisez-vous donc ! chuchota le procureur Andrieux, qui, fort élégant, s'approchait à son tour, ou vous pourriez bien être l'objet d'heures supplémentaires pour votre affaire, dit-il, mi-figue, mi-raisin.

— Croyez pas si bien dire ! relança-t-elle énigmatiquement. En attendant, reposez-vous un peu. Vous serez bien avancé, lorsque vous serez mort à la tâche pour défendre l'ordre ! Ça fera plutôt désordre !

— Vous avez raison, ce n'est plus l'heure de travailler ! dit-il en souriant et en prenant place.

La salle était découpée en travées où les tables s'alignaient, séparées par des stalles de bois et de laiton que munissaient en hauteur des porte-manteaux et des porte-chapeaux surmontés par des bouquets de boules blanches lumineuses. Aux murs, de grandes glaces à petits carreaux s'élevaient jusqu'à la voûte que parcouraient des guirlandes de stuc autour de médaillons représentant des cieux et des feuillages en trompe-l'œil.

Je vérifiai dans la glace où se reflétait notre tablée, l'ordonnancement des bandeaux dorés de mes cheveux sur mon front. Pas repoussante, l'allure générale de la dame ! J'avais bien fait d'être conquise par cette robe, laissée à Rose par une amie et qui, lui étant trop grande, m'allait à ravir. C'était presque une robe de bal, très claire, en taffetas tilleul, découpée sur la jupe d'une frise à double bande de velours vert foncé en marches d'escalier tombant en diagonale vers la queue, afin de laisser paraître le jupon de coton jaune.

Un garçon, gilet bordeaux, tablier blanc jusqu'aux pieds, se penchait vers nous, l'air interrogateur.

— Que prennent ces dames ? demanda le jeune homme en nous dévisageant. Il avait une physionomie avenante. Il souriait.

— Pas d'alcool ni de bière dit Rose. Un sirop. De ce que vous voudrez, mais ni rouge, ni blanc.

— Ou les deux mêlés, dis-je.

Une nouvelle quinte de rire nous assaillit, Rose et moi.

— Ça commence bien, diagnostiqua le jeune homme. Tant mieux ! Il faut bien que l'on rit quelque part.

— J'imagine qu'on ne rit pas souvent, chez vous, dis-je sans malice.

— Détrompez-vous. A la police, on rit de coutume autant qu'ailleurs. Mais c'est plutôt que l'atmosphère générale n'est guère au rire, savez-vous ?

Il avait raison, faisait noter Andrieux. A Paris, c'était catastrophique. La délégation d'élus lyonnais avait trouvé les Parisiens décidés à se battre jusqu'au dernier. A Versailles, on répétait à qui voulait l'entendre que Paris devait capituler ou mourir. On préparait l'assaut. La victoire de l'armée régulière paraissait vraisemblable. Mais l'armée de la Commune était une réalité. Cela allait faire un beau carnage.

Et le pire, ajoutait Homais, c'est que cela donnait des idées aux Lyonnais, qui n'eussent pas besoin d'exemples pour vaticiner ou pour défiler flamberge au vent ! Depuis l'avortement de la prise de l'Hôtel de Ville, la police était sur les dents. L'insurrection couvait. Pas de jour sans une réunion, un rassemblement, un attroupement où l'on clamait à tous vents que c'était pour le lendemain.

— Pas plus tard qu'hier, ajoutait le jeune sous-chef de la police, au *Bal parisien*, on a parlé d'un soulèvement général qui devrait commencer par une marche sur la prison Saint-Joseph, afin d'y délivrer les détenus républicains. Sans parler des réunions secrètes dont je suis tenu informé heure par heure !

Je commandai un quinquina, comme les hommes. Pour avoir des forces. Car il était déjà tard et la soirée ne faisait que commencer.

A la fermeture, nous récupérâmes nos coiffures sur les supports, nous les ajustâmes assez longuement devant les glaces. Etions-nous fringantes ! Nous semblions presque jumelles, la brune et la blonde, sous nos petits bibis à la mode perchés sur le haut du crane. Le jeune homme prit mon bras et Andrieux celui de Rose, tandis que mon amie et moi encadrions Homais, bras dessus, bras dessous. Je marchais avec légèreté, le pas et le cœur légers. Quelle allure avait-il, le jeune sous-chef de la rousse qui irait loin ? Un peu rigolo sous son haut-de-forme de travers, mais si séduisant par ses cheveux noirs et ses traits réguliers et doux, glabres à l'exception de la fine moustache, de ce temps où les hommes, ainsi Andrieux et Homais, tenaient à afficher leur virilité dans l'arrogance d'un abondant système pileux, collier épais, grosses moustaches, favoris foisonnants, barbe touffue... Je me penchais un peu vers le sous-chef. Il embaumait la lavande.

On allait souper quelque part vers Bellecour, c'était décidé ! Comme s'entendait le grondement du Rhône en crue tout proche, Rose voulut aussi qu'on passât sur le quai. Mais des barrières de bois nous arrêtèrent. A quelques pas devant nous, le flot d'encre bouillonnante balayait le quai en émettant d'énormes bruits de succion. Pas un réverbère allumé. Le courant semblait descendre du noir absolu. En amont, c'était le royaume des ténèbres et de l'eau glaciale. On eût dit qu'il bruinait, comme si de fines gouttelettes pénétraient les vêtements. Le jeune homme me tira en arrière et se cramponna à mon bras.

De retour rue de Lyon, le sous-chef tremblait, pendu à mon épaule.

— Pas chaud, pour fin avril, hein ? dit Rose en serrant son boléro sur sa poitrine.

Il se trouvait que nous passions devant une façade en construction. La chaleur me monta soudain aux joues. Je me trouvais le torse nu en pleine rue ! C'était le fameux futur siège du *Progrès*, le nouveau fleuron de la décoration du moment, avec volutes, torsades et balustres. Et, la façade presque achevée, l'on avait déjà mis en place les deux statues de femmes en bas-relief de part et d'autre de la grand'porte. Ces grandes femmes rondes, la poitrine nue, aux légers seins et au drapé entourant des hanches généreuses, à l'antique, je les connaissais bien. Homais s'approcha de l'une d'elles, poussa sur la pointe d'un sein du bout de l'index en faisant « Tuuuuut ! ». Il retournait vers nous lorsqu'il tomba en arrêt. Il me fixait, écarquillant les yeux. Puis, il s'approcha de moi, tendit l'index. Une bourrade de Rose l'envoya se cogner contre Andrieu.

Je sentais les regards braqués sur moi. Les statues n'étaient pas, évidemment, sans quelque ressemblance avec ma personne. Je refermais mon boléro sur la robe collant à la poitrine de son taffetas vert tilleul.

La nuit de floréal se faisait sans doute encore fraîche.

Mais je trouvais qu'il faisait chaud dans la rue, par suite des quinquinas, ou de chaleur au cœur ! Le substitut et le procureur semblaient aussi rayonnants le feu du quinquina. Mon jeune cavalier, par contre, ne paraissait guère avoir mis à profit son inspection. Il grimaçait de douleur en se pressant le ventre. Il aurait eu froid devant le Rhône. Le joli monsieur n'avait rien du vieux policier aguerri. Il était sujet aux coups de froid qui l'indisposaient en lui donnant des coliques. Il finit par arrêter un coche. Andrieux l'aida à monter. Il nous pria de les excuser et ordonna au cocher de les conduire chez le sous-chef.

— Tu es condamné à nous subir toutes les deux, mon pauvre lapin, dit Rose en donnant mon bras à Homais.

— Moi, je ne demande que ça ! fit-il, éméché. On est pas loin du *Rex*. L'hôtel est bon et discret.

— Chiche ? dit Rose.

— Chiche ! fit-il, solennel. Puis, soudain réaliste, il demanda :

— Ce sera cher ?

— Pour toi, nous nous arrangerons, mon lapin.

— Dans ces conditions... Et il posa un chaste baiser sur la joue de chacune de nous.

— Au Rex ! dit Rose en nous tirant dans la direction.

Je suivis sans mot dire.

Homais avait passé discrètement à la réception.

— Mais oui, Monsieur. Pour vous ? Bien sûr, Monsieur.

Il avait demandé du champagne. Il fut le seul à en goûter. Mais il en goûta pas mal.

Nous nous assîmes sur la grande banquette, de part et d'autre du substitut. Il glissa une main dans le décolleté de Rose et une dans le mien, cherchant à pincer les boutons. Je rejetai sa main sans aménité.

— Je sens que je vais être comblé, ronronna-t-il.

— Attends tout de même de voir ! dit Rose. D'ailleurs, il faut d'abord fixer les conditions.

— Combien ?

— Pas cher ! dit-elle. Pas cher du tout. Ridiculement pas cher.

— Mais encore ?

— Tu dis ce qu'on sait dans ta boutique d'un certain Virgile Rougon, un instituteur rouge.

— Et vous parlez aussi de celui qui, chez vous, a vendu Rose à Madame Andrée.

— Pas cher, c'est vous qui le dites. D'ailleurs, je n'étais pas substitut avant la déchéance !*

— Discrétion assurée, mon lapin, on sera muettes comme des tombes. Qui soupçonnera Monsieur le substitut du procureur de la République d'avoir vendu la mèche ? Et puis, franchement, qu'est-ce qui peut arriver ? Le coup est pour toi sans risque.

— Peut-être.

— C'est à prendre ou à laisser ! fis-je en ôtant à nouveau sa main de mon décolleté et en refermant à deux mains mon boléro sur ma poitrine.

— D'accord. Mais je consomme d'abord.

— Doucement. T'en aura une avant, et une après !

— Parole ?

— Cette question ! Bien sûr, parole ! Et pour te tranquilliser, je commence, répondait Rose.

— Mademoiselle s'engage-t-elle ?

Ben mon colon ! pour un type éméché, il était plutôt dur en affaires, le substitut ! Je répondis que oui, je m'engageais.

Rose dénuda Homais, ne lui laissant que ses chaussettes noires et ses supports-chaussettes élastiques à jarretelles fixés sous le genou.

Elle se mit elle-même nue, en bas blancs et jarretières

* Déchéance : Napoléon III fut déclaré déchu et la République proclamée le 4 septembre 1870.

bleues nouées au-dessous de son genou dont je vis qu'il était devenu plus sec avec le temps. Ses seins étaient cependant alourdis et un peu rapprochés par la position.

Elle s'agenouilla devant Homais. Je n'osais regarder. J'eus envie de m'enfuir. Mais je sentis mes jambes mollir sous moi. Je me laissai tomber sur le canapé.

— Ça va ? me demanda-t-elle ? Et elle me souriait, les lèvres luisantes.

Elle reprit son manège. L'homme empoigna ses cheveux à deux mains en geignant. Il manqua tomber à la renverse, se rattrapa au dossier de la chaise et s'affala sur Rose.

Quand elle alla faire un peu de toilette, j'en étais à me mordre les doigts en me maudissant de m'être engagée dans cette galère. Que devrais-je faire, moi, qui étais si inexpérimentée ? et si timide pour toucher un homme ? et d'autant plus un homme que je n'aimais pas !

Homais récupéra très vite. Un tub, une coupe de champagne avec un biscuit trempé. Il commença alors à me lorgner sérieusement.

— Ah, ah, ah ! dit Rose. Minute ! On paye d'abord !

Cela fut vite dit, mais bien dit. Le substitut du procureur de la République parla sans détour. L'homme qui avait vendu Rose était connu de ses chefs. On avait passé l'éponge pour le tenir. C'était un inspecteur nommé Vajaune. Quant à Virgile Rougon, il ne serait pas étonnant que Vajaune fût déjà sur le coup. Il était monté à cette époque en se faisant spécialiste de la chasse aux rouges. Il faudrait faire des recherches pour s'assurer de son rôle dans cette affaire. Il les ferait. Parole !

Je me suis déshabillée et je suis venue m'allonger sur le lit.

Je tenais ma parole. Je m'étais engagée. C'est tout !

— Lui aussi, il était pas mal engagé ! Complètement, même, jusqu'à la garde ! ironisa Rose quand je lui faisais ensuite part de mon indifférence. Mais, dans l'affaire, t'es pas si indifférente que tu dis. C'est toi qui joues le plus gros jeu : ton père. Et maintenant, petite, les adversaires ont qu'à bien se tenir, tu sais à merveille manier les atouts !

* * *

XVII

— Cinq heures viennent de sonner !

— Du soir, ou du matin ? demandai-je à Rose qui sautait du lit.

— Tu es à la gognandise ! Sais-tu à quelle heure nous sommes-nous couchées ?

— C'est vrai, dis-je, levée à mon tour. C'est moi qui suis sonnée de demander. Je tiens debout les yeux ouverts, c'est donc cinq heures du soir.

Nous nous étions couchées à quatre heures du matin !

— Ben, ma petite, quelle sieste ! disait Rose en riant. Je filerais bien manger quelque chose, moi ! Sommes quel jour ?

— Le troisième jour du premier décadi de floréal.

— Qu'est-ce que tu chantes ?

— Ma petite, une révolutionnaire compte en calendrier de la Révolution.

— Oui, ça va. Et alors, ça nous fait quel jour ?

— Troisième jour du pre...

— Hé ! tu ne vas pas arrêter ? Je veux savoir si nous sommes vendredi ou samedi !

— Nous sommes samedi. Samedi 22 avril. Madame veut probablement mesurer le temps qui nous sépare du grand soir.

— T'es bête ! Moi, le samedi, c'était mon grand jour. J'allais au bal...

— Hé bien, allons-y ! Mieux vaut une bonne petite soirée que rien du tout !

Dans la rue, le défilé des passants le disputait à celui des voitures. Sur les trottoirs macadamisés, à l'abri des cavalcades de cochers pressés sonnant sur le pavé, des dames bien mises faisaient les curieuses aux étals des marchands d'objets en buis, typiques de la rue Grenette.

Nous hésitions. Aller vers le quai de l'Hôpital ou vers le quai Saint-Antoine ? Vers le Rhône ou vers la Saône ?

— La violence ou la paix ? dis-je.

— Ouais. J'ai l'impression qu'y a pas que nous deux qu'est embrenné à pas savoir.

— Allons tout droit, vers Bellecour, suggérai-je.

Il y avait foule près de la *Maison Dorée.* Les tables bondées de consommateurs s'avançaient jusqu'à la rangée d'arbres et jusqu'au bassin. Devant les autres cafés-glaciers, elles débordaient du trottoir et, enjambant la chaussée, créaient sous les marronniers des succursales provisoires. Vers le bassin, le long du chemin de bitume et dans le vaste espace qui s'étendait derrière le cheval de bronze, des familles s'étaient installées par petits groupes, causant, flirtant, réprimandant, ou riant. Ces gens paraissaient occupés. Ils étaient épouse, enfants, cousins de quelque capitaine d'industrie, quelque fabricant, ils étaient tous inquiets pour un accroc, une tache, un rien. Pour eux il ne se passait rien. Rien du tout. Une jeune fille en chapeau de paille traînait, mollement assise sur le bord du bassin, trempant ses doigts dans l'eau. Elle était pâle, les joues creuses. Elle semblait s'ennuyer mortellement.

— Filons ! soufflai-je.

— Ouais. Allons sur les quais !

— D'accord. Je n'aime pas Bellecour, ce soir. Nous aurions mieux fait d'aller d'un côté qu'au milieu.

— Ma pauvre, c'est pas nouveau ! La chanson a l'âge du monde. Comme si on pouvait rester sans choisir entre les deux partis.

— Entre les idéaux, la sociale et la république, on devrait pouvoir rester...

— Entre douceur et violence ? Entre le flot de la révolte ou celui de l'amour ? Entre les deux fleuves, que crois-tu donc qu'il y ait ? La Presqu'île bourgeoise, une espèce de marais putride asséché, une boucherie plus ou moins nettoyée, des rues emplies de crotte et vidées de lumière, des maisons aux murs capitonnés pour étouffer les cris !

Je baissai la tête, les yeux dans les chaussures. Rose releva sa jupe, tapota pour l'épousseter la dentelle du pantalon blanc passementé de ruban noir.

— Allons à la Guille. Y a pas, reprit-elle, y a pas de purgatoire entre les deux courants. Faut bien vivre, faire quelque chose, prendre un flot ou l'autre.

— Crestin* et compagnie sont envoyés à Paris et Versailles pour une conciliation.

— Les emboimeurs qui sont partis ? Et qu'est-ce qu'il vont concilier ? La Révolution et la Réaction ? Les jeunes anarchistes, les femmes infirmières, les ouvriers communistes, avec les députés hobereaux élus sous l'occupation prussienne ? Conciliation de la morale et de mon cul !

— Tout de même, dis-je en marchant à ses côtés, la boucherie qui se prépare !... Si la Commune est un bain

---

* Crestin : chef de file des démocrates « radicaux » (libéraux opposés à l'Empire, qualifiables de « centristes » en 1871), maire de La Guillotière qui refusa d'être désigné maire par la Commune de Lyon.

de sang, victorieuse ou assassinée, qu'en sera-t-il de la République ? Est-ce qu'on ne pourrait pas trouver un juste milieu pour sauver la démocratie ?

— Le juste milieu ? Tu l'as déjà vu, toi ? Où c'est, le juste milieu ? A l'Hôtel-Dieu où les filles ont pas droit d'accoucher ou bien là-bas, dans le palais de « justice » où les ouvrières sont condamnées à la prison ? Non, le juste milieu, c'est qu'un coup foireux, ma petite. Une histoire à te faire dormir même pas debout, à te faire croire que tu vis un rêve parce que t'as toute une série de fripes à t'acheter, ou même que t'es juste parce que tu parles de justice, pendant que la troupe fusille les faibles par la loi du plus fort, pour que tu continues ton petit commerce, pendant qu'y en a qui vivent plus royalement que les anciens rois, qu'y se tapent l'or et le diamant, le caviar et les princesses ? Juste, le milieu ? Laisse-moi rigoler ! On te pourchasse à coups de flingot dans les rues parce que t'as pas droit de faire la république dans la ville haute. On te fout en cave parce que c'est ta place dans la ville basse. Et alors, quand les anarchistes veulent faire sauter tout ça : tous les fusilleurs, les affameurs, les calomniateurs... alors crac ! on leur coupe le cou ! Et tout ça, à cause du juste milieu !

— Tu as peut-être raison. Ce milieu n'est pas juste.

— Je veux ! Comme juste milieu, je te le dis, ma petite, je connais qu'une chose, celle qu'est au milieu de mes cuisses ! Tiens ! ajoute-t-elle. Filons vers le Rhône !

— Alors, dis-je en la suivant, tu ne crois plus que ton dieu soit pour la clémence ?

— Mon dieu ? J'ai plus de dieu.

— Comment ?

— Celui qui m'a laissée enfermer comme esclave n'est pas mon dieu. Ou il n'existe pas. Enfin, c'est fini, ça. Je ne crois plus. Comme toi.

— Hé bien, dis-je, c'est amusant. Parce que moi,

maintenant, je crois. Oui, malgré tout, je crois... je crois en ce que dit Louise :

Quand la foule aujourd'hui muette,
Comme l'océan grondera
Et qu'à mourir elle sera prête,
La commune se relèvera.

— C'est beau, dit Rose. Tu l'as trouvé où ?

— Dans un journal de Paris.

— L'instruction ! A propos, je t'ai pas dit que le vieux m'a aussi un peu appris à lire ?

— Décidément ! Moi, j'ai désappris la lecture.

— Nous faisons tout à l'envers, alors !

— Tout ? Pas sûr ! Y a certaines choses que...

— Oumpf ! Bête !

Après une petite quinte de rire, elle me demandait comment pouvais-je ne plus savoir lire. J'aimais toujours lire des livres de quelques auteurs amis. Mais, les soi-disant livres qu'on vendait en gros au peuple n'étaient en fait que commérages, pissages d'états d'âmes et recettes de cuisine ou de pharmacie. Des livres, ça ? On voulait nous faire prendre des vessies pour des lanternes ! Le livre, ce qu'un être nous « livre » de plus profond et à la fois de plus ouvert, ce livre-là n'était plus qu'en voie de disparition.

— Avec tous les feuilletons qu'il y a, avec toutes les aventures merveilleuses qu'on peut y vivre, tu dis ça ? Moi qui rêve de pouvoir lire *le Juif errant*, *les Mystères de Paris*, *Joseph Balsamo* !... Nous faisons vraiment tout à l'envers !

— Oui ! Hier, tu nageais dans l'ordure et maintenant, fis-je en raclant sur le pavé ma semelle souillée, c'est moi qui viens de marcher dans la merde !

Un groupe bruyant nous dépassait sur le pont. Il était composé de nombreuses filles en toilettes de couleurs.

— Où c'est que vous décannez ?
— A la Guille.
— Nous autres aussi, nous lança-t-on, allons à la Guille, z'au *Bal parisien* ! C'est que vous venez ?
— Un peu, qu'on vient ! répondit Rose.

La rue Basse-Combalot se trouvait protégée du flot de la crue par le remblai d'où l'on devait descendre un bon nombre de marches à l'extrémité de la rue. Du haut de l'escalier, elle semblait noire de monde. Pas encore de réverbère allumé à cette heure. La foule se reconnaissait dans l'ombre. On sortait déjà de la salle du *Bal Parisien.* J'aperçus les chefs qui se défilaient. Quelque rendez-vous secret.
— Et voilà ! y vont valser tout seuls quelque autre part !
— Valser ?
— Je rigole. Le temps n'est plus à la valse, ma vieille.
Après un temps, elle me demanda :
— T'aimais ça, toi, la valse ?
— Je n'ai jamais voulu apprendre à danser.
— Moi, j'étais la meilleure, la terreur des salles ! Quand la Rose arrivait, les autres filles se poussaient. Tous les champions de valse et de polka étaient pour moi... Mais, c'est loin déjà. C'est bien fini. Tu vois, au lieu de lever le fumeron, les filles viennent parler insurrection dans les salles de bal ! La musique prussienne, les bals de l'Empire, à dégager !
Je lui pris la main. Derrière nous, le Rhône grondait. A nos pieds, la foule grouillait. Une voix, celle d'une amie de Rose, nous interpella :
— Hé ! les droles ! Si z'ont pas besoin de nous autres pour se siffler des pots, les chefs, avons pas peut-être besoin d'eux pour se remplir la bouille !
— Vrai ! fit Rose.

— Allons ! Que nous faut n'aller se coufler la bouille chez Guillerme !

On commandait des pots. Les nouvelles fusaient. Un comité révolutionnaire venait d'être constitué. On parlait de Berthet, Blanc, Bergeron, Benoit, Codex... Le délégué de la Commune de Paris, Caulet de Tayrac, se trouvait parmi eux, à ce que l'on disait, venu de Paris via Bâle.

Les pots étaient déjà vides quand arriva le cervelas. Mais la servante revint bien vite avec un panier de pots remplis. J'avais hâte de goûter au cervelas. La tête tournait déjà. Je me jetai sur les tranches roses tâchées de vert, accompagnées de la grosse coupe blanche de pain. Le cervelas fondait délicieusement, parfumé de pistache et relevé d'ail. Ce n'était que pitance d'ouvrier et c'était mets de roi, dit une voix.

— Profitons, les droles ! que le barge i va bientôt nous faire boulotter du rat !

— Bah ! Sera bien pareil ! Quand le compagnon commandera comme à Paris, mangerons bien de cervelas après carême ! dit une autre.

— Pas sûr...

— Cause toujours, grommelait Rose, pensive devant son verre plein.

Car on parlait à table d'une séance du « Comité central démocratique de la Garde nationale », salle Bonnefond. Ils demandaient la reconnaissance de la Commune de Paris et l'élection d'une Commission communale à Lyon. Allaient-ils décréter l'insurrection ? Pas du tout, disait-on. Enfin, oui ou non, allait-on refuser de voter ? Mais pourquoi ? Il n'y avait qu'à voter pour des communistes ! Qu'est-ce que ça changerait ? Une fois au pouvoir, on est embarqué dans le crime ! Non, c'est l'abstention révolutionnaire, qu'il faut !

Comme on apportait « le » dinde à la broche farcie, une fille se leva :

— Attendez ! que vais z'y ouvrir la bouille, moi, au dinde !

Et elle planta son couteau comme un coup de poignard en plein poitrail de l'animal. Cela gicla. Une fille s'essuyait et léchait le jus en riant.

— Oh ! le dinde ! Parole, c'est qu'i trouve canant ! t'es pas obligé de juter sur les honnêtes drolles quand est qu'on te le rentre dedans !

Rha ! rha ! rha ! Eclat de rire général, tandis que la prêtresse du sacrifice extirpait le contenu en plongeant dans les entrailles à mains nues dont elle rejetait une pleine poignée de farce dans chaque assiette. Ayant de nouveau expédié le contenu de mon verre dans mon gaviot, je dégustai la farce avec délice, un de ces petits hâchis de veau, chair à saucisse, trompettes de la mort et petites herbes !

— Ces bonhommes, c'est bien bon du ventre !

Comme je pouffai sottement à nouveau, Rose se pencha à mon oreille :

— Au fait, chérie, qui est, maintenant, ton bonhomme ?

— Personne.

— Quoi ?

— Personne.

— Et, depuis qu'on s'était pas vues ?

— J'étais seule. Vide.

— Vide ! Ça, alors... dit-elle, pensive.

— Tu sais bien, nous faisons tout au contraire l'une de l'autre, tentai-je d'ironiser.

— Chérie, tu es toute rabougrie. Le couvent, ça suffit comme ça ! C'est pas les beaux types qui manquent.

— Mais... je ne... je ne prends pas de plaisir.

— Hein ? Ça, c'est la meilleure ! Qui est de nous deux la péripatétitienne, alors !

Dans la chambre, je me suis un peu débarbouillée, Rose m'avait fait un café. J'étais moins grise.

— Au fond, tu m'as choquée, de me traiter de péripatéticienne !

— Merci pour le respect de moi !

— Mais... je te respecte... mais enfin...

— Ouais. J'ai compris. Tu me respectes comme femme et tu me méprises comme fille. Seulement, figures-toi que beaucoup de femmes sont des filles sans le savoir.

— Ah ! ah ! tu me feras toujours rire !

— Moi ? je suis sérieuse. Une femme qui couche sans plaisir, c'est par intérêt, pour gagner quelque chose, un lancement,* un amour. Une femme qui se vend contre ça, ça s'appelle une fille. Beaucoup de femmes le sont sans le savoir. Une pute. Comme Monsieur Jourdain...

— Ça, alors ! dis-je, écrasée d'étonnement devant la conclusion de sa logique.

Il devait y avoir une faille dans ce qu'elle me débagoulait, pensai-je en retournant me mettre un peu d'eau sur le front.

J'eus beau me bassiner le visage afin d'éclairer mes idées, cela n'y changea rien. Si je ne voulais pas rester pute, il me fallait rapprendre le plaisir ! Ma fille, il n'y a pas à tortiller ! Rose ne sortait pas de là.

— Et toi ? lui rétorquai-je.

— Moi, c'est différent. J'ai abandonné par désir de liberté et de vengeance. Sinon, j'eusse pu rester chez Madame Andrée.

Elle parlait à mi-voix, dans une brume.

— Tu vois, j'étais prêtresse de l'amour. Une idole à deux têtes. Démone et déesse. La plus crainte et la plus enviée.

— Tu exagères.

---

* Lancement : désigne le fait d'être soutenue et entretenue sur un haut pied par un grand bourgeois (par exemple : « être mise dans ses meubles », recevoir un logement luxueux), alors beaucoup plus rare à Lyon qu'à Paris.

— Pas du tout. Que vaut le sort d'une petite bourgeoise, à côté ? Elle tient la bourse et la louche et pour cela elle doit tenir sa langue et retenir toutes ses envies. Quel sort passionnant !

Par contre, il n'est de femme plus haïe ni plus désirée que la prostituée. C'était horrible parce que l'esclavage est beau parce qu'élevé. Combien de femmes n'ont pas rêvé un jour d'être ainsi désirée, suppliée, payée à prix d'or ? Combien d'hommes ne rêvent-ils pas à une femme prêtresse de l'amour ? Combien d'hommes avaient tenu grâce à elle, qui ne mirent pas un grand point final à leur vie grâce à son ministère, à sa tendresse, à son amour ?

La détresse, la solitude, le vide font la vie invivable.

— Tu vois, ma fille, l'homme à qui je me vends, me prend. Il m'a. Il a quelqu'un. Il vit.

— C'est bref.

— Pas plus qu'avec sa femme. Probablement moins.

— La prostituée d'utilité publique ?

— Mais non ! Ça, ce sont les roussins qui le disent. Qui nous ravalent au rang de poubelles. C'est peu flatteur pour l'ordure que nous pouvons contenir. Non, la prostitution, la vraie, c'est affaire privée. C'est profond, élevé, intérieur.

— Alors, une pute est quelque chose de très grand ?

— Je ne te le fais pas dire. Un mètre cinquante et quelque, toute coiffée !

Je m'éloignai un instant à la fenêtre. Rose jouait de cette dialectique qui ne m'amusait pas du tout. En bas, la rue Grenette restait peu éclairée par des réverbères très espacés et des voitures qui passaient en feux-follets. Les façades pendaient, sombres et les portes cochères noires alternaient avec les vitrines miroitantes. Mais je fus frappée par la force des hautes fenêtres lumineuses. Elles se découpaient en rectangles verticaux, jaunes, crèmes, roses, qui luisaient fortement. Elles se projetaient en pans de lumière sur les façades opposées. Elles brillaient comme si le jour émanait du dedans. Du dedans ! C'était cela. Rose avait raison. Il ne fallait pas attendre que l'amour vînt tout cuit. Il me fallait le trouver en moi.

Rose sortit de son panier un pot de rouge, qu'elle avait chipé en partant de chez Guillerme. Exceptionnellement, elle en prit un verre avec moi. Pour l'élévation, dit-elle en levant le verre. On eût dit du jus de raisin bonifié, tant il était fruité.

— A la bonne heure, dis-je ! C'est difficile de trouver du bon vin de côteaux, maintenant !

— On dirait un vrai « Saint-Amour ».

Saint-Amour !

Elle se déshabilla complètement. Décidément, ses seins et ses hanches s'étaient amincis. Mais cela ne lui allait pas si mal. Elle m'ôta mes vêtements avec des prodiges de douceur. Elle demanda un miroir. J'en avais un, souvenir de ma mère, en verre de Venise. Il était plutôt petit, fait pour interroger sa propre mine, pour scruter son visage. Cela ne faisait rien. Elle me fit coucher sur le tapis de descente de lit et suspendit le miroir légèrement en hauteur, accroché à la clé du tiroir supérieur de la commode.

Je serrai les jambes.

Rose avait fait le tour de moi et se trouvait maintenant accroupie entre le miroir et mon corps. Elle ouvrit mes jambes, contempla.

— Quelle merveille, dit-elle. Tu vois ?

Je me contentai d'un bref regard sur mon corps ainsi déformé, la tête à peine apparaissant un peu relevée, le buste écrasé par la perspective, les énormes masses des cuisses, ouvertes au premier plan.

Rose se pencha. Sa croupe remontait devant le miroir, de sorte que je ne vis plus que sa grande forme de cœur mat, marqué par une ombre médiane. Je me relevai davantage en tendant le cou.

Oui, je dois bien avouer que j'apercevais une sorte de merveille ! Entre ses fesses écartées, un fin lacis de soies noires entourait une corolle pourpre.

Rose m'écarta en tirant des deux mains sur ma chair. Je me sentis m'ouvrir. Je devinai un doigt dans mon humidité.

Elle plongea davantage en avant. Elle effleura mon bouton qui tressaillait. Le tressaillement s'accrut. S'étendit. Se diffusa dans tous mes membres.

Je n'y voyais plus. J'étais secouée par des soubresauts répétés.

— Voilà, chérie, dit-elle en me tirant de ma torpeur par un petit baiser sur le front. Tu es apte à t'occuper du jeune sous-chef de la rousse.

— Tu es terrible... Mais tu es un amour, ajoutai-je en posant un petit baiser sur son front. Pourtant, le sous-chef, quelle idée ?

— Une bonne idée, je crois.

— Mais pourquoi donc ? Tu aimes les sous-chefs de la rousse et tu veux me les faire aimer, maintenant ? C'est de la perversion pire que toutes perversions, ça !

— Bête ! fit-elle en riant. Pas quand ils ont un Vajaune sous leurs ordres...

* * *

XVIII

« *Monsieur,*

Faites-moi, s'il vous plaît, la grâce de me recevoir de toute urgence.

Blanche. »

La calèche de la police s'arrêtait dans l'heure en bas de chez moi. Un moustachu d'allure plutôt guindée se courbait devant moi, dans l'embrasure de la porte :

— Monsieur Falle m'a prié de me mettre à votre service, Madame. Le cocher nous attend.

Ce furent les gens de la rue qui en firent un nez ! Tourneurs, marchands de buis, portiers se tenaient sur le pas de leur porte afin d'observer cette calèche suspecte qui m'emmenait. Je saluai, souriante, tandis que le cocher faisait claquer son fouet.

L'homme restait accoudé au bureau. La jaquette marron plissant aux épaules, la chevelure et la moustache brune tranchant sur la feuille, il écrivait dans l'orbe de clarté jaune qui bruinait sous l'abat-jour. Le sous-chef de la police travaillait.

Il souleva les paupières et jaillit aussitôt de son fauteuil.

« Blanche ! Je vous attendais. »

Je tenais encore le bec de canne de la porte, figée dans l'entrée. La longue pièce rectangulaire était bordée à gauche par une série de fenêtres voilées de blanc qui versaient dans la pièce une clarté diffuse, à droite par un vaste plan mural de la ville grisaillant, où les cours d'eau coulaient de gauche à droite et où l'on distinguait, après les taches sombres de la Croix Rousse et de la Presqu'île, le blanchiment vers l'aval, au-delà du confluent.

Derrière le large bureau sur lequel trônaient une Vénus et une lampe de verre vert-d'eau, il me tendait les mains :

— Approchez !

Le taffetas de ma robe bruissait à chaque pas, bien que j'en tinsse la queue remontée sur mon bras. Je me surpris à frapper des talons, roulant des hanches pour m'équilibrer sur les fins brodequins, levant la tête et la poitrine. Je portais ma robe préférée, celle que Rose m'avait offerte avec ses économies cachées.

Le trumeau sur la cheminée me renvoya mon image. Dans la robe tilleul luisante et plissée, marquée de brandebourgs marrons aux épaules et au milieu de la jupe, ainsi que de boutons marrons qui descendaient depuis la cravate de dentelle blanche, s'apercevait le léger sursaut de la poitrine. Cette blancheur de la cravate au ras du cou et celle des petits volants de dentelle, au bout des longues manches ajustées, posées sur les mains, révélaient l'incarnat des mains et de la gorge, plus qu'elles ne le masquaient.

— Merci, Monsieur, de m'avoir fait conduire si vite.

Le sous-chef de la police, passant sa langue sur le palais, semblait avoir la bouche sèche.

— Je connais l'objet de votre impatience.

— Vous êtes sûr ?

Quand il eût baissé le ton pour me dire qu'il savait bien qu'il s'agissait d'un amant, je cessai subitement de jouer.

— Chut, ajouta-t-il à mi-voix. Nous allons parler ailleurs.

Je voulais parler déjà dans le coche. Mais une femme était montée avec nous et, d'ailleurs, il y avait déjà sur la banquette un pékin à moustaches blanches.

Le *Café de l'Univers* brillait place des Jacobins. Lui aussi étalait une abondante file de voitures. Nous descendimes derrière la fontaine. Vulcain me donna le bras pour marcher calmement sur la chaussée bitumée au beau milieu de la place ronde, juste devant la préfecture. Je reconnus la lavande. Il portait la tête haute. Il n'avait pas peur de s'afficher avec une femme en pleine Presqu'île. Etrange ! C'était si contraire aux habitudes de ces messieurs de la bourgeoisie lyonnaise !

— Oui, nous allons parler, mais modérons le ton, dit Vulcain Falle, en jetant un coup d'œil alentour. Je n'ai pas à mettre les gens dans mes secrets. Non pas que je sois gouverné par le taf ! Je me contrefiche de l'opinion du bourgeois sur ma vie privée. Je ne suis pas lyonnais, vous savez. J'arrive assez fraîchement de Paris. Je fus nommé ici par la République. Quelques semaines m'ont suffi pour connaître l'étroitesse de la bourgeoisie du cru et sa tartufferie. Mais, et pour cause, je n'ai pas eu le temps d'en connaître ses plus jolies femmes, ajouta-t-il en me souriant.

Le garçon approchait, en petit gilet noir, le tablier blanc jusqu'au pied.

— Aimez-vous le vermouth ?

— J'adore !

— Deux vermouths, garçon ! Et l'eau de selz, s'il vous plaît !

Je n'avais jamais goûté de vermouth. Mais j'étais sûre

que j'adorerais... Je fis un tour d'horizon, afin de juger de la possibilité de parler. Toutes les tables voisines étaient occupées.

Il y avait foule en ce début de soirée à l'*Univers.* Le couple de Suisses qui tenaient la maison étaient réputés pour la personnalisation de leur accueil qui avait attiré, ce soir comme de coutume, vareuses et fracs garnissant chaque tables. Un bouquet de primevères accrochait à la nôtre un flamboiement chaleureux sur la nappe bleu-nuit.

Le vermouth rutilait dans un grand verre. L'eau de selz bouillonna. Je portai le tout aux lèvres. Pouah ! C'était complet : sucré, salé, acide, amer ! Jamais je ne pourrais avaler cette abomination !

Le sous-chef se confondit en excuse. Il eût cru... Vous ne connaissiez pas ? La mode venait d'outre-Manche. Vraiment, il était désolé ! D'autant, avouait-il, que, pour sa part, il buvait plutôt de coutume un bon vin.

— Alors sortons le boire ailleurs, si vous voulez bien, on ne peut parler ici.

Nous n'avions pas à faire grand chemin. Vulcain me conduisit, toujours pendue à son bras, juste en face, à l'angle de la rue Gasparin, chez Bonfils. Là, il y avait des petits salons.

— Mais oui Monsieur, je vous mets dans le petit salon vert. C'est à mon goût le plus agréable. Suivez-moi, s'il vous plaît. Et le maître d'hôtel frappait dans ses mains : Lise ! Le chapeau de Monsieur, la capeline de Madame !

Le petit salon vert semblait, en effet, très agréable. Son exiguïté en constituait l'avantage même. Les plantes vertes qui s'élevaient aux quatre coins s'entrecroisaient au plafond et retombaient dans une atmosphère végétale de lumière tamisée et odorante. Une minuscule tablette à deux couverts sur napperon rouge nous posait dans cet univers de forêt vierge.

— Madame prendra-t-elle un apéritif ?

— Ah non, alors ! Pas de vermouth !

— Mais, Madame, je ne me serais pas permis...

— Laissez ! intervint Falle. Quel vin proposez-vous ?

— Hé bien, nous avons du meilleur champagne, celui que buvait l'empereur.

— On vous demande du vin !

— Ah, Madame est connaisseuse ? Je l'eusse juré. Une dame qui vient avec un homme comme Monsieur...

Après nous avoir proposé un léger Chatillon du Diois pour commencer sur le brochet en croûte, le maître d'hôtel était sorti en refermant précautionneusement la porte.

— Je vous écoute, dis-je enfin.

— Hé bien, je n'en sais pas autant que je l'eusse voulu. Il n'y a pas de dossier au nom de votre amant, ce qui est très curieux, anormal même. J'ai ordonné des recherches discrètes, par prudence.

— Toujours la discrétion ! En attendant, moi, je ne sais jamais rien !

— Ne vous énervez pas, dit-il en me prenant la main. J'avais décidé d'arriver à quelque chose, j'y suis arrivé. J'ai passé la journée sur votre affaire. Vous imaginez qu'il y a bien d'autres sujets de...

— A quoi êtes-vous arrivé ?

On frappa à la porte. Le sommelier entrait. Il débouchait la bouteille.

— Vous me direz ce que vous en pensez. C'est un petit vin méconnu qui mérite mieux, amusant, jeune et gentiment fruité.

Phalle approuva et le congédia en lui prenant la bouteille des mains.

— L'homme qui a fait révoquer votre amant, dit-il en me servant un beau liquide rubis, et qui lui a fait quitter le pays sous la menace d'arrestation, l'homme qui sait des choses sur votre amant est bien le commissaire Vajaune.

— Lui avez-vous parlé ?

— Pas si vite.

On frappa de nouveau. C'était le brochet en croûte rousse sur une serviette blanche dans un plat d'argent. Le garçon découpa, posa les tranches dans nos assiettes, arrosa de la sauce verte. Décidément, tout était vert !

— Vajaune n'est guère aisé à joindre, reprit Falle quand le garçon fut sorti. Il se tient tout le temps sur le qui-vive, ces jours-ci. Et c'est un vieux renard. Ces animaux-là se font payer au très fort prix.

— Je paierai ce qu'il faudra.

— Ne parlez pas sans savoir ce qu'il demandera.

— Peu m'importe. Mon p... amant n'a pas de prix.

— Même s'il s'agissait de payer de votre personne ?

— C'est... c'est selon... selon avec qui.

— Ah, dit-il, soudain visiblement ému.

Puis, au bout d'un temps, il demandait :

— Comment trouvez-vous le Chatillon ?

A peine pris-je le temps de humer, raisin mûr ou pomme verte, que je dégustais une fraîcheur acidulée et légèrement sucrée.

J'aiguillai la conversation sur Rose, demandant s'il pouvait lui faire avoir une place de servante dans un grand café. Il acquiesça. Oui, cela se pouvait. La patronne du café de *la Régence* à Bellecour ne pouvait rien lui refuser depuis qu'il avait passé l'éponge sur une affaire de serveuse « montante »*. Il lui dirait un mot. Je remerciai, tout en chipotant le brochet. Il souriait.

Vulcain Phalle paraissait vraiment aimable, avec ses dents immaculées d'homme sans vice, ses joues rasées de près, sa bouche qui, sous la moustache noire, souriait franchement. Pour un sous-chef de la rousse, on lui eût fait confiance sans barguigner. Et il sentait délicieusement la lavande !

---

* « Montante » : on appelait ainsi les serveuses qui se prostituaient à l'étage, ce qui tombait sous le coup de la répression lorsque cela n'était pas l'objet d'une tolérance des policiers locaux.

Sur les becfigues en paletot de lard servis dans une cassolette de terre, nous bûmes du Saint-Joseph.

— C'est une préparation au bouquet qui va suivre, dit le sous-chef, car je vous ai commandé un petit délice sur les fromages. Vous verrez. En attendant, ceci n'est pas mal. A cinq ans, c'est un Syrah très prisé par Alexandre Dumas qui ne manque jamais de s'arrêter à Tain afin de vérifier la permanence de sa passion.

Je contemplais le verre au vin rubis tirant sur l'acajou, la bouche emplie du magique breuvage légèrement balsamique, tandis que Falle parlait de la situation.

Les manifestations succédaient aux manifestations. A la Croix Rousse, on avait entendu crier dans la revue des bataillons : « Vive la Commune ! » On attendait l'insurrection en haut lieu. Il y avait ce qu'il fallait pour l'étouffer tout de suite dans l'œuf. Mais le préfet avait donné l'ordre d'attendre.

— Pourquoi ?

— Pour en encaver, comme ils disent ici, le maximum. Et, si l'on a l'autorisation de tirer à balles, pour en... « emballer » un bon nombre.

Je me retenais avec peine. L'indignation me prenait au gaviot. Mais la façon de s'exprimer de Phalle dénotait quelque recul, quelque désapprobation peut-être. Je lui demandai s'il était d'accord pour « emballer », comme il disait.

Lui, le sous-chef, n'était pas d'accord. Il craignait la politique du pire. La police avait mission de maintenir l'ordre, pas de jouer du désordre.

Je le dévisageai. La franchise brillait dans ses yeux.

Il eût voulu arrêter tout de suite Caulet, le représentant de la Commune de Paris. On le filait depuis son arrivée de Suisse. On pouvait lui tomber sur le paletot quand on voulait. Lui, il eût bien voulu le faire arrêter dès maintenant, avant que les choses ne s'aggravassent trop.

— A votre place, dis-je, j'attendrais.

— Je ne vous croyais si acharnée contre les communards.

— Justement, dis-je en lui prenant la main. Ils l'ont tout de même emporté à Paris. Pourquoi pas à Lyon ? En attendant, on évite de fausser le jeu et on laisse leur chance à chaque camp. Le meilleur gagnera et saura reconnaître les siens, jusque dans la police.

Il devint songeur.

— Vous semblez vous préoccuper de moi.

Et il me tendit la main.

— Qui sait ? fis-je en posant mon menton sur sa main.

Il faut dire que le vin qu'il avait commandé sur le fromage était quelque chose ! Rouge un peu topaze à cause des années, dix ans, je crois, il fleurait à plein nez la violette et l'aubépine en coulant un peu rapeusement et voluptueusement sur la langue.

— « Hermitage ». L'un des plus grands vins du monde. Premier ex-aequo à Paris en cinquante six avec Clos-Vougeot et Chateau-Laffite. Ce n'est pas rien. Une merveille de douceur mêlée de vigueur, violence peut-être. Comme on aime que soit l'amour...

Je frissonnai.

— Avez-vous froid ?

— Non, je ne crois pas.

Je bus encore. L'Hermitage m'emplissait de lumière rouge qui coulait de ma gorge à mon ventre, bouillonnait et remontait éclore dans ma tête.

— Si vous nous meniez promener en voiture ?

Vulcain héla un fiacre. Il voulut bien nous charger pour une promenade à volonté.

Les lumières de la ville alternaient comme des éclairs d'orage aux fenêtres, au passage devant les réverbères. Vulcain se tenait assis face à moi, le chapeau sur les genoux, la canne à pommeau d'argent sur la banquette de cuir fauve. A chaque éclair, son visage blanchissait. Il regardait par la fenêtre.

La voiture tourna dans un ferraillement de sabots et de roues sur les pavés. Je baissai le carreau en tirant sur la courroie, passai la tête à la fenêtre. Entre les jeunes platanes en boules noires, de mouvantes paillettes d'argent sur de l'encre, au-dessus de quoi tranchaient parfois les petits papillons clairs des draps sèchant sur les « plates ». Au-dessus encore, les feux-follets courant sur l'autre rive, la pente aux clignotements des couvents et la flamme arrogante de la Vierge. Nous avions atteint les quais de Saône et roulions quai Saint-Antoine.

Au bout d'un temps, le fiacre s'arrêta. Falle sortit la tête.

— Le cocher demande s'il faut continuer ou traverser par le pont de La Feuillée.

— Traversons, s'il vous plaît, dis-je au hasard.

Sur le pont, la vue de la Croix Rousse faisait vraiment sombre, face aux étoiles de Fourvières. Je n'avais pas envie de remonter vers Vaise et les îles...

La voiture redescendait le courant, toujours dans les éclairs des réverbères. Puis, les éclairs cessèrent. Nous suivions les bords de Saône, après les quais, vers la Mulatière, vers le confluent. Nous restions silencieux. Le visage de Vulcain Falle n'était plus détourné. Masque pâle, indistinct, il semblait me regarder. Car deux feux de phosphore luisaient dans l'obscurité. Le vent de la course qui soulevait les rideaux coula un peu de glace sur ma gorge. Je commençai à refermer les pans de mon boléro. Quand j'entendis un soupir.

Une autre bouffée d'air me parvint de la fenêtre du côté de Vulcain. Une bouffée parfumée fortement de lavande. Après le froid du vent, le chaud aux joues !

Je me levai, m'approchai de lui, me tins un moment toute droite malgré le roulis. Je sentais plus que jamais la lavande. J'entendais sa respiration.

Alors, sans que je l'eusse prévu, je jetai mes mains dans sa chevelure. Il m'enlaça la taille en silence. Il plongea son visage entre les pans de mon caraco. Son menton grésilla sur ma gorge. Sa moustache irrita ma poitrine. Ses mains empoignèrent mes hanches.

Le courant de la Saône coulait lentement, mais il coulait, lourd, inéluctable, s'enroulant autour des pierres, se plaquant sur les rives, se coulant sous l'arche d'un pont. Quand il s'ouvrait enfin à l'étrave d'un pilier dressé. C'était un instant d'accalmie, le calme avant l'orage. Puis, la tempête montait soudain, une tempête du Sud qui habitait la rivière jusqu'à ses profondeurs, la faisait frémir de toute sa surface, la faisait onduler, l'agitait, l'affolait, la déchaînait. Elle bouillonnait et le vent rugissait. Enfin, le ciel creva. Ce fut l'averse chaude.

Pour descendre du fiacre, je dus m'accrocher à la poignée. Mes genoux ne me tenaient plus. Vulcain se précipita. Il m'aida à monter les escaliers et me donna un dernier petit baiser à la lavande sur le seuil de la chambre.

— Tu ne resteras pas là-dedans, dit-il. Demain, je t'installe dans un appartement.

La chambre béait, vide. Pas de Rose. A deux heures du matin, ce n'était pas normal. Il se passait quelque chose.

* * *

XIX

— A Perrache ! à Perrache !

Rose allait en robe noire et tête nue, moi en robe blanche, à plastron et à petite surjupe bleue, le chapeau gris et bleu. Nous côtoyions les blouses grises, bleues, quelques jaquettes, surtout les robes, blanches, noires, ou brunes, certaines de couleurs vives, et quelques petits chapeaux de toutes les teintes. Dans la pénombre du petit matin, nous descendions avec les filles le quai de Tilsitt, vers le sud. En foule compacte, surtout féminine, nous courions à la gare.

Mon amie était entrée chez moi de bon matin, débagoulant, les traits crispés.

— Drolette, il faut aller à Perrache tout de suite ! Nous devons empêcher l'embarquement des mitrailleuses pour Versailles. Les amies vont passer sur le quai de Saône d'un moment à l'autre ! Pas question de laisser truffer de plomb les Parisiens. Il paraît que...

Mais elle s'interrompait, l'œil par dessus mon épaule :

— Vingt dieux ! c'est un palais de princesse, ici ! Dommage que je n'aie pas le temps. Tu me montres, plus tard ?

Je faisais préparer un souper, en l'honneur de mon emménagement ce jour-même place Bellecour, pour mes amis et pour quelques intimes de Vulcain. On apercevait le salon, par la porte du vestibule.

Une longue table allait d'un bout à l'autre de la vaste pièce... Quatre candélabres à dix bougies éclairaient le couvert, un surtout en plaqué, avec des gerbes de fleurs à droite et à gauche. C'était un luxe de restaurant, de la porcelaine à filets dorés...

— Sommes chez Nana, pas possible !

— Oui, Monsieur Zola serait jaloux, s'il savait que je le copie !

— Bah ! on copie toujours quelqu'un ! Allez ! filons ! Il me faut passer vite rue Grenette pour changer de grolles !

Lorsque, après le passage à la chambre, nous arrivâmes quai Saint-Antoine, les filles n'étaient pas encore passées. Il y avait cependant foule sur le quai en ce petit matin. Déjà, sous les colonnes et les voûtes encore obscures des platanes, c'était la ruche du marché. Sous de très grands riflards rouges, verts, bleus, rouille, rapiécés de partout, s'étalaient les mottes de beurre dressées sur un lit de feuilles de chou. Le long du parapet se dressaient d'autres tentes colorées, alors que devant nous s'affichaient, qui vautrée sur une balle renversée, qui accroupie par terre, les maraîchères rougeaudes, coiffées comme il se devait d'un bonnet, plus un chapeau de paille.

« Un sou les raves blanches, mesdames, un seul petit sou ! »

Nous passions au large des cuisinières rogues qui, la filoche à la main ou le panier noir au bras, marchandaient durement la volaille.

Par dessus la ligne des parapets, entre des carcasses

étiques de poulets dédaignés, s'élevaient les pentes herbeuses de Fourvières qui montaient dans la brume, comme au ciel nuageux où se cachait la vierge d'or, tandis que nous attendions les filles de la Croix Rousse.

— Elles ne vont plus tarder. Attendons ici ! fit Rose en me montrant le rez-de-chaussée voûté devant lequel nous nous trouvions.

Au-dessous d'une niche contenant la statuette d'un homme muni de lyre et de couronne, le roi David qui libéra des Philistins le peuple d'Israël, s'élevaient les voûtes rectangulaires d'un local aux piliers en pierre de taille.

Sous la vaste voûte de pierre grise débordaient des amas de poires, d'abricots et d'amandes qui devaient arriver du grand Sud, en bateau par la mer et le fleuve. Les arômes entêtaient sous ces voûtes où nous nous trouvions à l'abri pour attendre à l'écart du flot des passants, des charrettes, des rosses, des ânesses...

Soudain, une vision acheva de m'éveiller. Un homme barbu se frayait un passage entre les ballots. Ce rez-de-chaussée... L'homme souleva, vers le fond du local, un battant de porte de cave. C'était un entrepôt qui servait de cache à l'entrée d'un mannezingue ! Ça y était ! Nous nous trouvions au coin de la rue du Petit-David, à l'entrée du *Joyeux Gone* ! A l'enseigne du roi-poète se situait l'antre de la conspiration !

Quand survint un charivari, c'étaient elles.

Les filles avaient le visage fatigué, creusé de rides soucieuses mais les yeux luisants, ardents de décision.

Nous leur emboitâmes le pas. J'avais de la peine à suivre leur rythme rapide. Je n'étais pas vraiment éveillée. Mes brodequins, lacés à la hâte, me faisaient mal aux pieds. Que n'avais-je suivi l'exemple de Rose qui avait chaussé des souliers plats ! Je me trouvais bonne dernière, à la queue du cortège. Bah ! J'arriverai toujours assez tôt à la gare, même à quelques pas derrière la foule.

En aval, la Saône paressait, elle aussi peinant à sortir de la nuit, presque déserte, vide. Les pêcheurs nocturnes étaient déjà rentrés, tandis que les bateliers n'avaient encore pas vraiment commencé leur journée, attablés sous un auvent devant la soupe fumante. La grande voie de verre noir, éteint et froid, progressait lentement mais sûrement vers le Midi, comme attirée par la lueur d'un four où elle allait se fondre.

Mais s'élevait le barrage du pont.

Je continuais à marcher derrière le cortège où Rose s'était fondue.

A droite, se tendait le pont du chemin de fer, le pont d'acier orné, aux structures sveltes se découpant sur le ciel gris, tablier à rambarde dentelée légèrement arqué, piles dressées, tissées de câbles, poutres couronnées de lauriers métalliques, étalant avec arrogance la vivacité, la victoire du fer sur l'eau qu'il surplombait. Et la rivière se savait dominée. Elle se faisait toute mince, toute calme, pour passer entre les piles du pont sans déranger.

Comme je me laissais un peu distancer par les dernières du cortège, je tâchai de presser le pas.

Pourtant, la rivière avait eu son heure de gloire, relayée par le fleuve, au temps où l'on rêvait du « Grand Chemin » fluvial vers le Sud. Un jour, un navire nommé *le Cygne* avait même relié Lyon à Constantinople. La ville des fleuves, entre lesquels elle assurait le transit, pouvait régner sur la « Voie royale » du Nord au Sud et même, qui savait, pouvait ouvrir vers l'Atlantique. Mais, c'était compter sans les oppositions et croire qu'un beau jour, deux fleuves pouvaient s'unir et se fondre à jamais. La grande crise de cinquante-sept avait ruiné la Compagnie franco-américaine et le grand rêve de Lyon sur la grande veine irriguant du continent à la mer.

Alors, m'avait expliqué Félix, passionné par le chemin de fer, c'était l'heure métallique. Un troisième larron s'immisça dans le couple : le chemin de fer. Le fer pouvait devenir ce que l'eau n'avait su être. On posa des voies vers Avignon, vers Paris, vers Saint-Etienne. On prévoyait les lignes vers la Suisse et l'Italie. Enfantin rêvait d'une plaque tournante nationale et européenne. La finance parisienne laisserait-elle faire cela à sa rivale, la puissante, l'arrogante, la séditieuse Lyon ? Nos amis n'y croyaient pas. Paris ne s'était pas faite capitale d'Europe par générosité ! Ce n'était pas pour demain que Lyon redeviendrait capitale de la Méditerranée ! On parlait de voies concurrentes vers le Midi, dans la vallée de l'Allier, d'autres dans les Alpes. On regardait nostalgiquement la ligne qui partait de Perrache, les locomotives qui rentraient couvertes de poussière blanche de Provence. Etait-ce enfin le chemin du Midi ? Où était-elle, la vraie voie de la lumière, celle du Sud ?

En attendant, la voie ferrée du Nord nous faisait banlieue des guerres septentrionnales. Au début de l'année, il y avait foule de blessés au front contre les Prussiens. Ils descendaient à Perrache avec leurs bandages et leurs béquilles. On allait les voir boire à la buvette, marqués par la guerre d'hiver, artilleurs et fantassins, turcos, zouaves, marins, spahis...

Et maintenant, c'étaient les mitrailleuses pour que Versailles pût mitrailler ce printemps les communards de Paris !

Que faire ? Les femmes n'avaient pas le choix. Elles se massaient en foule devant la gare. La haute façade à l'horloge n'en avait pas souvent vu autant, jamais peut-être. On s'appelait, on se pressait, on attendait.

Le chef de gare sortait lui-même parlementer.

— Vous n'avez pas le droit d'empêcher le trafic.

— Poil à la quique !

— Leur arrogance est sans pareil ?

— Et mon cul, c'est une bareille ? lançait-on en guise de réponse.

Il rétorquait dignement que son devoir était de faire acheminer les marchandises, fussent des armes, et que d'ailleurs les armes de la République avaient pour mission de garantir la liberté. Rose s'avança et déclama :

— Il ne manque pas de peinture chez les emboimeurs pontifiards pour peindre les armes aux couleurs de la justice.

— Oui, ajoutai-je de ma place, sans élever la voix, et quelquefois, malgré toute la peinture libérâtre, elles puent la loi des pires fauves, ceux qui se camouflent en rétractant leurs griffes !

S'avisant de ma tenue blanche et bleue qui tranchait un peu par l'élégance sur les tenues avoisinantes, il me prenait à témoin. N'est-ce pas, elles n'avaient pas le droit de faire obstacle à l'acheminement du matériel pour l'accomplissement des mesures républicaines du maintien de l'ordre.

— Pas le droit d'empêcher des instruments de mort d'être amenés là où on veut les faire servir à tuer des hommes, des femmes et des enfants ? Dans quelle morale, Monsieur ? Et depuis quand ? demandai-je.

Un lieutenant arrivait à la rescousse aux côtés du chef de gare. Non ! Non ! On se trompait. Le matériel était en gare de la Mouche. Ici, on perdait son temps. Certaines femmes commençaient à repartir.

Quand le cri avait couru :

« Sur les voies ! cette rafataille de chefs, y z'ont n'amené les mitrailleuses sur les voies ! »

Et le flot s'engouffra aussitôt par les portes. Sur le quai une locomotive éternuait. C'était le premier train pour le midi. Il allait s'ébranler, quitter la ville encore ennuitée et courir la campagne au soleil pour la mer de lumière. Il éjaculait déjà ses jets blanchâtres en-veux-tu-en-voilà. Cependant, sous la marquise aux vitres noircies de fumée, c'était encore la pénombre.

Je lançai mon regard vers la clarté du levant. A l'extrémité de la gare, au-delà de la marquise, un grand demi cercle gris clair se découpait. Dans cette ouverture, tout un remue-ménage flou souligné de rouge. C'était au bout des quais, des charrettes stationnaient, couvertes de bâches grises dans le matin gris, tandis que des soldats au pantalon garance montaient la garde.

Les quelques soldats avaient été débordés, conspués, chassés. La foule des femmes prit leur place en faction. On s'asseyait de-ci, de-là, faisant obstacle des corps entre les charriots de mitrailleuses et les wagons.

Au bout de quelques heures, certaines s'étaient assoupies à même le sol, la tête posée sur le bras replié. Quelques femmes apportèrent de l'eau, d'autres du pain. Ce fut aussitôt bu et mangé, sans que s'en fût même aperçu le gros de la foule. Les charrettes découvertes sur les caisses de balles et sur les armes, la lumière jouait de reflets bleutés sur les affûts et les trépieds. Il y avait là je ne sais combien de mitrailleuses. De quoi donner la mort par fournées aux communards. Mais les mitrailleuses ne pouvaient être embarquées. Des filles, assises par terre, chantaient une berceuse.

Quand fondirent sur nous policiers et soldats, ce fut une véritable nuée. D'où sortaient tant d'uniformes ? Les casernes de la ville étaient donc munies de double fond ! Ils chargèrent en ligne. Les uns rabattaient la crosse en avant, d'autres frappaient les femmes à coups de pieds pour les faire lever. Les autres, enfin, avaient les menottes ouvertes pour attraper le gibier.

Quand nous comprîmes qu'ils arrêtaient, ce fut un envol d'oisillonnes. La plupart échappèrent. Quelques-unes restèrent dans les filets. Rose et moi fûmes du lot. Nous nous retrouvâmes dans la voiture de police. Devant, en lapin à côté du cocher, un homme au collier jaune qu'il me semblait connaître.

— Ah, tu en fais, un joli métier, l'ami ! gouailla Rose.

Le photographe Duval sortit de dessous son drap noir. Il nous regarda à côté de l'objectif qui saillait de la boîte juchée sur le trépied.

— Regardez-le, le croque-mort ! il nous croque même toutes vivantes ! J'espère que t'es bien payé pour faire l'ogre à faim canife !

— Mesdames, veuillez laisser le photographe faire son office ! dit un homme en jaquette. La photographie d'identité, c'est le progrès. Qu'eussiez-vous dit si nous fussions il y a quarante ans, où l'on vous eût marquées au fer rouge ? Duval est un précurseur. On en est encore partout ailleurs au signalement*. Mais la police de la République peut s'enorgueillir d'être en avance sur son temps. Oui, c'est cela, l'avenir ! La personnalité n'a plus de secret. L'image est la vérité. Ah ! l'image !... L'image de photographie vous connaît parfaitement, mieux que vous ne vous connaissez vous-même !

— Prrrrrout ! fit une fille en pétant sonorement de la bouche.

Les deux gardes qui se tenaient au fond de la pièce s'approchèrent. « Restons calmes ! » ordonna l'un d'eux en roulant fort le R.

On nous avait fait monter sous les combles de la police pour la photo d'identité. Rose, toute vêtue de noir, venait de se faire croquer en pied et en tenue, parfaitement indifférente, l'œil ennuyé traînant par la fenêtre sur les nuées passantes. Je me trouvais en place, après elle, à l'endroit de pose. C'était une simple toile blanche tendue au mur, tandis qu'un paravent, blanc lui aussi, renvoyait encore la lumière de la fenêtre proche. Le praticien hésitait, gêné par la blancheur de ma tenue, à peine atténuée par

* Signalement : jusqu'au début de la Troisième République (1870) la police continuait d'utiliser la méthode où le regard du policier, estimait la couleur des cheveux et des yeux, la taille et, au besoin, les infirmités.

les bandes et le plastron bleu. La photo demandait la préparation d'un fond différent, sinon, le sujet ne fût pas distinct du fond.

— Si qu'elle y n'enlevait tout, ça ferait p'tet' mieux rose !

— Mais c'est qu'alors, n'accrocherait son trépied, z'avec sa canne du milieu tendue !

— Bah ! pas de danger, qu'elle est coupée depuis vieux temps !

Sur les côtés, les filles ne cessaient de s'agiter et de lancer des quolibets. Enfin, elle parurent se calmer. Duval avait déniché une pièce de velours grenat dont il avait recouvert le paravent derrière moi. Il venait de rentrer sous son drap. Il allait faire le cliché. Les plaques allaient être impressionnées par la lumière renvoyée par moi et en donner une vue dite exacte. Une image de moi, prétendue représentative, pour la rousse... Il saisissait la poire pour déclencher l'ouverture du diaphragme.

C'est alors que, mue par une envie subite, je me levai, me tournai, soulevai les jupe surjupe et jupons dans un grand mouvement qui les envoya voler jusque par dessus la tête. Je n'assistai pas, et pour cause, au spectacle, mais je jouis de la cataracte des rires. Quand je rabaissai la jupe et tout le saint-frusquin, les filles s'alignaient, pliées en avant, se frappaient les genoux, pleuraient, hoquetaient. Il y en avait encore qui faisaient un bruit de pet avec la bouche !

Ah ! ah ! ah ! Tout le monde riait sous les combles. Les filles, les policiers, les auxiliaires. Tout le monde sauf le débagouleur en frac et sauf Duval qui était sorti de son suaire, cramoisi !

— Z'avez vu la tomate ? C'est qu'i est tout chaud du spectacle, le monsieur !

— Pauvre fille, va ! jeta-t-il à celle qui avait lancé cette réflexion. J'en vois tant qui viennent chez moi gagner leur vie en le montrant pour qui voudra, cela me laisse absolument froid.

— N'écoutez pas ce Monsieur l'emboimeur ! Est bien content n'en faisant de l'argent z'avec nous ! Et nous faisant mettre z'en boîte !

En tout cas, son cul à lui pourrait peut-être bien y cuire quelque jour !

Le soir-même, Falle se laissait tomber sur la banquette dans le vestibule, tout blanc de teint.

— Qu'est-ce qu'il t'arrive, mon pauvre ami ?

— Ce qu'il m'arrive ? Mais tu plaisantes ! Nous t'installons dans l'appartement. Nous recevons les amis à dîner. Nous mettons les petits plats dans les grands. Tout est prêt. Et crac !

Il se prit la tête entre les mains.

Je refermai la porte du salon. La table aux quatre candélabres à dix bougies, aux gerbes de fleurs et à la porcelaine à filets dorés était encore mise.

— Ce qu'il m'arrive ? C'est à toi et à Rose qu'il arrive des choses ! Seulement, vois-tu, l'ennui c'est qu'une maîtresse de sous-chef de la police inculpée de menées subversives, ce n'est pas possible !

— Hé bien, à la bonne heure ! Je ne serai pas inculpée, alors !

— Et si, justement ! Comment te faire innocenter ! avec ces photos ! J'ai déjà eu bien assez de mal à te faire sortir en liberté provisoire !

— Alors, je ne dois plus être ta maîtresse ?

— Cette idée me déchire. Je pense à démissionner.

Je pris Vulcain entre mes bras. Je me mis à pleurer doucement dans son cou. Il me baisait les cheveux. Il me serrait les épaules à me faire mal. Il était secoué de sanglots contenus. Il embaumait toujours la lavande.

Je me sentis tomber en arrière sur le tapis. Il retint un peu ma chute, s'écroula sur moi, ses lèvres tombèrent sur les miennes, ses mains prirent mes joues, fouillèrent le décolleté du déshabillé de dentelle. Mes seins durcissaient.

Il recula son visage. Son regard se tendit. Il releva ma robe à deux mains, lentement, délicatement, comme on découvre une relique. J'accrochai mon regard à ses yeux quand je sentis ses mains empoigner mes cuisses, les écarter. Mais je fermai les paupières quand il posa sa paume sur le mont de Vénus. Une vague y naissait et s'enflait et s'accumulait dans mon ventre. Il prit mes lèvres verticales closes, entre deux de ses doigts, en les serrant un peu. La vague commençait à rouler en remontant du ventre à la poitrine. Il insinua un doigt dans ma chair. La vague déferlait jusqu'à ma tête en y cognant. Les langues de ses doigts glissaient sur ma peau intérieure, montaient, descendaient, tournaient.

— Viens vite ! exhalai-je.

Quand il rouvrit les yeux, mon cœur battait sous son poids. Je demandai s'il pensait sérieusement à démissionner. Il répondit que oui, mais que la démission serait vraisemblablement refusée en ce moment. Le bourgeois rassasié redevenait raisonnable. Il trouvait dangereux que je restasse à l'appartement.

— Que veux-tu, ma chérie, c'est la guerre intérieure. On va s'étriper dans les rues de Lyon. Nous deux, nous sommes ennemis.

— Mais enfin, qu'est-ce qui nous oblige...

— Il y aurait une solution, mais...

— Laquelle ?

— Il faudrait te ranger dans mon parti.

— Me crois-tu vraiment capable de renier mes ancêtres, mes amies, mon honneur ?

— Il n'est pas question de ça.

— Mais si ! Tu es défenseur de l'ordre républicain et je suis du camp qui veut changer cet ordre.

— Ça ne nous empêcherait pas de nous aimer, si...

— Assez ! N'en parlons plus. Nous ne devons plus nous aimer !

Ces mots m'étripaient à mesure que je les prononçais. Nous ne devons plus nous aimer... le premier que j'aime depuis des années !

J'avais à nouveau envie de pleurer, mais je me gardais bien de le laisser paraître.

Il me prit la main. Il était content que nous parvenions à être raisonnables. C'était non seulement la sagesse, mais encore la plus élémentaire des prudences. Sinon, ses ennemis eussent tôt fait de monter un complot où il eût sauté et où je fusse envoyée au bagne. En agissant ainsi, nous gardions des chances, si les chances voulaient bien passer de notre côté, de nous en tirer indemnes et de nous retrouver plus tard ici.

Cause toujours, mon lapin ! pensai-je en ravalant mes larmes et en dévalant l'escalier.

— Va voir l'avocat Malou de ma part. Il te défendra ! Il te protègera. C'est un démocrate et un ami ! dit-il, penché sur la rambarde. Bonne chance, chérie ! A bientôt !

Je fis un signe de la main.

— Maître Malou ! Tu te souviendras ? Malou !

* * *

XX

— Soyez confiant. Je ferai tout ce que je peux pour vous.

— Vous n'êtes pas des nôtres, pourtant.

— Je n'approuve pas votre insurrection de septembre, trop extrémiste et par trop improvisée. Ce Bakounine vous a fichu dans le pétrin et vous risquez la cave ou le sapin. Mais je me dois de défendre un idéaliste. Et d'autant plus, un jeune idéaliste. Attention à la marche !

Aujourd'hui, les jeunes ne pensent qu'à l'argent et à l'industrie. Je ne dis pas qu'ils sont responsables d'une telle indigence de désir. Sans doute est-ce le legs que nous leur laissons... Mais les idéalistes comme vous, si l'on veut qu'ils conservent une parcelle d'efficience dans cette vie matérialiste, il convient de les protéger. Vous pouvez sortir par ici. A bientôt.

Ces mots me parvenaient à travers la porte du salon, depuis le vestibule de l'avocat Valentin Malou. Puis, ce fut le silence, dans le salon suranné. Les fauteuils un peu défraîchis le meublaient en désordre, devant une tapisserie vert clair, trop clair face aux fenêtres dont la lumière avait fané la couleur. Je me levai, m'approchai d'une fenêtre. Derrière le voile blanc un peu jauni, s'étendait de gauche à droite la vallée de lumière de la rue de Bourbon. Je clignai des yeux, diminuai l'ouverture de mes paupières et collai presque mon visage à la vitre.

La silhouette qui sortait de l'immeuble, juste en bas de la fenêtre, ne m'était pas inconnue.

Albert ! Ça, alors ! Albert Richard était défendu par Malou.

Je fus introduite par le serviteur stylé qui annonça : « Madame Trouvé ».

Qu'est-ce qui m'avait donc pris de donner ce nom ? La rue huppée et l'appartement bourgeois, peut-être... Je ne m'étais pas fait appeler ainsi, du nom de mon ex-époux, depuis des années. Qu'était devenu ce dinosaure dont j'étais censée porter encore le nom ? Monsieur Trouvé devait avoir le cœur versaillais et la bourse bien argentée...

— Si vous voulez bien m'exposer le sujet de votre visite.

J'exposai, sans voile devant Malou, puisqu'il était défenseur des révolutionnaires, que j'étais en quête d'un rouge exilé, mon père, qui s'appelait Virgile Rougon.

L'avocat avait lâché son portefeuille, claquement suivi de bruit mou sur le bureau, s'était levé, grincement bref de pieds de fauteuil. Il se tenait droit, les épaules un peu arrondies, les deux mains appuyées sur le plateau, silence. Il leva un bras, tira un monocle du gousset du gilet blanc à l'ancienne et m'observa.

Je devais m'attendre à me trouver face à un bourgeois à bedaine et à vitelotte. Car sa physionomie me surprit.

Il portait les favoris poivre et sel soignés et la chevelure assez courte, également grise. Ses traits un peu épaissis rappelaient la voussure des épaules et l'affaissement du cou dans une attitude cependant droite, tenue, au port de tête altier.

— Vous êtes la fille de Virgile ?

— Elle-même.

Il laissa choir son monocle, contourna le bureau et se jeta vers moi en ouvrant les bras. Il m'embrassa sans autre forme de procès.

— Alors, vous êtes la petite Blanche, n'est-ce pas ?

Il frémissait en me serrant dans ses bras. Il sentait un parfum assez fort, inconnu, ambre, peut-être. Il vacillait sur ses jambes. Il desserra son étreinte et dut s'asseoir sur l'un des deux fauteuils qui faisaient face au bureau. Il me dévisagea en reculant la tête et se tint là, mes mains dans les siennes, les yeux levés vers moi, sombres entre les favoris et les sourcils noirs et blancs.

— Blanche, murmurait-il, est-ce possible ? La fille de Virgile, mon meilleur ami. Mon camarade de lycée. Une tête de mule. Obstiné comme ce n'est pas permis. Et si affectueux. Et intelligent ! Ah, c'est qu'il eût fait son chemin, s'il n'eût pas été obstiné dans ses idées ! Où es-tu passé, sacrée tête de mule ? Je t'avais prévenu que tu finirais aux galères ou banni... Mais vous, la petite, je vous croyais disparue, avec lui ou ailleurs. Que faites-vous donc ici ? Comment vivez-vous donc, que je n'aie jamais entendu parler de vous ?

Je dus conter ma vie en un instant. Il s'exclamait. Il soupirait. Il faisait des Oh ! et des Ah ! Il riait. Il devenait sérieux, tout ému.

Quand je lui eus dit que le policier Vajaune savait, il se leva de nouveau d'un bond.

— Remettez votre châle. Je vous mène à une soirée où nous devrions rencontrer le procureur.

— Une soirée ? Mais, ma tenue...

Je portais ma robe de taffetas tilleul.

— Elle sera parfaite. Si élégante qu'on ne pourra nous trouver ridicules et assez « de ville » pour montrer que nous ne passons que fortuitement. Nous aurons un prétexte pour ne pas rester. Ces soirées mondaines m'ennuient à mourir. Je ne supporte pas les bavardages qui se prolongent jusqu'à tard le matin et il n'y a rien d'autre à faire dans ces salons qu'à caqueter jusqu'au lever du jour.

— Le procureur ? dis-je, c'est que...

Et je contai l'affaire de Perrache, et aussi ma liaison avortée avec le sous-chef Malle. J'ajoutai que je « connaissais » un peu Andrieux. Sans préciser en quelle circonstance je l'avais rencontré.

— Hé bien, nous serons en terrain connu ! Cet Andrieux, moi, je le connais probablement différemment, dit-il en me scrutant, et probablement mieux que vous. J'en fais mon affaire, ne vous inquiétez pas. J'ordonne de sortir ma voiture. C'est en bord de Rhône, pas très loin d'ici. Mais il fait très frais, ce soir, pour la saison. Votre robe est légère. Quant à votre châle de cachemire, il vous est très seyant, ainsi porté à la taille, mais son rôle n'est guère que suggestif, dit-il, un sourire dans la voix.

La république n'a pas détrôné la magnificence de la bourgeoisie ! Fichtre ! Je n'en croyais pas mes yeux. Je n'avais pas hanté de réception depuis que j'avais quitté ma famille, en plein Empire. Le parquet étalait un véritable miroir. Heureusement que les robes traînaient à terre ! Sinon, ce fût un beau spectacle, aux pieds des dames, dans le miroir ! A défaut de lumières cachées, mille lueurs se reflétaient dans ce sol miroitant, celles des lustres à pendeloques de cristal multipliant les mille flammmes de gaz que les glaces hautes entre fenêtres décuplaient encore. Je restai idiotement debout à l'entrée du salon, aveuglée par la lumière, clignant des yeux.

C'était la première fois que j'étais éblouie dans un intérieur.

— Venez, me dit Malou en me donnant le bras.

— Qui dois-je annoncer avec vous, Monsieur Malou ? demandait une voix.

— Laissez, laissez, mon ami, répondit-il en m'entraînant de côté.

Lorsqu'il m'eût installée de côté, près d'une cheminée de marbre noir éclatant, dans une zone moins éblouissante, je pouvais commencer à dessiller les yeux et à tâcher d'y voir. De grandes tentures pourpres cascadaient en rutilant aux fenêtres, tandis que les murs latéraux luisaient de jaune d'or. Devant ce décor de théâtre sous les feux de la rampe, évoluaient des robes blanches à queues, des habits noirs sans chapeaux.

— Voyez-vous le pro...

— Chut ! répondait Malou il est à deux pas, en intéressante conversation. Ne vous retournez pas. Il suffit de tendre l'oreille.

En effet, dans le brouhaha, émergeait un dialogue où je reconnus la voix d'Homais.

— J'arrive de la maison à l'instant, Monsieur.

— Alors, où en est-on avec ces réunions ? demandait Andrieux, toujours tiré à quatre épingles dans un habit et un faux-col impeccables.

— De petites assemblées, mais on est partout décidé à l'insurrection avant les élections de dimanche.

— Mais encore ?

— Au *Bal parisien*, le dénommé Delage a fait un discours belliqueux au motif que seulement six conseillers municipaux sont pour la Commune. On a pourtant conclu en décidant l'appel à voter pour les communistes.

— Hum.

— Salle Valentino, Dumont et Areytan proposent de refuser le vote.

— Ah ! bien.

— Quant à chez Fredouillère, la commission exécutive a décidé l'action. Elle s'est transportée chez Guillerne où furent décidées les modalités et la date : dans trois jours, vendredi 28.

— Diable ! dit Andrieux, cela va trop vite. Faites-moi immédiatement arrêter...

— C'est fait. Nous avons encavé Lorrain à la sortie. Il était chargé du commandement.

— Bien. Retournez au quartier général et veillez à ce que nous ayions quelqu'un sur chaque coup.

Valentin Malou fit comme s'il découvrait soudain Andrieux. Il s'exclama, s'approcha de lui, l'attira vers moi, à l'écart, pour lui demander sans ambage de classer le portefeuille de Perrache à mon sujet.

— Et de même au sujet de mon amie, Rose Albe, ajoutai-je.

A mon ébahissement, Andrieux répondit sans réticence qu'il s'en occuperait dès le matin.

— Une broutille sans intérêt ! ajouta-t-il... pour une femme de grand intérêt, corrigea-t-il en se courbant à mes pieds.

— Merci.

— Ce sont des paroles, fit Homais qui était encore là. Pour remercier, ajoutait-il la voix pâteuse, une dame a d'autres moyens...

— Fermez votre gueule, Homais, si vous ne voulez pas recevoir ma main dessus ! grommela Malou.

Andrieux rougit et siffla entre ses dents :

— Homais, je vous croyais sorti rejoindre votre poste !

Le substitut, comprenant qu'il avait commis une bêtise, s'éloigna en s'excusant par des balbutiements. J'étais sidérée. Quel pouvoir avait l'avocat sur le procureur et son substitut ? Malgré ce pouvoir, Andrieux répondit qu'il ne pouvait rien faire au sujet de Vajaune et de Rougon.

— Rien, vraiment, croyez-moi, Malou. Je ne peux rien vous refuser de ce qui est en mon pouvoir. Et je me ferais une joie d'être agréable à Madame. Mais, quand cela dépasse mon pouvoir...

Valentin Malou me prit à nouveau par le bras. Nous repassâmes discrètement la porte et nous nous éclipsâmes.

Près du pont Lafayette, le Rhône laissait une partie du quai à nu. La voiture roula un moment au bord du flot. Parfois, les roues mordaient sur l'extrémité du fleuve, un peu de matière molle et vibratile que le cerclage de fer tranchait en éclaboussant. L'onde passait, agitée de remous, mais vide. Elle se ruait en ahanant. Le Rhône était désert, tout seul occupé à charrier ses millions de tonnes d'eau, tout entier bandé dans l'effort, tendu vers le but.

— Bonne nuit, ma petite Blanche, souffla Malou dans mon oreille avant un petit baiser sur la tempe.

L'avocat avait tenu à m'accompagner rue Grenette jusqu'à la porte de mon immeuble. Mais si, voyons, laissez moi faire ! Les rues ne sont pas sûres la nuit, vous le savez bien.

Je poussai la lourde porte cochère, me retournai, jetai un sourire au visage doux, aux favoris gris, et je disparus.

Ça, alors ! Rose en contemplation de la nuit !

Lorsque je pénétrai dans la chambre, surprise que la porte ne fût pas fermée à clé, je tombai en arrêt. Rose se tenait debout à la fenêtre, le front collé au carreau, les bras ballants. Une moitié de son visage paraissait éclairée par la lueur de la lune mêlée de celle des becs de gaz, mélange d'argent et cuivre.

— Chérie ?

Elle tourna la tête. La lune et les becs de gaz l'arrosèrent maintenant de derrière, découpant son profil d'un cerne métallique. Sur le bronze de la peau, les sourcils tendaient des traits de fer. Sous la ténèbre des orbites roulait une goutte d'or.

— M'amie ! mais tu pleures !

Elle fit aussitôt un geste de la main pour effacer la larme.

— Dis, moi, chérie, dis-moi !

Je courus l'enlacer. Je lui baisai le front. Je la serrai, je la berçai d'un petit balancement.

— Tu ne veux pas te confier à ta Blanche ?

— Si. A toi, oui, je veux bien, dit-elle en desserrant un peu mon étreinte.

Elle souffrait d'amour. Etrange, la concernant, si je songeais à son récent itinéraire ! Souffrir d'amour, Réséda ! Mais, voyons, l'amour est fait pour être heureux ! Je la secouai.

— Hé bien, en voilà, une chance ! Te voici enfin entrée au pays d'amour !

— Tu veux dire que je tombe de canife en syllabe, oui !

— Ah ! tu vois, tu as le mot pour rire. C'est bon signe.

— C'est signe que j'oublie pas tout à fait mon lyonnais, voilà tout !

— Mais, chérie, l'amour...

— C'est un sac de douleur et d'embrennements !

— Tu ne devrais pas dire ça. C'est la plus noble conquête de la femme.

— Je croyais que c'était le cavalier !

— Tu dis n'importe quoi ! m'exclamai-je sans pouvoir m'empêcher de rire. Et d'abord, ce n'est pas le cavalier, que l'on dit, mais le cheval.

— C'est toi qui dis n'importe quoi ! Je ne vois pas le rapport de l'amour et du cheval. Tandis que le cavalier...

— Ma petite, commençai-je à pérorer en marchant un doigt levé, quand on a été pensionnaire en maison, il me semble qu'on peut entendre sans dessin qu'une dame fait parfois du monsieur le cheval ! Et, ajoutai-je en corsant le ton doctoral, je ne jurerais pas que bien des dames aux nuits solitaires ne chevauchent pas certains rêves hippiques !

— Ah ah ! ah ! ce que tu es bête ! Tu parviens à me faire rire tout en pleurant.

— Mais pourquoi pleures-tu ? Pourquoi l'amour te rend-il si triste ?

— Tu ne sais pas qui.

— C'est vrai. Alors, qui ?

— Un petit jeune. Beau comme un astre. Un barge qui me suivait un peu partout comme un chiot dès qu'il me rencontrait dans la Presqu'île. Il était poli, aimant, respectueux. Il m'attendait souvent pour me payer à boire au café. Il m'invita au restaurant. Il me regardait. Nous nous regardions. Je crois que je commençais déjà à l'aimer. Il a fini par m'inviter à l'île Barbe. Après dîner, il loua un canot. Notre image à nous deux frissonnait dans le ciel qui défilait au bord de l'embarcation. Il ramait en tournant le dos à l'avant et, les yeux dans les yeux, je devais le guider. Il a ramé jusqu'aux bosquets. Nous ne cessions de nous regarder. J'avais envie de lui, comme je n'avais plus jamais eu envie d'un homme depuis longtemps. J'ai dit que j'avais trop chaud, avec le vin, qu'il me fallait ouvrir mon corsage...

— Et alors ?

— Non, il ne faut pas !

Monsieur a pris un air farouche pour dire ça. C'était pas correct. Il était partisan de maintenir les traditions. Y fallait pas céder aux nouvelles manières. Comme pour ces réunions de communistes qui parlaient toute la sainte journée au lieu de travailler. Y avait qu'à y régler la question vite fait. A coups de fusil.

Les coins de la bouche de Rose tombaient d'amertume. Je lui relevai les mèches brunes. Je lui piquai de petits baisers sur le front.

— Chérie, c'est une histoire presque banale, tu sais.

— Alors, voilà ! J'y ai dit de me ramener. La question était réglée.

— J'ai un pot sur la fenêtre, dis-je.

— J'ai déjà un peu bu à l'île. Je n'ai plus l'habitude. Bois, toi.

C'était du petit vin des côtes de Lyon que lui avait donné un ami. Il glissait sur la langue, dans la gorge, frais, un peu sucré et se sublimait en arômes mêlés de poire et pomme. Il me rappelait quelque chose de lointain.

Nous nous couchâmes l'une contre l'autre, ventre contre échine, à l'abri sous le gros édredon de duvet. Je tenais Rose embrassée. Elle était agitée de sursauts. Elle respirait par à-coups.

Je crois que je m'endormis au moment où elle s'apaisa.

Je descends sur un flot calme et doux. Un balancement m'emporte. Je suis sur une « plate » qui descend la Saône. Un homme est debout à l'avant. Il est vêtu comme aimait à le faire mon père, jaquette châtaigne, pantalon à carreaux sur fond pain doré. Il se tourne. C'est lui, Virgile Rougon, tête nue encore châtain clair, un verre de côtes de Lyon à la main, ainsi qu'il y a vingt ans. Il s'approche pour me baiser. Je tends le front. Il me relève le menton. Il approche sa bouche de mes lèvres. Je recule. Il s'approche encore. Je fuis. Je cours. J'arrive devant le bastingage de l'arrière. Il n'y a plus que l'eau. Je relève ma robe sur mes bas. J'enjambe... Il a pris mon mollet, ma cuisse à deux mains. Il m'a contrainte à repasser sur la balustrade. Il emprisonne mes mains entre les siennes, me tire au milieu de la « plate », entre les draps tendus en courtines de baldaquin immaculé. Il pèse de tout son poids sur mes épaules, me contraint à m'écrouler, à me coucher sur le dos. Les collines défilent, à droite Fourvières fourmillant de feux follets, à gauche la Croix Rousse en un gros dos obscur. Il paraît sur moi, sombre, de tout son long. Je veux le repousser. Il maîtrise mes poignets. Il brandit le goulot dressé d'un pot. Il verse du vin sur mon corps. Le vin est froid. Il embaume la banane, la poire, la pomme. Le vin gicle dans ma bouche. Le vin brûle. J'ai envie de hurler, de hurler ! Les miettes de lumière traînent au firmament. Un collier de feu ceint la Croix Rousse. La vierge de Fourvières tient sa flamme immobile à bout de bras. Il penche son visage vers moi. Son front cuivré. Ses favoris et ses cheveux gris. Il prend mon visage à deux mains, ses paumes chauffent mes joues et ses doigts s'insinuent dans ma nuque.

La « plate » est secouée. Ma tête roule à gauche, à droite.

Sa chevelure et ses favoris sont des flammes noires et blanches.

Ses yeux s'ouvrent d'un coup, comme un objectif de boîte photographique.

Ils s'ouvrent sur un paysage de chaumes clairs, sur un panorama de dunes sombres.

Ils s'ouvrent sur des vagues grises, sur un ciel noir strié de blanc.

Son regard de lumière est dardé, il entre en moi, me pénètre au tréfonds, il me brûle, il me rafraîchit. Sa lumière s'étend, enfle, durcit. Sa lumière est très noire. Sa lumière est très blanche. Sa lumière est très blanche. Sa lumière est très blanche. Sa lumière ! Sa lumière jaillit, explose, s'épanouit en pluie de lait, blanche, blanche, blanche. Je clos les yeux. Au fond, une mare pourpre s'étend.

Papa !

De l'amont descend un fleuve rouge. Du nord vient un fleuve de sang. J'ouvre la bouche vers l'aval. Le visage où coule la lumière s'éloigne, rapetisse, disparaît.

Je lèche un reste de lumière qui traîne vers l'aval. J'ouvre la bouche au Midi, au Sud, au blanc...

— Doucement, doucement, m'amie. Doucement, disait-on en me caressant doucement le front. C'était Rose. Elle parlait doucement.

— Tu t'agitais, tu haletais, tu criais Papa ! Tu faisais un cauchemar ?

— Cauchemar ? N... oui. Enfin, un rêve bizarre. J'étais avec mon père, il me couchait à la renverse, il ressemblait à l'avocat Malou.

— Hé bé, ma fille, ça s'appelle un signe du destin, ou je n'y connais rien ! Et tu sais, le destin, vouloir y résister, ce serait en fin de compte pisser dans un violon !

* * *

XXI

— Vous ? A cette heure ? dit Malou.

— Je n'ai guère dormi... beaucoup rêvé.

— Cette petite Blanche ! Toujours aussi « éveillée » !

Le visage de Valentin Malou s'éclairait de plus en plus. Frais, le menton déjà rasé, la chevelure et les favoris gris soigneusement peignés, le teint des lèvres vif, la flamme aux yeux. J'assistais à une sorte de répétition de l'aurore contemplée en arrivant rue Victor-Hugo, quand les façades grises virent soudain à l'orange, tandis que celles qui font vis-à-vis récupèrent lentement leurs multiples tons de pastel, ocres, ciels, roses et tilleuls.

Comme je souriais à peine, il ajouta :

— Avez-vous de graves soucis ?

— Graves... des soucis !

— Je veux vous aider. Pour commencer, il faut prendre des forces. Vous allez partager mon déjeuner.

— Volontiers !

— Je vous préviens. Je boulotte, le matin. Je suis peu dormeur. Qui ne dort pas, doit dîner !

— Alors, je suivrai votre exemple.

— Venez.

Malgré la fraîcheur matinale de saison, Valentin nous installa devant la fenêtre grande ouverte, par où le soleil entrait à flots sur le parquet. Sur une petite table, il fit le service lui-même. Car, expliquait-il, il était veuf depuis longtemps et, vivant très tard, il voulait laisser sa gouvernante tranquille le matin. Il apportait un plateau avec un déjeuner à l'anglaise : thé, crème, toasts, beurre, marmelade, fruits, petits gâteaux, pudding...

— Jamais je ne mangerai tout ça !

Il riait, en enduisant un toast d'une énorme couche de marmelade :

— Vous verrez, en lisant, devisant et souriant, cela passe fort bien.

Les journaux du matin s'entassaient sur un guéridon en une jolie pile.

Valentin m'offrit le toast enduit de marmelade et me servit une tasse de thé. Puis, il se mit à enduire un autre toast tout en parcourant *le Salut public* qu'il avait déplié sur une chaise voisine. Je croquai dans le toast, délicieux parfum d'orange confite et de pain grillé. Je lorgnai sur *le Courrier de Lyon*, encore plié.

Mercredi 26 avril, ciel nuageux, vent d'ouest, + 6°

Un coup d'œil à la fenêtre ouverte et je frissonnai. A peine portais-je un petit boléro sur ma robe de taffetas. Malou surprit mon regard, se leva, prit une couverture de laine angora blanche et la posa doucement sur mes épaules. Puis, il alla fermer la fenêtre avant de se rasseoir.

« Vin toni-purgatif » d'Alfred Gaud : toutes les maladies

de la peau, maladies des femmes, pâles couleurs, âge critique ».

Je croquai dans le toast à la marmelade de citron. Quel arôme ! Le matin dans un jardin du Sud.

Bulletin financier Bourse de Lyon, 26 avril : La fermeté du marché s'est accentuée sur toute la ligne.

— Tiens ! que devient le P.L.M. ? dis-je, d'une voix assourdie par la bouchée.
— Voyez ! me montrait du doigt Malou.

Paris-Lyon-Méditerranée 283,75 = admirable tenue malgré les influences politiques.

Puis, se rendant compte de la question, il demandait :
— Vous boursicotez ?
— Non, non ! dis-je en riant. Boursicoter, moi ? Jamais. C'est mon ancien époux. Il avait je ne sais combien de P.L.M.
L'avocat me demandait pardon. Il n'avait pas voulu... Cette année n'était pas bonne pour la bourse. Surtout le P.L.M. En mars, à la Commune, il avait perdu, il ne savait plus combien. Pas de chance.
— Trouvé n'a jamais su faire de bonnes affaires. De vieille famille lyonnaise, il réussira à tout perdre. Si encore il le mangeait !...
— Le gain à la bourse, vous savez !
— Il est fait de la sueur des Lyonnais et du sang des Arabes. Je sais. Mon père me l'apprit de bonne heure.
— Sacré Virgile ! Je n'en attendais pas moins de lui ! fit Malou avant de porter les lèvres à la tasse. Puis, après une petite gorgée, il ramassa *le Cri du peuple*.
Je me replongeai dans *le courrier de Lyon*.

« Bol d'Arménie-Marmont » : élixir contre les douleurs de dents, vendu rue Centrale, 33 au 2e, Maison du Café central à Lyon.

— Bon, ça ! Très bon ! s'écria Malou.

Je demandai la raison de son exclamation. Il s'agissait d'un article signé Albert Richard au sujet des élections. L'anarchiste prônait « l'abstention révolutionnaire ». Malou exultait :

— Très très bon, pour ma défense !

« Mesdames et messieurs les jurés, lança-t-il d'un revers de manche de sa robe de chambre bordeaux, vous voyez à l'évidence que ce jeune homme est un idéaliste ! Il se contente d'appeler à l'abstention et, ce faisant, il est sans danger immédiat contre le gouvernement. Et quand bien même risquerait-il, au bout du compte, de radicaliser la République, poursuivait-il le timbre ronflant, n'est-ce pas son droit le plus légal de chercher à convaincre ? Mise à part la force de ses arguments, il ne ferait de mal à personne. Je vous le dis, c'est un idéaliste ! » estoqua-t-il en croquant dans une pomme.

— Et vous, vous êtes un amour, de vous préoccuper ainsi de défendre les gens.

— C'est mon métier.

— Oui. Mais on sait à Lyon que vous ne défendez pas n'importe qui.

— C'est exact. Il faut, à mon avis du moins, que l'avocat soit convaincu du bien-fondé des actes du client.

— Vous faites davantage. Vous prônez pour lui. Vous défendez l'homme. Vous êtes le rempart de la dignité.

— On pourrait dire, en usant un peu des grands mots, que je suis parfois un peu ceci, oui. C'est la raison qui m'a fait choisir cette profession.

— Je vous aime, Valentin.

Malou s'était levé précipitamment, approché de la fenêtre et une pomme entamée à la main, il contemplait les murs pastels.

— Ah ! vous avez une manière de vous exprimer ! dit-il en se retournant. Vous m'avez fait peur avec votre plaisanterie.

— Je ne plaisante pas. Je vous aime.

Il resta coi, le regard fixe sur moi. Un temps. Puis, il se secoua, fit quelques pas, s'éloigna, revint.

— Si nous allions au théâtre ?

— Au... théâtre ?

— On donne *la Belle Hélène*. Rendons-nous y ce soir, voulez-vous ?

Si je voulais ! Voilà des années que j'entendais parler de cette fameuse *Belle Hélène* qui avait remué tout Paris et agitait l'Europe entière. Oui, je voulais bien avoir enfin la joie de connaître ce spectacle. Oui, je voulais bien sortir avec l'avocat des révolutionnaires, ce soir. Je sortirais, je serais avec lui chaque fois qu'il le désirerait. Il pouvait faire de moi ce qu'il voulait. Il faisait déjà de moi ce que j'avais désiré en me sortant du commun des femmes. Je le lui dis sans ambage.

Il resta de nouveau muet et recommença à marcher.

— Mes secrétaires sont débordés. Je dois embaucher. Voulez-vous être ma secrétaire ?

— J'ai une profession, Valentin.

— Pardonnez-moi. Je suis vraiment un imbécile. Etes-vous toujours sans élève ?

— Oui.

— J'en fais chercher dès aujourd'hui.

— Merci. Mais je ne vous demandais pas cela.

— Oui. Installez-vous ici. Votre chambre rue Grenette est ridiculement petite et encore devez-vous la partager. J'ai ici une chambre pour vous, la fille de Virgile. Vous serez chez moi chez vous, Blanche.

Le Grand Théâtre se découpait comme un édifice de feu dans la ténèbre. Le fronton traçait un triangle de lumière d'où cascadaient des grappes lumineuses.

Passées les trois grilles dorées, on faisait sonner les escarpins sur le marbre blanc du vestibule, aveuglé par les fontaines de gaz brûlant. On montait lentement les degrés feutrés de l'escalier monumental noyé de foule en frac noir, robes multicolores et dos nus.

Enfin, c'était la salle. Les grands lustres de cristal flambaient haut sous la rotonde aux chérubins tout roses. Les hautes colonnes et les cintres jetaient leurs reflets d'or qui s'ajoutaient à la lumière innondant sous la voûte la vaste nef verticale un peu vertigineuse de ce temple du soleil intérieur.

— On étouffe ! dit Rose en battant frénétiquement de l'éventail. Qu'est-ce que ça doit être au poulailler ! Je n'y monterais pas pour une bourse de barge !

— Ni pour deux ? lui soufflai-je.

— Houmpf, t'es bête ! pouffa-t-elle dans mon cou.

Nous occupions la loge d'un conseiller ami de Malou, située côté cour, à peine plus haut que le parterre, au-dessus de l'orchestre, non loin du rideau rouge. La pluie de pourpre à droite, le vert tendre de la tapisserie tendu dans le dos, bordés par les feuillages dorés sur les côtés et les bras nus posés sur le velours pourpre de la rampe, nous venions de nous asseoir. Rose se penchait pour jauger la distance qui la séparait des galeries populaires tout en haut. L'échancrure en V de sa robe noire montrait son dos mat sillonné par le chapelet vertical des renflements de son échine. Elle qui prétendait ne pas supporter la bourgeoisie semblait exulter parmi elle, à trois étages du peuple !

Rose et moi nous nous affichions de noir et blanc vêtues. J'avais insisté pour que Valentin invitât aussi mon amie. Il avait tenu à nous offrir une robe à chacune. Non point que ses affaires fussent si florissantes. Mais, avait-il dit, il aimait à choisir de dépenser ainsi plutôt qu'autrement.

— Sacré joli coup, ma vieille ! conclut Rose, toujours en aparté. Si j'étais toi, je laisserais pas envoler l'oiseau rare de si tôt !

— Chut ! Tu t'exprimes comme une pierreuse, et on pourrait nous entendre.

Nos robes étaient des tenues de soirée en tulle, avec cascade de dentelle à la queue qui se portait sur le bras en marchant et se laissait retomber après que l'on se fût assise.

Le gaz des lustres baissa.

— Mince ! souffla Rose. Le spectacle était dans la salle.

Le chef venait d'arriver. Il levait sa baguette. J'étais aussitôt emportée par un air guilleret de violons. Lorsque, les cuivres entrant et le rideau se levant, les hommes et les filles apparurent tandis que descendaient les rampes de mille feux. Sur un fond en trompe-l'œil voilé, une grand' salle de vague palais, se tenaient par le bras des sortes de déesses et de dieux en tenues courtes et à couronnes de fleurs.

Le spectacle me bouleversa. En pleine nuit de la ville et de l'âme, comment pouvait-on faire partie de cette Olympe de lumière ? C'était digne de Nana de Zola. Oui, vraiment !

Les dieux tenaient conseil et décidaient qu'ils iraient procédéer à une enquête sur la terre, avant de satisfaire les maris trompés. C'était là que Diane, surprenant des mots tendres entre Vénus et Mars, jurait de ne pas les quitter des yeux pendant le voyage. Il y avait aussi une scène où l'Amour, joué par une gamine de douze ans, répondait à toutes les questions : « Oui, maman... Non, maman », d'un ton pleurnicheur, les doigts dans le nez. Puis, Jupiter, avec la sévérité d'un maître qui se fâche, enfermait l'amour dans un cabinet noir, en lui donnant à conjuguer vingt fois le verbe « J'aime ». On goûta davantage le finale, un chœur que la troupe et l'orchestre enlevèrent très brillamment. Mais, le rideau baissé, la claque tâcha vainement d'obtenir un rappel, tout le monde, debout, se dirigeait déjà vers les portes.

Je marchais, pensive, derrière Rose, ma queue de dentelle blanche sur le bras. Rose scrutait la foule, le visage tendu.

Quant à moi, j'étais encore sous le coup du spectacle. Jamais je n'eusse cru que l'on pût ainsi éprouver un mélange de plaisir et de dégoût.

— As-tu aimé ? lui demandai-je.

— Hein ? fit-elle en se déboitant le cou comme pour tenter d'apercevoir quelque chose de caché.

— Qu'as-tu ?

— Rien, répondit-elle. Je me suis probablement trompée. J'ai cru voir le roussin, mon ennemi intime. Celui-là ! il ne nous laisserait donc pas tranquille ?

Après avoir à mon tour observé la foule sans rien apercevoir d'inquiétant, j'en étais revenue à penser au spectacle. Tout ce que j'avais appris sur l'antiquité, parfois par des lectures clandestines, la nuit à la chandelle, la condamnation de l'homme — et de la femme ! — à l'amour, à la haine, le destin... tout cela était bafoué, ridiculisé par *la Belle Hélène*. Et cependant, quelque chose faisait exulter à cette parodie anachronique. Il y avait là notre vie d'aujourd'hui, notre humanité pervertie par l'argent, mise devant les feux de la rampe, croquée à belles dents et giflée à tour de ces magnifiques bras blancs des actrices.

— Ce que c'est enlevé ! dis-je.

— Moi, ronchonnait Rose, je préfère le spectacle de la vie à celui du théâtre, c'est plus rigolo !

— Tu n'as pas ri du tout ? Sois franche, chérie !

— Allez, si ! J'ai bien ri de l'air qui met en boîte les rois. Heu... comment déjà ? :

« Je suis l'é-poux de la reine, poux de la reine, poux de la reine ! »

— Ah !ah ! C'est vrai ! Qu'est-ce qui est le pire ? Roi ou poux !

— N'est-ce pas ? riait Malou. Cet Offenbach est le génie du théâtre et de la musique de notre siècle, dit-il à un jeune ami qui se trouvait fumer dans le voisinage.

— Vous trouvez ? Je ne pense pas. C'est Wagner, le génie.

— Son histoire de dieux tristes et redoutables et de héros toujours perdus dans le brouillard fut une belle attrapade à Paris, en tout cas !

— Le public bourgeois retarde. Cet Offenbach est idiot, racoleur et prétentieux.

— Là, vous y allez fort, Monsieur... intervins-je...

— Grand, madame, Paul Grand.

— Je suis certaine que Valentin a raison, poursuivis-je.

— Blanche, vous êtes un amour.

— Je fais confiance aux poètes, répliqua le jeune homme. Gautier, Courbet, Banville et Baudelaire ont défendu *Tannhaüser*.

— N'oublie pas que Wagner était le protégé de l'empereur, dit Valentin.

— Il ne l'était pas plus qu'Offenbach, rétorquait le jeune Grand.

— Aussi n'était-il peut-être pas moins génial. Et fin ! ajoutait Malou en riant. Que dis-tu de cette pique contre le *Walhalla* :

« Tsing, la la, tsing la la... »

— Pas très fine, justement, dit le jeune homme dans une moue, Wagner a réglé un jour la finesse d'Offenbach en un trait définitif :

« Offenbach possède une chaleur... mais c'est la chaleur du fumier : tous les cochons d'Europe ont pu s'y vautrer ».

— Moi, lança Rose, je suis comme Monsieur. Cette histoire de dieux ridicules, je trouve ça un peu idiot et guère intéressant.

— Pas si sûr ! ajouta Malou. Les dieux et les rois à l'image des hommes communs avec leurs bassesses...

— Tout à fait, dis-je, mais n'oublions pas le règne de Vénus.

— Ça, c'est pas nouveau ! fit Rose.

Mais Malou rétorqua que c'était à voir, que cela était

très nouveau, pour le peuple, de pouvoir penser à s'occuper de l'amour avant tout. On se récriait : le peuple ? Où voyait-on le peuple, dans cette histoire ? En réalité, il s'agissait des dieux. Et cependant, ce n'étaient pas des dieux... divins.

— Des bourgeois-dieux, précisait Grand, ceux qu'on appelle : « le peuple ». Quelle bassesse, à côté des titans de Wagner !

— Qui parle de bassesse dans mon théâtre ? s'interposa un poussah.

— Vaillot, je te présente une amie institutrice : Blanche. Et voici son amie : Rose. Et je vous présente Vaillot, directeur du Grand Théâtre.

Je regardai à peine le poussah ventru et répartis :

— Quelle bassesse ? Le reflet des hommes et des femmes aux désirs et aux travers un peu grossis, au lieu d'un culte béat. C'est le panthéon de la démocratie.

— Comme vous y allez ! dit le poète.

— C'est joliment bien dit, en tout cas, Blanche.

— Oui, l'olympe sudiste, l'olympe intéressée mais raisonneuse et passionnée, humaniste, l'olympe de la France contre l'empire des croyances du Nord.

— En voici, un beau compliment ! Je le mettrai dans ma réclame, en espérant qu'on comprendra, à Lyon, parce que notre public... s'exclamait le gros directeur. Avez-vous déjà joué, Mademoiselle ?

— Non, jamais.

— Je tiens à vous dire que vous avez aussi d'autres arguments que le public comprendra sans explications ! dit-il en lorgnant sur l'échancrure en carré de mon décolleté. Savez-vous ? Malou, poursuivait-il, la mode en vient aux petites poitrines nerveuses et non plus aux énormités d'antan ! Voulez-vous un petit rôle, chère amie ? Nous avons des défections dans la troupe.

— Mais... mais je ne saurai jamais !

— Tout s'apprend, dit Valentin à mi-voix dans mon oreille. Vous devriez accepter.

Rose, pour sa part, a refusé un rôle :

— Vendre mon corps ? Je l'ai déjà bien assez vendu ! et même trop souvent donné ! Mais fais-le donc, toi, c'est une chance ! Devenir comédienne...

Elle m'avait embrassée, avant de descendre et de passer la porte de notre immeuble, royale, la traîne sur le bras, la taille cambrée, sans se retourner. Malou avait claqué un coup de rênes sur l'échine des chevaux et la Victoria était repartie. Soudain, il tira sur les rênes pour arrêter la jument. Un fiacre qui nous suivait nous évita de justesse et nous dépassa au gré du métronome des sabots ferrés de son cheval. Je crus voir un homme à collier jaune se retirer de la fenêtre.

— Quel est l'imbécile qui nous file ? grommelait Malou dans ses favoris poivre et sel, en fouettant à nouveau la bête en direction de la rue Victor Hugo.

Le salon semblait plus suranné que jamais. Fauteuils au damas rouge raboté en rose, tapis jauni, portraits de famille brunis.

Je baissai les yeux sur l'avocat des républicains, l'ami de mon père, assis dans un fauteuil. Son regard doux était un peu las. Il inspirait le désir de le câliner.

— J'ai un peu mal aux yeux, après les feux de la rampe, dis-je. Puis-je souffler la lampe ?

Le salon en fut d'abord obscur, puis meublé d'ombres fantastiques, d'éclairages jaunes ou bleus qui venaient de la rue.

Je recommençai à voir Valentin. Son col blanc, ses favoris et ses cheveux d'argent se bleutaient de la lumière du dehors. Les coins de sa bouche s'étirèrent, s'écartèrent, montrèrent des dents, elles aussi, bleutées. Ses yeux luisaient, topazes.

Je baissai lentement mon visage, les yeux rivés au topaze des siens. Je posai mes lèvres sur le fruit au soleil de sa bouche. Sa langue était douce, délicate, serpentine. Mon cœur battait la sarabande. Je mis mes mains dans l'eau de sa chevelure. Il posa le cuir tendre de son front sur ma gorge en murmurant entre mes seins :

— Le devons-nous, Blanche ? le devons-nous ?

Mes mains fouillèrent ses vêtements. Elles ne m'appartenaient plus. Elles tremblaient au rythme du cœur. Elles soulevèrent ma robe de mariée sur mes cuisses d'albâtre bleuté, jusqu'à la taille. Malou respirait ainsi qu'à la course. Mes mains défirent le ruban qui tenait mon pantalon de dentelle et le firent glisser sur les bas, sur les escarpins. Valentin ne respirait plus. Ses mains étaient chaudes sur mes cuisses. Il les avait glissées en haut des bas noirs, sur la chair. Mes lèvres et ma langue n'étaient que de l'étoupe. Il restait immobile. Le temps béait. J'enjambai le fauteuil.

Les yeux déjà rivés en moi, il écartait ma chair et, dans un mouvement de reins contenu, entra un peu. Je tremblai, immobile. Puis, je n'y tins plus. Je bougeai. Je bougeai encore. Il entrait davantage. Je bougeai toujours. Il était fiché comme un mât me clouant en plein cœur de l'orage. Et puis je me mis à aller et venir, à rouler, à tanguer. Je ne sais plus, je n'étais plus. Je sais que j'étais tout. Je crois que je fermai mes bras, agrippai de mes mains son corps velu, et tirai à moi en criant.

— Oh ! Valentin ! Valentin !

Il se tourna vers moi. Son visage était toujours bleuté.

— N'avez-vous pas froid ?

— Un peu.

Il rabaissa la robe sur mes jambes.

— Si nous allions au lit ?

— Nous ?

— Mon lit est le vôtre, désormais.

— ...

— Cela ne vous convient pas ?

— Je ne sais. Où en est la recherche d'élèves ?

— Rien pour le moment. Mais attendez un peu.
— Et Vajaune ?
— Quoi, Vajaune !
— Pour mon père.
— Rien aussi. Personne ne semble avoir de prise sur lui.
— Alors, tout est perdu ?
— Pas du tout. C'est délicat, mais je ne désespère pas. J'ai une idée.

* * *

XXII

Valentin hochait la tête et jurait sourdement en lisant un billet, debout devant la fenêtre :

— Les enfants de vendus !

— Que vous arrive-t-il ? demandai-je.

— Hein ? Rien.

— Comment, rien ?

— Rien d'intéressant. Une lettre anonyme.

— Est-ce que... cela me concerne ?

— N... oui... un peu... même tout à fait.

— Alors, montrez !

Il me tendit le billet, mollement, à regret.

« Espèce de satyre, tu t'envoies la petite Rougon.
C'est le père qui serait content !
En attendant, si tu continues à défendre les anarchistes, on fait de la réclame sur toi et la petite dans tout Lyon.
Signé : le Corbeau »

Malou s'était laissé tomber dans un fauteuil. Il avait enfoui son visage dans ses mains. Ses cheveux retombaient sur ses doigts tannés en fils de verre entrelacés. Il était tassé, le dos rond.

J'approchai, je m'agenouillai, je posai mes mains sur le dos des siennes qui cachaient toujours son visage.

— Chéri, vous n'allez pas vous laisser intimider par une lettre anonyme.

— Mais il y a du vrai, là dedans.

— Comment, du vrai !

— Votre père serait atterré...

— Qu'en savez-vous ?

— Sa fille ! avec moi ! Je suis plus âgé que lui, Blanche. Vous êtes-vous bien dit que j'ai trente ans de plus que vous ?

— Mais enfin, ça n'est pas une faute, tout de même, de tomber amoureux !

— Laissez, Blanche. Je n'aurais pas dû. Je le sais depuis le début.

Je me levai. Mes jambes flanchaient. Je dus m'appuyer au bras du fauteuil.

— Ainsi, on ne doit pas vivre son amour.

— Pas lorsqu'il est contre nature.

Maintenant, la moutarde me montait au nez. Qu'est-ce que c'était encore que cette histoire ? J'éclatais :

— Mais enfin, où avez-vous vu que cet amour soit contre-nature ?

— Je suis si vieux et vous êtes si jeune.

— Les unions de ce genre ne datent pas d'aujourd'hui, à ce qu'il me semble.

— Virgile Rougon était mon ami.

— Si vous avez, dans vos codes, une loi morale ou politique qui interdise d'aimer la fille de son ami !...

— Je suis un notable et vous une révolutionnaire.

— Nous y voilà !

L'avocat baissait les yeux, lui qui ne craignait pas d'affronter la société pour défendre un autre que lui.

— Une seule chose compte, Valentin : nous nous aimons.

— Hélas ! On ne pardonne pas d'entorse à la morale, à Lyon. Du moins celles qui sortent des habitudes bourgeoises, et surtout si cela se voit !

— Mais que vous fait ce qu'on pense de vous dans les obscures demeures de cette bourgeoisie obscurantiste ?

Il hocha la tête et répondit d'une voix sourde. Il devait gagner ses procès pour les révolutionnaires, afin de garder un sens à sa profession, à sa vie. Pour le maintien de l'humain, face à la transformation du monde en un vaste grand magasin, face à l'enterrement de l'homme loin de la lumière du soleil, sous des monceaux de pierres grises, dans des rayons de marchandises qui ne valaient rien que leur prix, face à la submersion par la lumière artificielle, face à tout cela, restaient des réduits où l'on pouvait encore tirer les fils de la raison et du désir humains. Pas question d'abandonner ce terrain. Il fallait résister. Là, il pouvait encore sauver les utopistes, sauver l'honneur, sauver le rêve.

— J'ai besoin des juges pour cela, conclut-il. Les juges sont de ce temps ces bourgeois dont vous parlez, Blanche. Voilà.

Crotte de crotte !

Je marchai vers la fenêtre.

Après le policier, l'ami du père ! Une malédiction empêche-t-elle d'aimer et d'être aimée ? Mes liaisons s'achèvent, à peine commencées. Des escales, tout au plus, dans une navigation solitaire !

Le jour blafard stagnait dans la rue Victor-Hugo, bien loin de pénétrer la ouate voilant les fenêtres d'en face. Le trottoir était gris et le pavé noirâtre, vides de tout passant.

Sacrée crotte de sacrée crotte !

Je rageais. Je rageais pour tenter de masquer la nausée

qui montait à ma gorge. Je rageais pour tenter d'effacer l'amer, l'acide, le ranci qui me venaient à la langue. Je rageais pour tenter de combler le trou que la nausée laissait dans ma poitrine.

La porte restait des plus anonymes. Je dus me faire confirmer par le parfumeur voisin qu'il s'agissait bien de l'entrée des artistes. A défaut d'amour, j'aurais le théâtre. Le concierge ouvrit, m'indiqua le chemin. Aussitôt, je me perdis dans les frondaisons des tentures. J'étais entré dans un univers que je n'eus jamais soupçonné.

C'était un monde sombre de tentures tissant de mouvantes haies, de cintres, de ponts volants, de mâts, de rampes qui dessinaient des entrelacs de voûtes fragiles et provisoires, de toiles de fond en obscurs trompe-l'œil, de pendillons à masquer les vides des côtés. A force de tourner en écartant les tentures, je débouchai sur un de ces vides. Il donnait sur un immense mur galeux. Une porte faisait accéder aux bureaux, salles et loges.

Le régisseur, un petit bonhomme chauve et râleur, était prévenu de ma venue. Mais il m'attendait plus tôt ! Je devais filer dans ma loge. L'habilleuse arrivait !

— Elise ! montre-lui de se mettre un petit coup de fion, pendant que je suis occupée avec les autres ! Je viens l'habiller dans deux minutes !

Elle appelait cela m'habiller ! Je n'en revenais pas. J'avais pourtant bien vu, dans le spectacle, les suivantes d'Hélène, en tenue légère et à peine voilée ! Mais, maintenant, c'était moi que je voyais dans la psyché de la loge.

— Quel est votre métier, déjà, déshabilleuse ? lui dis-je gentiment.

— Oh, c'est pas le pire, de déshabiller une canante comme toi ! Qu'i a quelque fois de ces spectacles plutôt catastrophiques !

Les chaussures d'or laissaient le pied nu, à peine zèbré

par le laçage. La longue robe de tulle à paillettes d'argent éparpillait la lumière du bec de gaz se mouvant dans ses plis. Le justaucorps à boutons d'argent sur fond de velours noir semblait fait de planètes brillant dans la ténèbre. Deux rotondes de perles noires luisantes coiffaient mes seins qu'elles ornaient curieusement d'un bouton de rose artificiel en taffetas au bout du mamelon noir. Une guirlande de fleurs claires en taffetas blanc retenait ce justaucorps entre les rotondes du soutien-gorge et montait s'accrocher autour du cou dans une sorte de V fleuri et lumineux, coupant en diagonales de fleurs ma poitrine aux épaules nues.

Je me déplaçai un peu. La lueur du gaz dévoila la transparence du tulle de la jupe. Mes jambes paraissaient nues, à peine couvertes de la fine brume suggestive du tulle.

— Ce qu'i vont la beletter ! Avez vue comme elle est floupée ?

— On ne voit pas un peu trop mes jambes ?

— Si qu'on voit trop tes cannes ? Tu veux rire ! A la scène, toutes les femmes sont à poil. Très couvertes ou très allégées, c'est le pareil au même, que faut se dénuder, devant le spectateur. Sinon, celle qu'a rien à dire avec son corps, n'a qu'à rester chez elle !

— Oui. Peut-être... Dire avec son corps... répétai-je, pensive.

Je fermai d'abord les yeux, tant j'étais éblouie. Peu à peu, je me risquai à entrouvrir, puis à ouvrir les paupières. Il régnait sur la scène une étrange atmosphère de jour artificiel coulant du haut ainsi qu'émanant des côtés. Les costumes, déjà si artificiels par les paillettes, les perles, les fleurs, les tulles et satins, semblaient baigner dans un monde de liquide lumineux. On avait allumé plein gaz toutes les rampes, les herses et les grils. Les filles clignaient des yeux.

— Rapprochez-vous un petit peu ! disait une voix connue.

Je cherchai à voir son auteur, dans le flot de lumière. Mais, au devant de la scène, il restait caché sous un drap noir. Je compris. Duval ! Le photographe. Cela tombait bien. J'avais deux mots à lui dire.

Duval apparut, leva une main aux doigts en saucisse vers un long bâton, une sorte de manche à balai piqué au-dessus du trépied de la boîte photographique. Il battit le briquet, commanda « ne bougeons plus ! ».

Ce fut un éclair blanc et, aussitôt, une lueur rouge trouée d'un reste de soleil blanc dans mes yeux clos. Quand avait éclaté l'éclair de magnésium, j'avais vraiment souffert de mal aux yeux. Je rouvris les paupières dans un effort. Je me réhabituais à voir. Il s'élevait une fumée blanche qui partait de cette sorte de manche à balai.

Lorsque la fumée fut un peu dissipée :

— Blanche ! Il y a bien longtemps ! Si je m'attendais à vous trouver ici ! Que faites-vous ?

— Ça va.

— Passez-donc me voir chez moi ! je vous donnerai une photo pour vous.

— C'est que... chez vous, c'est loin.

— Je vous invite à dîner au restaurant.

— En quel honneur ?

— J'ai quelque chose d'important pour vous, si vous voyez ce que je veux dire.

— Oui. Dites où et quand.

— Ce soir, à la sortie.

— D'accord.

Duval affectait une civilité inattendue. Le dernier omnibus toujours pris d'assaut à la sortie des théâtres, des fiacres attendaient, qui étaient aussitôt assaillis par les hommes en haut-de-forme, tandis que les femmes relevaient frileusement le col de la capeline. Le photographe avait loué une voiture particulière. C'était un fiacre moins brillant que les dog carts ou les cabs attendant les bourgeoises ou les filles lancées. Mais j'appréciai l'attention de la voiture fermée par cette fraîche nuit. Il ordonna au cocher de nous conduire chez Randonneau. Un salon nous était réservé.

— Un émule de Casati pour la cuisine, précisa-t-il dans mon oreille devant le valet qui se courbait comme s'il voulait faire sa gymnastique, et nous serons plus tranquilles que chez son maître où va dîner tout Lyon.

A table, je ne prêtai aucune attention à ce que nous commandâmes. Que pouvait bien avoir à me dire Duval ? Dès la sortie du maître d'hôtel, je demandai au photographe :

— Alors ?

— C'est à mon goût le meilleur traiteur de Lyon. Vous me direz des nouvelles...

— En attendant, donnez-moi des nouvelles de Rougon, si vous pouvez.

— Doucement, doucement, fit-il en chuchotant. On pourrait nous entendre.

— Ici ? Fis-je en jetant des regards de tous côtés sans rien voir d'autre que les tapisseries de velours grenat qui cernaient le petit cabinet.

Il continuait à chuchoter. L'établissement ménageait la discrétion de l'apparence. Mais il était fréquenté par trop de diplomates pour que l'on se risquât à jurer qu'il ne comportait pas de dispositif d'espionnage par la rousse.

— Mais quel dispositif, grands dieux ?

— Des tuyaux acoustiques, des glaces sans tain, que sais-je encore ?

— Mais, dis-je en chuchotant à mon tour, quand parlerons-nous, alors ?

— Patience.

Je devais ronger mon frein, afin de ménager Duval.

Le sommelier arriva avec un seau où rafraîchissait du champagne. Je me laissai servir en lui demandant :

— Avons-nous commandé du champagne ?

— Oui, bien sûr, madame, du Veuf Jacquot.

Je ne haussai même pas mon verre pour considérer du dessus ce breuvage fait d'un petit vin blanc jeune avec éruption de gaz carbonique. Je le portai aux lèvres. Cela piquait déjà aux narines. Mauvais début ! Je fermai les yeux, retins ma respiration et avalai d'un trait. Ce n'était pas pire au goût que de l'ipéca. Par contre, cela piquait violemment à la gorge et dans la poitrine et j'eus presque instantanément la tête prise dans un étau.

De quoi parler avec cet homme, en attendant l'heure propice pour aborder le sujet ? Je demandai si la photographie marchait bien. Il répondit, sans attendre que le serveur en eût fini avec le potage d'asperges au vinaigre de Bourgogne. La photo ? Elle faisait mieux que marcher, elle courait ! Photos à la rousse, photos au spectacle, photos en portrait, photos très intimes, photos de paysage... la photo devenait peu à peu l'œil du monde.

— A ce point ?

— Tenez, dit-il en remplissant mon verre, reprenez donc du champagne et voyez derrière vous, dans ce cadre d'or. La photographie du pont Morand vu d'ici-même, c'est moi l'auteur.

La vue n'était pas mal réussie. Au premier plan, les marronniers en boules du quai des Brotteaux et de la place Morand. Au-dessus, montant un peu de biais, depuis la droite jusqu'au centre, le pont Morand flanqué à l'entrée de ses deux pavillons latéraux. Il se tendait au-dessus d'un Rhône d'huile où sommeillaient paisiblement les bâteaux-piscines. Au dessus encore, les immeubles au damier de fenêtres du quartier Tolosan en face. Enfin, au-dessus encore, Fourvières, les emplâtres de bâtiments religieux et la crête aux plissements de tissu. On ne voyait pas la vierge, tout en haut.

— Votre photo est retouchée ?

— Non, pourquoi ?

— Et la vierge ?

— Le patron n'en voulait pas. Elle a sauté au cadrage.

— Ah bon. Mais comment ?

— Un jeu d'enfant. La vierge apparaissait au bord de la plaque, en haut à gauche. Voyez la largeur de la bande que j'ai posée le long du cadre. Le tour était joué.

— Vous êtes malin.

Il remerciait. Il désirait me servir du lièvre en poivrade lui-même et demandait qu'on laissât le lièvre, après que fût desservi le relevé de quenelles d'écrevisses.

Je chipotais une cuisse de lièvre que j'avais demandée sans sauce. Il était malin ! Oui. On allait voir ça. On allait voir comment il tenait la boisson et si cela lui déliait la langue. A tant que faire, puisque je devais l'accompagner, j'aimais autant que cela ne fût pas au vinaigre.

— S'il vous plaît, minaudai-je, pouvons-nous avoir du vin ?

— Du vin ? certainement.

Il fit signe de ses doigts en saucisse.

— Garçon, portez une bouteille de... que désirez-vous ?

— Hé bien, demandez donc un « petit » Chambolle.

Après avoir ordonné au garçon d'appeler le sommelier :

— Sommelier ! apportez un Champs... de quel champs s'agit-il déjà ?

— Bol ! et de Musigny, s'il vous plaît.

— Oui ! Et surtout bien frais !

Pourquoi avais-je demandé ce vin, alors que je n'avais pas même le souvenir de le connaître ?

— Monsieur sera content, ajouta-t-il. Si Madame veut bien goûter ? Musigny 65. Félicitations, Madame, me glissa-t-il à l'oreille en me servant. Vous avez tout simplement choisi ce que j'ai de meilleur... et de moins bon marché !

Dans la chaleur et la fraîcheur mêlées, ce fut la mêlée des senteurs et de certain acide.

« La quintessence, c'est le Chambolle. Entre vigueur du Chambertin et velouté du Romanée : une merveille de finesse et de netteté ! un miracle ! »

Quelle était cette voix qui me faisait frémir l'échine ? La voix de père, jadis, me faisant goûter du Chambertin, et susurrant dans un petit baiser à ma tempe.

— Que voulez-vous, maintenant ? demanda le photographe devant le plateau de fromages.

Je n'avais pas changé de dessein, malgré le Chambolle de Musigny.

— Quand parlerons-nous ?

— C'est qu'ici...

— Ne pouvons-nous prendre une chambre ?

— Certes si !

Je crois que j'étais un peu éméchée. Je me laissai tomber sur le couvre-pieds de satin épinard. Mais j'avais ce que je désirais : le maquilleur de photos était gris à point ! Le Charme-Chambertin avait achevé de l'amadouer. Un peu doux, très bouqueté, corsé pour cinq ans, il était divin sur les fromages. Mais je ne m'étais pas abandonnée. J'en avais seulement dégusté un fond de verre, tandis que le champion du linceul obscur s'en envoyait trois ou quatre pleins verres.

La chambre sentait à la fois le douillet et le luxe. Les lampes luisaient doucement, sous des abat-jour de tissus pastels.

Il s'approcha, tendit les doigts en saucisse vers ma poitrine. Je me rejetai en arrière.

— Hé là ! Nous avons à parler, je crois.

— Ce serait plutôt « à faire », non ?

— Que savez-vous sur Rougon ?

— Vous le saurez quand vous aurez payé.

— Combien ?

— En nature.

— Evidemment ! Je ne suis plus une oie blanche. Je demandais quoi.

— Hé bien, montre ce que tu sais faire !

— Parlez avant.

— Hé ! hé ! voyez-moi ça ! Moi non plus, je ne veux pas me faire doubler. Si je parle, qu'est-ce qui t'oblige, après ?...

— Je... je respecterai les règles de l'honneur.

— Ça veut dire quoi ?

— L'honneur, vous connaissez ?

— Ça va ! ça va !

Le poussah s'asseyait sur le bord du lit, déboutonnait son gilet, désserrait sa cravate, se grattait la tête. Et enfin, il parlait. Enfin ! Il avait bien subtilisé le portefeuille Rougon. Seulement, sur l'arrestation, il n'y avait rien. Rien de rien ! Seul un rapport d'une date postérieure, émanant d'un agent de Nice, signalait le passage au poste-frontière voisin d'un client maquillé, fausse mouche et perruque, qui pourrait être Rougon et qui, après la fouille négative, avait déclaré se rendre à Naples pour embarquer vers le Sud. C'était tout. Mais c'était ultra-secret.

— Et c'est précieux, n'est-ce pas ? Car vous pouvez retrouver sa trace là-bas. Voilà ! A vous, maintenant ! Passons à « l'honneur » !

— Donnez-moi mon boléro, dis-je, glacialement.

— Mais, vous avez promis...

— De me conformer aux règles de l'honneur. Nous avons fait un marché. Je me donne à vous quand vous me donnez Rougon. Pas avant. C'est honorable.

— Tout de suite ! rugit-il en se dressant et s'approchant.

— A votre place, je préfèrerais plus tard et consentante. Ne gâchez pas tout, Duval ! vous n'êtes pas un sauvage.

— Je vous aurai consentante tout de suite.

— Comment ?

Il souriait, sardonique. Il tendit les mains vers moi. Je me reculai à nouveau. Il ricana :

— Attention ! J'ai des photos, beaucoup de photos. Je vous en ai porté quelques échantillons.

Les photographies étaient celles de filles que je ne connaissais pas. Soudain, je reconnus Rose.

Elle était nue, accroupie devant un homme également nu. Le phallus disparaissait, introduit dans sa bouche, en grande partie. La partie qui restait visible paraissait sombre, presque noire. De plus, un miroir montrait le cul de Rose. Ses fesses étaient ainsi étalées, ni belles ni laides, assez blanches, coupées en leur milieu par le sillon ombreux, plus bas ornées de la touffe noire où paraissait vaguement la trace plus claire des lèvres.

Je fermai les yeux. Le Chambolle et le Chambertin tournaient dans mon ventre, dans ma tête. Je n'y voyais plus. J'y voyais trop.

Une nausée montait.

Quel irrespect, faire étaler pour gagner sa vie, faire vendre comme vulgaire objet ordinaire, ces secrets profonds qu'on montre seulement en cadeau à qui l'on aime !

— Donnez-moi de l'eau ! de l'eau fraîche, Duval !

— Pas mal, hein, la petite Rose ? Voyez-vous, chère amie, j'ai tout ce qu'il faut, en photos... J'ai aussi, par exemple, certaines photos de l'affaire des mitrailleuses de Perrache. Nul ne le sait. J'étais caché avec ma boîte sous une bâche de charriot. J'agissais pour mon propre compte. Certaines valent de l'or ou bien de la prison, selon le choix.

— Et alors ?

— Et alors, sur l'une d'elles, on vous reconnaît très bien.

— Ordure !

Il tendit à nouveau ses doigts en saucisse que je commençais à prendre en horreur. Je me reculai, pour la énième fois.

— Encore ! Mais puisque j'ai la preuve. La photo ne ment pas.

Alors, je lui lançai tout à la face. Ah ! la photo ne trompait pas ? Et où avait-il vu cela ? Sur sa photo du pont Morand ? avec ce fleuve d'huile qui ressemblait au Rhône comme moi à l'Impératrice ? Mais, dis-je sur un ton sec, sortez ! sortez donc le voir, ce fleuve musculeux, ce fleuve prêt à tous les débordements, ce fleuve couvant dans ses remous les tempêtes prochaines !

Ah, l'image ne ment pas ? Où en a-t-on la preuve ? Sur sa photo sans vierge d'or ? Sa photo truquée sans cette hideuse idole, sans ce veau d'or qui marque de son sceau toute la ville ?

Que dirait donc Jacques Vingtras ? Que dirait-il de Lyon amputée par tour de passe-passe de cette enseigne de pierre dorée si éloquente de son être ?

Deux montagnes, l'une où trône la Vierge, une vierge d'or qui a la tête dans le ciel...

— Et que dit la photo-vérité ? pschuit ! plus de vierge d'or ! envolée ! Une vue très choisie, n'est-ce pas ? C'est ça, la vérité de la photo. Laissez-moi rire, avec votre preuve de photo ! Laissez-moi rire !

Je le repoussai des deux mains, violemment. Il retomba assis sur le lit. Je me mis à marcher en long et en large.

— Bas les pattes, Duval ! votre photo de Perrache, vous pouvez vous la mettre où vous voulez ! Elle ne prouve rien. Qu'avez-vous à montrer à la justice ? Une plaque impressionnée, une couche de sel d'argent faisant taches noires et blanches. Une « image » après je ne sais combien de manipulations, cadrage, ouverture, tirage positif, tirage négatif, fixation, recadrage, et quoi encore ? Une image inversée la tête en bas et les pieds en haut ! Une image trafiquée à travers des lentilles déformantes nommées par on ne sait quelle perversion : « objectif » ! Laissez-moi rire, Duval. C'est ça, votre « preuve » ?

— Mais enfin, la vérité de l'image est maintenant universellement reconnue, s'étranglait-il.

— Oui. Je sais. Il n'y aura plus, bientôt, de vérité que

l'artifice de l'image. Voyez les illustrations de gazettes. Voyez les réclames. Voyez les cartes postales. Le danger nous menace que l'art éclipse la nature. Il ne manquerait plus que l'image animée, pour nous plonger complètement dans un univers de la supercherie ! Pour peu que cette image entre au domicile de tout un chacun et montre chaque jour sa « réalité », le monde serait au pouvoir sans partage de son manipulateur ! Le monde serait mis en boîte !

Mais ne comptez pas sur moi pour prendre des vessies pour des lanternes, Duval. Vous connaissez l'histoire de la caverne ?

— Quelle caverne ?

— La caverne de Platon.

— Moi, vous savez, je ne suis pas lyonnais d'origine.

— De toutes façons, vous n'y eussiez pas rencontré Platon dernièrement place Bellecour !

Le photographe manifesta encore la volonté de se lever en tendant son bouquet de saucisses vers moi.

— Bas les pattes ! Restez assis ! Ecoutez, ça vaut la peine.

Il était une fois, contai-je alors, un esclave né dans une caverne où il était enchaîné. Comme il se trouvait maintenu par un collier, ceci l'empêchait de se retourner pour voir derrière lui, au dehors. Seules les lueurs et les ombres se projetaient sur l'écran, devant lui. Il croyait que le monde était fait de choses bizarres, qui semblaient des hommes mais n'étaient que des formes plates, faites de points juxtaposés, sans vie et sans âme, qui jouaient simplement pour distraire ses yeux un jeu qui n'avait rien à voir avec la vie.

— Et alors ? demanda le photographe.

— Alors, mon vieux Duval, tu sais que j'ai pas mal de connaissance dans la rousse et la justice. Ce que tu ne sais peut-être pas, c'est qu'elles ne peuvent rien me refuser. Un conseil : laisse tomber Perrache. Ta photo ne vaut rien et Andrieux a déjà promis de classer l'affaire pour Rose et pour moi.

— Dans ce cas...

— Ce n'est pas tout, Duval. J'en ai assez, j'en ai par dessus la tête, de tes manigances. Je ne suis pas la petite gourde que tu crois. Je te fais pincer demain matin pour tous tes trafics, si tu ne me donnes pas un tuyau solide.

— Ça va, ça va ! T'emballe pas. On peut toujours négocier, non ? Vas voir le consul de Tunisie. A mon avis, il sait quelque chose pour toi.

* * *

XXIII

— Le bâteau du consul, c'est bien celui-ci ?

— De quoi ?

Les lavandières étaient agenouillées sur le bord de la « plate », tout près du quai. Elles relevaient leur poitrail imposant, laissaient tomber leur boule de linge, essuyaient une mèche en levant un bras nu et musclé sur le front, mettaient les mains rouges aux hanches de débardeur, et me dévisageaient, la mine peu amène.

— Le consul de Tunisie. C'est bien son bâteau ?

— Sais pas trouver ta soupe autrement qu'avec ton cul ?

Elles me prenaient pour une courtisane dans la dèche.

— J'ai besoin de rencontrer le consul. Est-ce bien son bâteau ?

— Oui, cette plate remplie de giflards, qu'ont l'air ni plus ni moins que de la rafataille, il se dit qu'est n'un palais flottant !

— A ta place, drolette, que t'es plutôt canante, je

regarderais z'où je mets les grolles ! A ce qu'y paraît qu'i se les coufle toutes.

— Vraiment ?

— Oh ! y a qu'à voir la cale des gognasses qui sautent la passerelle tous les jours, pour voir qu'elles i sautent pas que sur la passerelle !

— Ouais ! ajoute une autre. Et encore, sont pas toujours bien floupées comme toi !

Dans le miroir plombé et déformé du Rhône, entre les colliers fleuris de mousse lâchés par les lavandières, je parvenais à distinguer un peu mon image. Elle se formait par morceaux : les cheveux blonds flous, en masse soyeuse à peine retenue par un lien à nœud noir, le boléro d'épaisse faille noire gonflé par les renflements du bustier rouge vermillon, aux arrondis bordés de chapelets de glands suggérant chaque sein, la vaste robe de faille vermillon en cloche souple qui masquait ou suggérait mes hanches. Je n'avais pas voulu aller voir le consul en tenue banale.

— T'as raison, petite ! Faut savoir ce qu'on veut, et ce qu'on veut montrer ! avait approuvé Rose qui me prêtait cette robe, une des nombreuses tenues acquises en maison.

Cette robe m'étant quelque peu étriquée, elle soulignait d'autant mon relief.

Le voilier du « pacha » était amarré au quai de la Guillotière. Avec son gros mât arrogant qui n'en finissait pas, cela avait dû être un travail d'esclave que de remonter le Rhône en démâtant pour passer sous les ponts. Sa grande voile en triangle pendait, faseillait, flottait sans raison. On eût dit un vaisseau fantôme.

A cette heure du soir, le fleuve était gris de plomb. Le ciel s'étendait en gris d'étain et les structures du bâteau se découpaient au trait à la mine de plomb. Seule lueur : une sorte de halo rosé se devinait au Sud.

Les serviteurs, muets, torse nu sous le gilet damassé, m'ont fait entrer dans une assez grande pièce garnie de tapis, de tentures, de voiles. On me servit le thé dans une théière en argent et dans un verre taillé. Je humai d'abord, afin de ne pas me brûler, la menthe et le jasmin. Puis, je remarquai la coupe à gâteaux.

Lichotant un gâteau qui dégoulinait d'huile et de miel fondu, je l'enfournai tout entier dans ma bouche. Je mâchai le mélange de gras, d'arômatique et de sucré. Je me suçai les doigts en regardant les hublots rougir. Cela venait du couchant ou du Sud. Avant le crépuscule, une vague de lueur rouge, quelque chose comme un mascaret de lumière rubescente, arrivait du nouveau monde... ou de l'ancien. Le thé à la menthe brûlait et glaçait.

Là-bas, les villes étaient blanches ou peut-être roses. On n'y travaillait pas dans les mines d'enfer, dans les usines noires, dans les écoles de ténèbre. Sur le sable blanc délugeait la cataracte du soleil. C'était l'empire de la lumière, régnant partout en maîtresse, et débordant au-dessus de la mer, jusqu'à laisser échapper ses reflets aux bords du continent.

Le thé à la menthe brûlait et glaçait toujours.

Comment serait le consul ? Avec le raffinement du mobilier, je pouvais attendre l'arrivée d'un homme en vêtements fins, orné de pierreries, arrosé de parfums entêtants et huilé d'extraits de plantes rares.

Le thé à la menthe brûlait et glaçait encore.

Il entra. Petit gilet noir damassé d'or, pantalon bouffant de tulle blanc brodé d'argent. Mais il parut, une fois assis en tailleur à mes côtés, plus massif, plus austère, moins embaumé que je n'eusse attendu. A ses épaules roulaient des muscles secs sous le bronze de la peau. A son visage se tendait une grosse moustache noire, raide et drue.

— Buvez ! ordonna-t-il en me montrant un gobelet d'argent.

Cela incendiait. Qu'était-ce ? Je l'ignorais. Un alcool

fort, à n'en pas douter. Il y en avait beaucoup trop pour moi.

— Buvez ! ordonna-t-il encore en me montrant à nouveau le gobelet d'argent.

Jamais je ne pourrai tout boire. Mieux valait parler tout de suite.

— Je vous remercie, Monsieur le...

— Attendez parler. Boire !

— Pardon ?

— Boire ! dit-il en tonitruant d'un air terrible.

Je n'avais pas le cœur à rire. Il fallait me concilier ce matamore qui n'avait rien à voir avec le pacha raffiné que j'espérais. Je m'emparai d'un gâteau rond qui semblait farineux, bien étouffant, propice à éponger. Je fermai les yeux, portai le gobelet à la bouche, renversai la tête et déglutis. Cela brûla. Je mordis et avalai presque aussitôt une bouchée de gâteau sablé. En plusieurs nouveaux coups de tête et autant de bouchées, je vidai le gobelet.

On avait apporté un long narguilé duquel il tirait des bouffées de fumée bleue arômatique. Ma tête plongeait dans un voile de brume. D'abord une légère brume à fragrance de tabac fin, puis une épaisse fumée lumineuse, rose, violemment parfumée au jasmin, au musc et à la menthe.

Je fumai à mon tour.

Soudain, l'homme se levait, s'approchait dans la brume, glissait les mains sous mon boléro, posait ses paumes chaudes sur mes épaules, me penchait en arrière en enfonçant ses pouces dans la chair du haut de mes seins, me déposait sur les coussins, retirait ses mains, cueillait de deux doigts les bords de la faille vermillon de ma robe, les soulevait, les remontait, remontait encore, attrapait à pleines mains mes genoux, se prosternait, enfouissait les moustaches entre mes cuisses. Je ne voyais que la brume rosée. C'était une bise piquante et à la fois un zéphir de douceur qui durait, qui durait, puis soudain devenait lame de plaisir.

— Pas dormir !

— Comment ?

— Pas dormir ! répétait-il.

Il était toujours accroupi à sa place, moi à la mienne. Je ne dormais pas. Je... songeais. Excusez-moi, dis-je en me sentant rougir.

Il me scrutait en rapetissant les yeux.

— Monsieur le Consul, je viens vous...

— Attendez parler ! dit-il en se levant.

Il s'approchait vraiment de moi, me relevait des deux mains, se baissait pour saisir à poignées le bas de ma robe qu'il troussait comme l'arrachant et qu'il coinçait en le bourrant dans ma ceinture. Alors, il m'empoignait aux cuisses d'un claquement, me soulevait d'un coup de rein, m'installait à califourchon sur lui. Il fleurait la sueur. Je sentis brusquement la flèche de sa main me fouiller.

Avec quelque confusion, je me souviens que je me cramponnai à ses épaules. Aussitôt que je le sentis en moi, je ne pus m'empêcher de l'étreindre, de me lever et m'abaisser sur lui, de m'agiter violemment, accrochée à ses bras musculeux qui me tenaient fermement aux cuisses, jusqu'à ce que jaillit une fontaine lumineuse qui explosa et se mit à pleuvoir une pluie de lumière, tandis que le « pacha » grognait et se mettait à tituber, relâchant son étreinte, laissant tomber mes jambes qui touchèrent terre.

— Je venais vous demander, Monsieur le Consul, si vous connaissez un homme qui serait parti chez vous voici près de vingt ans. Son nom est Rougon.

— Non. Pas connaître.

— Pouvez-vous faire des recherches ?

— Pourquoi ?

— Mais... je vous le demande.

— Moi, demander rien.

— Ça, alors ! C'est comme ça que vous traitez les femmes qui... avec qui vous faites l'amour, chez vous ?

— Vous traiter hommes comme marché. Ça, pas amour.

Par exemple ! Cette espèce de matamore pour qui j'ai dû... et encore en me forçant à boire ! Voilà qu'il me donne des leçons d'amour ! Ah, ça, alors ! On aura tout vu !

Je ne suis tout de même pas repartie bredouille. Qu'avais-je à perdre avec de l'audace ? La première surprise passée, j'ai riposté :

— Excellence, il serait préférable que vous collaboriez.

— Collaborer ? Quoi dire ? demanda-t-il, soudain plus amène.

— J'appartiens à une organisation révolutionnaire qui serait navrée d'avoir à poser une bombe sous votre bâteau.

Il rit, mais sans provocation, avec une sorte de respect.

— Femmes d'Europe terribles, dit-il. Je vais donner ordres. Roukon ?

— Rougon. Virgile Rougon.

— Vous aurez message avant sept jours.

Sous la passerelle, le fleuve grondait, noir et menaçant. Nulle lueur ne venait plus du Sud. Mais je rentrais avec une petite lueur en moi.

— T'en as, une tête ! s'exclamait Rose en m'ouvrant la porte de notre chambre. Alors, la robe rouge a fait son petit effet sur le « pacha » ?

— Ce serait plutôt quand le pacha l'a relevée, que l'on eût pu noter quelque gros effet...

— Ah !ah !ah ! Bon ! Et... après, il a causé ?

— Non. Pour un peu, il m'eût renvoyé sans rien.

— Goujat.

— Oui, mais j'ai eu une idée.

Je contais mon stratagème.

— Bravo ! conclut-elle, t'es une bonne fille. Y a qu'à attendre un peu, pour ton père. Mais pour le reste, faut pas traîner. Les choses s'accélèrent.

Je lui demandai des explications. Elle attendait d'une minute à l'autre Albert Richard qui avait demandé à nous rencontrer.

— Lui ? m'exclamai-je.

A peine avions nous pris le café, qu'on frappait. C'était un type en casquette. Nous le suivîmes. Rue Mercière, nous passâmes une porte cochère, nous nous engouffrâmes dans un escalier qui descendait sous terre, derrière notre guide qui avait allumé une chandelle. La descente était malaisée, en brodequins à talons hauts, sur des degrés glissants d'humidité. Puis, nous passâmes par un couloir aux parois ruisselantes, dans une salle vide dont on ne distinguait pas le fond, encore par un couloir voûté. Après une marche presque aveugle, la chandelle s'éloignant parfois un peu trop loin devant, nous pénétrâmes enfin dans un réduit éclairé de deux lampes dressées sur une table.

Un homme se leva, se découvrit en nous désignant un banc. C'était Richard que je n'avais pas reconnu, caché sous un vaste chapeau à larges bords. Il se rassit et renversa le chapeau sur la table. Un vrai petit garçon sage, au front barré de deux sillons d'inquiétude.

— Comment cela va-t-il, Albert ?

— Pour moi, cela va assez bien, Blanche, merci. Mais les événements se précipitent.

Il les conta en quelques phrases courtes et précises. Mac Mahon venait d'occuper Issy-les-Moulineaux. C'était le siège en règle de Paris. La capitale assiégée par les Versaillais. On annonçait la reprise du bombardement. La Commune agissait. Décret de reprise des objets au Mont-de-Piété. De suppression du travail de nuit des boulangers.

De remise générale des loyers. De retardement du remboursement des échéances...

— On ne peut laisser Paris lutter seul, conclut-il.

— Que faut-il faire ? dit Rose.

— L'insurrection de Lyon est finalement fixée à dimanche, le jour des élections.

— Est-ce bien choisi ? demandai-je.

— La question est tranchée. Ce n'est pas le moment ni le lieu de... D'ailleurs, oui, je pense le moment bien choisi. Les élections sont un piège pour canaliser le mécontentement. Nous, nous voulons le faire éclater...

Il développa un moment ses arguments, conclut en nous demandant de participer à l'insurrection.

— Quel est le plan ? Avons-nous un programme ? demandait Rose.

Une voix s'éleva dans l'ombre, du côté droit. Elle était sourde, profonde, prophétique, à l'accent slave, roulant les R :

— Quand toits de Parrris s'effondrrrent sous boulets de Verrrsailles, il n'y a qu'un prrrogrrramme : action.

L'auteur de la voix s'approcha. C'était un jeune homme grand, le front haut et les cheveux blonds frisottant sur les tempes.

— Il faut donner pouvoirrr aux communes et suprrrimer état. Mais il faut d'aborrrd insurrrection. Sans organisation, fainéants Lyonnais resterrraient à rien fairrre, pendant que Parrrisiens se font hâcher menu, avec femmes et enfants.

Le jeune homme avait les yeux vairs. Son regard semblait se perdre au loin.

— Je pense, comme grrrand Michel,* Parrris courrrageux mais perrrdue. Lyon derrrnière chance de Rrrévolution en Eurrrope. Il faut jouer va-tout.

---

* « Le grand Michel » : Bakounine qui a animé l'insurrection de septembre 70 à Lyon

— Vous avez raison, dis-je, fascinée par les yeux vairs et par le ton prophétique.

— Je suis plus optimiste que Bischoff, précisait Richard. Et d'autant mieux partisan de tout miser sur l'insurrection. Il ne faut pas hésiter.

— Bien sûr ! ajouta Rose. Qu'attendez-vous de nous ?

— C'est simple, répondit Albert. Parmi les précautions à prendre, il y a deux spécialistes anti-émeute que nous ne devons pas laisser agir. Il s'agit d'Andrieux et Vajaune. Vous les connaissez. Vous devez les neutraliser.

— Comment ?

— Jolies femmes, vous n'avez pas besoin d'un dessin, je suppose...

Ça, alors ! c'était la journée des surprises ! Voilà que les révolutionnaires me demandaient de...

— Il faut agir quand ? demandait Rose, plus réaliste.

— Immédiatement.

* * *

XXIV

— Avez-vous vu deux poulets roussins dans le coin ?

— Deux poulets ? Si c'est qu'i vous n'en faut des z'à plumes, allez-vous-en n'au marché, que si en trouvez pas des tout plumés pour les lentilles, faudra z'en saigner ! Mais si c'est des z'à poils, n'y a de pas bien loin ! dit le patron en lorgnant sur deux individus attablés au fond de la salle.

Ils portaient casquette et blouse gros bleu. Mais ils avaient en effet bien l'air déguisé. La préfecture entretenait des indicateurs, voire carrément des commissaires dans chaque bouge, chaque mastroquet, chaque lieu de rendez-vous, chaque salle de réunion. Seulement, ces roussins n'étaient ni le commissaire Vajaune, ni le procureur Andrieux. Notre gibier ne se trouvait pas dans cet établissement, pas plus que dans ceux que nous avions déjà visités. Où pouvaient-ils traîner ? Faudrait-il faire tous les mastroquets ?

Nous avions commencé par la rue Basse-Combalot. Entre les terrains vaguement marécageux, aux ajoncs hirsutes et puants et les petites maisons de bois, basses et sombres, aussi puantes et envahies de vermine, la chaussée restait une des rares qui fussent pavées à La Guillotière. Ce quartier, misérable et mal famé, contenait la plèbe lyonnaise : paysans sans terre, ouvriers apatrides, petits métiers à la sauvette, mendiants, chopineurs, forçats en rupture de banc, chapardeurs et chourineurs. Non seulement il fallait essuyer les réflexions particulières des soiffeurs et des riboteurs qui saluaient vivement notre passage dans la rue, mais il fallait mettre la tête à l'entrée de chaque mannezingue, en quête du policier ou du procureur, comme on plonge le visage sous l'eau à la recherche d'un objet perdu. C'était noir, fumeux, humide, puant et assourdissant.

Je passe sur les salutations qui accueillaient deux jeunes femmes plutôt bien mises !

— Chérie, c'est pas la Croix Rousse, ici ! Pour si peu que t'as un coup de fion, t'aguinchent toute, des fumerons à la cale et sans oublier la culasse ! notait Rose.

— Tu parles à nouveau lyonnais ?

— Ah oui !... C'est que... peut-être est-ce l'inspiration du lieu à parler la langue du pays, puisque nous voici à nouveau hors de la ville barge et de son beau parler !

— Vous les aguincherez peut-être n'en place du Pont, avait dit un tenancier. Le bruit courate en ville que ça commencera à « La Guille »*. N'y ont mis z'une de ces basse-cour que c'est dur de pas n'y marcher sur les pattes ni la crotte !

— Brrr ! Je n'aimerais pas me promener ici seule la nuit !

— Oh, tu sais, faut souvent brider son âne par le cul !

---

* La Guille : La Guillotière.

Et tu te rends compte que ce n'est pas si terrible. Car la vie, c'est la nuit en plein jour...

Il fallait poursuivre. J'avais conscience du risque que nous courions à hanter ces lieux où l'on vous chourinait pour trois pièces aux coins des rues, où l'on devait vous traîner et vous violer sans pitié dans les terrains marécageux derrière les maisons... Mais les voies de la Révolution ne sont pas toujours royales, pavées d'or et couvertes de tonnelle de roses ! Nous nous étions engagées sur une route ténébreuse, dans le désir de la lumière. Il fallait poursuivre.

La place était brune de monde, de paysans en chapeaux noirs, d'ouvriers en casquettes, de vagabonds en vague bonnets de haillons, d'aventuriers en haut-de-forme délavés. Tout ce beau monde voletait et caquetait. Mais ce n'étaient toujours pas nos poulets ! Il y avait bien des volailles à vendre qui gisaient les pattes liées. Mais nous devions plutôt aller voir en face.

Le café faisait pendant à celui de la mairie, place du Pont. Tout autour, le cercle des petites maisons coquettes, badigeonnées d'ocres, roses, bleus pâles et verts tendres, cachait la misère et éclairait de quelques couleurs le jour obscur d'un soir de pluie.

L'établissement semblait le plus propre du coin, luxueux même, après les bouges incroyables de la rue Basse-Combalot. Cela ne l'empêchait pas de se trouver parfaitement enfumé d'une espèce de brume jaunâtre à l'odeur âcre et piquante aux yeux. On était attablé, on parlait haut, on buvait, on fumait. Il y avait là des hommes et des femmes de tous âges, l'œil sur le pot, la cigarette roulée pendouillant aux lèvres. Mais pas de bourgeois ni, à plus forte raison, de bourgeoise.

Rose commanda deux pots et se mit à scruter discrètement les occupants. Casquettes et bonnets de laine défilaient.

— Alors, ces tourtes, c'est que se sont pas bien vendues ?

— C'est tout le bout du monde si j'en ai décanné trois ! Que les pauvres, z'ont la pipi mais z'ont pas de l'argent.

— Vas-t'en y vendre z'en Bellecour !

— Ouais ! Chante que tu chanteras. Qu'i mangent pas de la tourte ! Y a bien de l'abonde pour les gognasses bien floupées, va, dans les vinaigres de Bellecour !

— C'est-y quand que ferions le ménage ?

— Patience, à ce qu'y paraît qu'on prend les fusils demain.

— Demain ? Encore les fusils ! C'est pas encore que pour se faire tirer comme calendres et rentrer à la maison sans même s'emmener les morts ?

— Hé non ! Que cette fois, c'est la bonne ! A Paris, tiennent toujours. L'Europe aguinche la France. Y a des anarchistes russes à travers nous. Et une troupe z'armée qu'arrive de Genève.

Rose avait lentement passé en revue tout un côté de la salle. Quand j'eus cette sensation particulière d'être regardée dans le dos.

Je me tournai.

— Ah ! les roussins, regarde ! lança Rose.

— Ben alors ! dis-je, soufflée, nous qui les cherchions partout...

— C'est vrai qu'ils ne se fatiguent pas à se camoufler !

— Bienheureuses, ajoutai-je, s'ils cachent encore leur queue !

— Ah ! ah ! faudrait voir de plus près !

On ne pouvait dire qu'ils se cachaient. Deux hommes étaient apparus, dont l'un portait cheveux et collier jaunes. C'était Vajaune, dans son éternelle jaquette grise, précédé d'Andrieux, en redingote noire. Ils venaient d'entrer et cherchaient tout bonnement du regard une table libre. Avant qu'ils aient eu le temps de passer en revue toute la salle, Rose courait à eux, leur glissait deux mots, et revenait, suivie de notre gibier.

Autant Vajaune était négligé, la jaquette élimée et pas nette, la chemise tâchée, autant Andrieux se présentait toujours tiré à quatre épingles, sa redingote impeccablement brossée, son nœud frais repassé, son col blanc immaculé. Comment faisait-il pour rester aussi propre, à traîner dans les cloaques de la ville ?

— Vous offrez le boire ? une chambre ? demandait Rose sans ambage.

Vajaune commençait à ricaner en nous jetant un œil lubrique. Mais Andrieux répondait, cassant :

— Nous sommes en service, mesdemoiselles.

— Qu'est-ce qui vous empêche de servir, en service ? Hein, Blanche, que tu pourrais bien le faire servir !

— Ça suffit ! trancha-t-il.

Et, se tournant vers moi :

— Vous me surprenez, Madame, regrettablement. La prostitution n'est pas de votre étage.

— Et qui vous parle de prostitution ? fis-je, en prenant l'air offensé.

— Excusez-moi, j'avais cru... répondit Andrieux en baissant la voix. Excusez-moi.

A la table voisine, un jeune homme à la lèvre inférieure prononcée, cheveux et rouflaquettes noirs et bouclés, regardait obstinément son pot plein devant ses bras croisés. Je n'eus pas été surprise d'apprendre dès lors qu'il nous écoutait. Un silence s'installa, épaissi par la rumeur de la salle. Andrieux se mit à jeter des regards incendiaires à Vajaune qui ricanait à nouveau.

— Bon ! dit alors, Rose à Vajaune, nous montons. Une petite question à régler. D'accord ? Débrouillez-vous, les amoureux !

Quelques regards de velours, et Andrieux avait cédé. Il ne me prenait cependant pas pour la première pierreuse. Car il avait demandé la plus belle chambre et une bouteille de côtes de Lagarde ou sinon de Paréol.

Heureusement ! Car cette chambre était habitée, lorsque nous y pénétrâmes, d'une cohorte de cafards qui s'enfuirent sous la lueur de la chandelle vers les ombres des côtés. Dans la pénombre, je pouvais douter de l'état de la literie, de sa couleur et de ses habitants ! Voici qui ne me prédisposait guère à la galanterie que j'étais cependant censée exercer pour répondre à la demande du comité insurrectionnel.

— Monsieur le Procureur, je désirais vous parler seul à seul, depuis longtemps.

— Pourquoi donc ?

— Je cherche la trace d'un ami.

— Vous m'aviez déjà demandé, par la voix de Malou. Je vous ai répondu que...

— Maintenant, c'est moi qui demande. Et... je n'ai pas les raisons de Malou d'être regardante sur le paiement.

— Ah ? Vraiment ?

Andrieux n'aimait guère, sans doute, se rappeler que Malou lui avait cloué le bec d'une manière un peu sèche. Cela se voyait à sa mine durcie. Mais mes propos le piquaient, cela se voyait aussi à ses mains. Il me tendait un verre de côtes qui frémissait comme la surface d'un lac à la montée d'un coup de vent.

— Alors, reprit-il, sur un ton d'un calme exagéré, ce... paiement ?

Le côtes était fin et corpulent, sans doute un des meilleurs. Il donnait de l'aplomb.

— Une heure au lit, dis-je, pour la région où se trouve Rougon. Une nuit pour son adresse précise et garantie.

— Ah, bien ! vous, alors ! fit-il, éberlué.

Il se rendit à la fenêtre, ouvrit le volet, laissa entrer le flot mou du jour gris dans la chambre. Il restait dans l'embrasure, ses mains en appui sur la bordure, observant la foule sur la place.

— C'est que, ajouta-t-il, tout en continuant à scruter, il nous faudra attendre un peu.

— Attendre quoi ?

— Il faut que j'envoie quelqu'un au palais.

— Envoyez-donc. Vous ne manquez pas d'agents, disséminés sur cette place.

Je n'avais pas plutôt dit cela, qu'il frappait dans ses mains, et faisait un signe. Quelques secondes après, on toquait à la porte, il l'ouvrait et sortait palabrer. Puis, il était de retour et me resservait du Côtes.

Il referma les volets. La chambre se trouva de nouveau obscure autour du halo de la lampe.

— Puisque nous avons du temps, si vous me parliez de l'insurrection, demandait-il.

— Pardon ?

— Oui. Vous êtes au courant. Ne faites pas l'enfant.

— Je veux bien de votre petite lumière dans l'obscurité. Mais abstenez-vous d'en faire usage à la manière de la police, en la braquant sur mes yeux. Nous sommes convenus que je fasse la femme, si vous me donnez les renseignements, et non pas la moucharde !

Il me dévisagea en silence. Puis déclara :

— C'est juste. Je n'insiste pas. Je n'aimerais pas trahir les miens.

— J'ai pourtant ouï dire que vous avez tourné la veste.

— On parle sans savoir. J'ai beaucoup fait sous l'Empire pour la République. Nul ne l'ignore parmi les gens informés. Mais j'ai compris en septembre* que la populace est capable de tout et de rien. Une foule en désordre, c'est le mal en liberté. On vous clot le bec, on vous étripe, et tout ça sans but, pour rien.

— Votre jugement est bien celui d'un Louis !

— Ne plaisantez pas. J'abhorre le despotisme et je révère la démocratie. Mais mon opinion est nette : il faut une république de l'ordre.

— C'est une conception.

— Je défends ma conception au grand jour. Je ne

* Septembre : l'insurrection de fin septembre 70 à Lyon où les dirigeants anarchistes jouèrent un rôle notable.

connais pas beaucoup de gens qui se battent comme moi, eux-mêmes, dans la rue.

— Je reconnais. Vous êtes d'une autre trempe que les bourgeois lyonnais qui demandent la troupe dans la rue et partent à la campagne.

— Ainsi que je reconnais la noblesse du reniement de votre famille pour le choix du camp des révoltés.

— Nous n'allons pas nous pommader !

Le procureur me demanda si j'avais des enfants et si je voulais qu'ils s'inspirassent de mes idées. Je dis deux mots du petit Georges, pour lequel je n'avais plus à me soucier de rien. Puis, comme je demandai à mon tour à Andrieu s'il avait une descendance, il répondit très dubitativement qu'il ne savait pas s'il désirait avoir un garçon qui lui ressemblât et s'appelât Louis comme lui. Car, prophéra-t-il, son enfant peut fort bien être aussi son contraire. Et qui savait la destinée d'un nom ?

— Je m'inquiétais de cela, moi aussi.

— Vous voyez. Nous étions faits pour nous rencontrer. Il doit y avoir quelque coïncidence entre nous.

— Coïncidence ? Nous verrons... dis-je énigmatiquement, sans avoir prémédité cette réponse ni son ton.

Il me regarda avec une inquiétude !

Pfoum ! Je me retins avec grand peine d'éclater de rire. Monsieur n'était-il pas si assuré que cela de son pouvoir de « coïncidence » ?

Mais le silence de l'attente s'installa. La chambre devenait plus sombre encore qu'à notre entrée, comme si la brève irruption de la lumière du jour l'eût nettoyée de toute clarté. L'atmosphère était lourde. J'étouffais. Je me détournai, déboutonnai discrètement quelques boutons de mon corsage de satin ras-de-cou.

— Cela ne vous dérange pas, si j'allume le gaz ? demanda-t-il.

— Faites.

Il ouvrait les robinets et les allumait un à un.

Progressivement apparaissait le décor, un confort suranné et peu soigné pour marchands de passage. Les rideaux et le dessus-de-lit de gros velours bleu-roi fâné répondaient aux murs rose-clair pâli dont les motifs, rayures en bandes étroites bleues entrelacées de feuillages noirs, s'effaçaient plus ou moins selon l'exposition.

Andrieux s'était précipité pour ne pas laisser échapper le gaz, enflammant successivement les sept becs chuintants de chacun des deux lustres en appliques de part et d'autre du lit. Alors, je constatai un étrange phénomène de réflexion.

Dans la glace qui s'étendait sur le mur opposé se reflétèrent les flammes, animées chacune de son sort. Elles luisaient en se succédant, et se multipliant. Ainsi apercevais-je un signe dont je ne compris que plus tard le sens. Les deux fois sept flammes des lampes à sept branches se reflétaient comme quatorze chapitres d'un conte, qui se trouvaient multipliés par deux dans le miroir où ils se reflétaient, différents et identiques, semblables et opposés, jeu où permutent les rôles... Toutes ces flammes n'étaient autres que les feux de la vie, fragiles, vacillantes, mais tenaces, rayonnantes, illuminant la nuit barbare d'une aventure merveilleuse.

J'aperçus soudain le regard d'Andrieux. Il n'errait pas sur les murs ni dans le miroir. A la clarté artificielle, l'homme fouillait éperdument des yeux dans mon corsage déboutonné. Je m'approchai de la petite glace de la coiffeuse.

La robe de gros satin bleu clair s'ouvrait au gré du boutonnage défait, jusqu'à mi-hauteur de ma poitrine, sur l'espace sombre au milieu de ma gorge blanche, les arrondis à peine visibles mettant un peu en évidence le pointement de part et d'autre sous l'étoffe.

— Devons-nous vraiment attendre le retour du coursier ? dit Andrieux, la voix sèche.

— Oui, vraiment ! fis-je, en m'efforçant à la rudesse.

— De toutes façons, nous sommes d'accord. Je vous donnerai ce que vous demandez. Davantage, si vous voulez. Ce n'est qu'une question de temps. Vous avez ma parole. Donnez-moi ce que je veux et que vous pouvez donner tout de suite !

— Vous êtes bien impératif, mon ami. Dans le marché avec une femme, le policier est peut-être en mesure d'ordonner, mais pas l'homme. Il vous faut apprendre cela.

— Mais je ne dis pas le contraire. L'homme vous prie.

— Vous me priez, vous, le procureur Andrieux ?

— Vous n'avez pas confiance ?

Je me tus. A quoi bon le blesser ? Mais comment faire confiance à l'ex-partisan des blousiers devenu chef des jaquettes ? Comment faire confiance à un procureur de la République, ancien ténor démocrate devenu champion de la lutte anti-révolutionnaire ? Et puis, comment faire confiance à un homme en position de pouvoir devant une simple femme ?

De toute manière, il me fallait des silences, beaucoup de silences. Le temps jouait pour moi. Je remplissais mon engagement d'occuper Andrieux et, avec de la chance, on cherchait pendant ce temps des renseignements sur mon père.

Soudain, je me sentis basculer en arrière, tomber sur le lit. Une main froide fouillait mes seins. Un regard violent se fichait en moi. Une jambe forçait entre mes cuisses.

La suite se passa sans que j'en eusse vraiment conscience. J'avais dû m'arc-bouter afin de le repousser. Ma main partit toute seule. Elle claqua sur sa joue et sa bouche, l'une rouge et l'autre violette, sous le coup.

Il plongea sa main sous sa jaquette, brandit un poignard.

— Ça suffit, petite ! Déshabille-toi !

L'élégant procureur n'y mettait plus les formes. Cela devenait dangereux.

Je détournai la tête pour ne pas voir l'arme me menaçant. Ainsi, j'assistai moi-même à mon déshabillage. Dans le miroir aux chandelles, je tâchais de faire durer le plus possible l'opération. Après le déboutonnage de la robe du haut en bas, je la fis glisser pour laisser apparaître les jupons, le tulle blanc sur le coton bleu, et le corset noir orné de broderies roses. Les jupons s'étalèrent à terre, en corolle à mes jambes garnies de bas. Le procureur mué en agresseur me laissait me contorsionner pour délacer le corset par derrière. Il m'observait, en apparence impavide, tout en gardant son arme braquée sur moi. Je passai le corset au-dessus de ma tête, paraissant nue du buste, les seins pointant, au-dessus de la culotte de dentelle thé et des bas blancs.

— Ôte ça ! fit le procureur en haletant.

— Quoi ?

— Ôte la culotte !

Le poignard se rapprochait. Je l'ôtai.

— Couchée !

Andrieux était sur moi. Il défaisait ses vêtements.

— Ecarte !

— Non !

Tout avait permuté.

J'avais crié, sans l'avoir vraiment voulu. La porte de la chambre avait volé. Un homme avait plongé par derrière sur le poignard, avait désarmé Andrieux. Je n'avais eu que le temps de voir dans la glace.

Maintenant, je me rhabillais. Andrieux se tenait debout, les mains levées, sous la menace du poignard brandi par le jeune homme bouclé.

— Qui êtes-vous ? demandai-je à l'intrus.

— Un ami. L'Alliance m'a chargé de veiller au grain. Elle se doutait que vous pourriez être en difficulté, vous ou votre amie, dans votre mission délicate.

Toi, dit-il à Andrieux, les mains sur la tête ! Nous allons passer un moment bien sagement ici. Ne bouge pas un poil, où je te perce. Sans blague. C'est l'insurrection demain. On n'en est pas à un procureur de plus ou de moins. D'ailleurs, ce serait seulement prendre un peu d'avance sur le petit ménage à faire par la Révolution.

Le jeune homme portait les rouflaquettes jusqu'au bas des joues, ce qui, avec les cheveux, encadrait de toison noire et bouclée les yeux noirs aux reflets verts. Sa lèvre inférieure faisait une moue quelque peu amère, sensuelle.

— Vous êtes bien jolie et bien... pure d'apparence, pour faire ce métier, me dit-il après un temps.

— Je suis institutrice.

— Excusez-moi.

— Mais... les voies de la Révolution et celles de la vie, tout simplement, sont impénétrables. D'ailleurs, ajoutai-je, il n'est guère de différence entre une institutrice publique et une femme publique.

— Vraiment ?

— Beaucoup moins qu'on ne croit, en tout cas.

Mais, et vous, que faites-vous, quand vous ne sauvez pas les femmes en difficulté ?

— Je ne suis pas sûr que le moment soit très bien choisi pour les confidences, devant l'accusateur public, répondit-il en désignant Andrieux du canon de son revolver.

La porte a de nouveau volé et claqué contre le mur. Deux hommes, pistolets au poing : Vajaune et Homais ! Profitant de la surprise du jeune homme, Andrieux lui décocha un coup de pied dans les parties. Le jeune homme se roula par terre en hurlant. Andrieux lui arracha le poignard.

Il était à nouveau maître de la situation, à nouveau retournée.

— Bravo, Homais ! Vous arrivez plutôt bien.

— On a pincé les nommés Codex et Payet, juste devant chez vous. Figurez-vous que ces cocos venaient vous arrêter, en prévision de l'insurrection. Des rigolos. Mais la prise peut nous en apprendre long, si on sait les faire mettre à table.

— Allons-y ! répondit Andrieux, ils faut qu'ils parlent ! Allons-y tout de suite ! Vajaune, je vous envoie la voiture, embarquez-moi ce blanc-bec. Du menu fretin. Nous nous en occuperons plus tard.

— Madame, dit-il à mon adresse, avant de passer la porte, j'ai bien l'honneur. Il nous reste certaines choses à règler. Nous nous retrouverons.

De fait, nous allions nous retrouver face à face, bientôt, quoique cela se serait pas dans une scène du même genre. Mais n'anticipons pas.

Un nouveau retournement allait survenir. En attendant la voiture, Vajaune gueula par la porte que l'on montât un pot. Rose attendait en bas, ayant compris en voyant Andrieux et Homais quitter les lieux, se demandant comment intervenir utilement. Elle se présenta dans la chambre avec deux pots. Je ne soufflai mot, pressentant quelque chose.

Vajaune renversa la tête pour boire. Rose lui cassa l'autre pot sur le crane. Il s'écroula. Le vin coulait sur ses cheveux dont il teintait le jaune en pourpre. On ne savait si c'était le sang ou bien le vin qui ruisselait sur son visage.

Le jeune homme raflait la pétoire et prenait la porte sans attendre :

— Je dois filer. Faites-en autant.

— Que devons-nous faire, maintenant ?

— Vous avez le choix, comme tout le monde : vous cacher en attendant que cela passe, où vous battre.

— Notre choix est déjà fait, vous le savez, dis-je.

— D'abord, on n'a pas le choix ! ajouta Rose.

— Alors, filez dans la Presqu'île et marchez un bon moment dans les rues pour brouiller la piste. Je dois me rendre maintenant quelque part avec les autres de l'Alliance. C'est la dernière réunion pour l'insurrection. Il faut assurer, en cas de besoin, la prise effective des hôtels de ville à la Croix Rousse et ici. La garde et les divers comités sont si incertains... Après dix heures, je serai chez un ami dans le quartier, rue Saint-Clair, Numéro 17. C'est au coin de la rue Turenne, troisième étage. Vous frapperez trois coups, un coup, trois coups. Bonne chance !

* * *

XXV

— Beau garçon, ne trouves-tu pas ? dis-je à Rose.

— Andrieux ? Bof...

— Ne fais pas l'idiote ! Tu m'as bien comprise.

— Hé oui, répondit-elle en riant, j'ai bien vu les yeux d'émeraude de Marius, et j'ai vu aussi le regard que tu lui faisais...

— Quel regard ?

— Un regard... que tu l'arregardais avé de z'œils bien doucereux !

— Ah, bon ? Ah ! ah !

— A toi, maintenant, de ne pas faire l'idiote.

Rose parlait en tenant son chapeau. La bise balayait le pont de la Guillotière, aigre sans excès, assez musclée cependant pour décoiffer quelqu'un, accourant de l'obscurité du nord-est. Elle glissait sur la surface d'obsidienne du Rhône. Celle-ci, lisse comme une lave froide, ne laissait pas d'être inquiétante par la puissance sous-jacente. Cela bruissait, à la manière d'un fauve blessé se traînant irrésistiblement vers sa proie. Le fleuve allait, roulant ses tonnes d'eau froide depuis le lac Léman et s'engouffrant dans la vallée, vers le sud, vers cette lueur vague qu'on devinait au loin.

La nuit tombait, ce samedi 29 avril au soir. Rose et moi, défaillant de faim après l'aventure du café, avions été nous restaurer dans un autre estaminet, un peu loin de la place et du fameux café où nous venions de vivre la dernière aventure. Deux individus nous suivaient, qui regardaient les mouches voler et s'assirent non loin de nous. Saucisson, pâté et jambon accompagnés de belles tranches de pain et d'un bon coup de rouge, cela allait bien mieux.

— C'est bien ! Pouvons aller vadrouiller dans la Presqu'île et profiter de la nuit pour amuser les anges gardiens, avait décrété Rose.

Un moment, alors que nos suivants se trouvaient à distance respectueuse, Rose me prit la main :

— Bon ! I en a assez de cette allure de filles rentrant à vide ! Suis-moi, chérie. On va marcher un peu vite pour les semer dans une rue de derrière.

A Saint-Jean, il était devenu inutile de regarder dans notre dos. Les agents ne connaissaient pas suffisamment les traboules pour nous avoir suivies. Ils avaient dû rentrer au rapport, ou bien, pour éviter la sanction, repartir à la Guillotière dans l'espoir de notre prochain retour.

— Pas de chance pour eux ! fit Rose. Nous, on va voir là-haut. Que si s'annonce le Grand Soir, on y verra bien, du Ciel des travailleurs !

Nous repassâmes la rivière, remontâmes le quai de la Pêcherie désert, dans l'alternance de l'ombre verte sous un platane et de la clarté jaune bruinant d'un réverbère.

En bas du parapet de pierre, la Saône restait paresseuse, silencieuse, immobile, vide, un fleuve de néant qui stagnait aux pieds des collines. Là-haut, de part et d'autre, couvaient les forces de vie qui allaient s'embraser, qui se manifestaient comme les signes de volcans, en tous petits foyers, escarbilles visibles des feux de l'enfer. A l'ouest scintillaient les lumières des couvents de Fourvières où l'on priait pour conjurer l'insurrection. A l'est ardaient les feux des ateliers, des mastroquets et des salles de bal de la Croix Rousse où l'on devait fabriquer cette insurrection.

Nous arrivions en nage, malgré la fraîcheur nocturne, après la montée de la Grand' Côte. Place de la Croix Rousse, les mastroquets béaient, déserts. Il y avait réunion salle Valentino.

— Drolette, allons-y ! trépigna Rose.

On nous attend à la Guillotière, tu le sais aussi bien que moi.

— Moi, je sais que ma place est ici.

— Préfères-tu voir la Révolution de chez toi ?

— Ouais. Et quelque chose me dit que ça ne vaut peut-être rien de bon d'aller traîner mes brodequins au marais de la Guille.

— Je dois redescendre, chérie. Marius m'attend.

— Accompagne-moi au moins devant l'entrée. Ça nous rappellera des souvenirs.

La petite foule des habitués des réunions était encore rassemblée devant les portes. Il était tard, pour commencer une réunion publique, beaucoup plus tard qu'à l'accoutumée. C'est que, nous dit une amie, les orateurs avaient à faire. Et on attendait les nouvelles avant de faire prendre des décisions.

— Vous êtes bien lents ! dit Rose. A la Guille, les choses sont lancées. Donnez-moi la parole. Que c'est l'heure où les ouvrières vont parler !

On faisait passer le mot : « C'est la Rose que va parler ! »

Mais une main la saisit au bras.

Nous nous retournâmes ensemble. Vajaune ! Mais non, l'espèce d'individu à cheveux jaunes n'était que ressemblant par la chevelure jaune. Pas seulement, drolette ! Car Monsieur était aussi de la rousse.

— Pas de ça, petites, grinça-t-il. Vous redescendez tout de suite où je vous fais descendre en cave !

— Mais... pourquoi ? dis-je.

— C'est encore calme, ici. Avons pas du tout besoin de grabuge et pas besoin de pétroleuses.

— Faudrait peut-être qu'on en aye envie, de redescendre !

— La voiture est derrière. J'ai dix hommes sur la place. Vajaune serait très content que je vous pince. Mais... j'aime pas ces affaires politiques. Ça vous retombe un jour ou l'autre sur la gueule. Alors, tant que c'est entre nous, je ferme les yeux. Vous avez trois secondes pour filer en douce.

— Allons-y ! fit Rose en serrant les dents.

— Vite ! Il est déjà dix heures.

À l'entrée de la descente de la Grand' Côte, je m'arrêtai. Au-dessous de nous s'étendait la vue obscure de la ville, ces centaines de passages, ces milliers de demeures enfouies au fond de l'océan de ténèbre, à peine jalonnés par les étincelles des petits fanals. Au-delà de la coulée ténébreuse du Rhône, sur la rive gauche, à la hauteur de la Guillotière, une lueur étrange, rougeâtre, montait. Etait-ce un feu ? Cette lueur aurait-elle pouvoir de transformer la ville obscure en pays de lumière ? Lyon ressemblerait-elle demain à une ville blanche comme celles qui devaient exister là-bas, au bout des fleuves, au-delà de ce ciel nocturne où se perdaient quelques traces laiteuses ?

Nous avons dévalé la Grand'Côte et pris le trot rue de Lyon. Quand un attroupement nous arrêta au beau milieu de la rue. Des pékins sortaient du café, en jaquette ou en frac. Ils regardaient fixement quelque chose, silencieux, dégrisés. Alors, je m'insinuai dans le groupe. Tendant le cou pour tenter de passer la tête par dessus les épaules, j'aperçus l'objet de leur contemplation. C'était une simple affiche fraîchement apposée sur un tronc de marronier. En plusieurs coups d'œil, j'en lus des bribes :

« Commune de Lyon

Citoyens,

L'heure est venue, la cité lyonnaise, la première qui, le 4 septembre, ait revendiqué ses droits à la Commune ne peut pas plus longtemps laisser égorger sa sœur, l'héroïque cité de Paris...

... Les élections municipales étaient le dernier coup porté à la République, ce sera le signal de la chute de nos oppresseurs...

... Vive la République démocratique sociale et universelle.

La Commune provisoire :
Rivoire, Bergeron, Brugnot... »

L'affiche était signée d'une dizaine de noms.

— Tu connais ces noms ? demandai-je à voix basse à Rose.

— Quelques-uns : Blanc et Audouard, surtout. Ils sont de l'Alliance, glissa-t-elle dans mon oreille.

— C'est inadmissible ! s'élevait une voix. Faire obstacle au vote démocratique !

— Oui, faire ainsi pression sur les gens !

— Appeler à la guerre civile !

— Espérons qu'il y sera bientôt mis bon ordre. La garde nationale...

— La garde ? Tous des retourne-jaquette ! Rien ne vaut l'armée.

— Arrachez ça ! arrachez-donc ça !

— Oui ! Et la troupe leur arrachera la langue !

Comme appartenant à un seul corps, une dizaine de

serres se levèrent, s'étirèrent comme pattes d'aigle hors des manches d'habits et arrachèrent chacun un lambeau de l'affiche ainsi lacérée.

Il était près de onze heures, quand nous frappâmes au lieu de rendez-vous, non loin de la place du Pont, en contre-bas, à l'angle de la rue Turenne et de la rue Saint-Clair.

Rose voulait passer par la place pour voir d'où venait cette forte lumière qui en émanait. Mais je dis que nous étions attendues, que cela devait être tout simplement un feu où les gens se chauffaient pour la nuit.

Trois coups, un coup, trois coups. Le jeune Marius ouvrait, la mine barrée d'un pli soucieux au front :

— Je commençais à m'inquiéter. A cette heure, en ce moment... Où étiez-vous ?

Nous nous expliquâmes en deux mots.

— ... et pour finir, nous n'avons pu nous empêcher de nous arrêter devant une affiche qui attirait le monde rue de Lyon.

— Oui. Vous avez vu l'affiche ?

C'est nous, l'Alliance, qui l'avons posée sur les murs et les arbres. Elle arrive tout droit de Genève où on l'a fait tirer. Mais elle a bien failli ne pas passer. La rousse a pincé Leblanc à Bellegarde, avec un cent sur lui. Heureusement, Camet a passé le reste, qui est cette nuit sur les murs. Ainsi, la population sait que le Grand Soir commence.

— Les bourgeois de la rue de Lyon n'en auront pas été troublés longtemps.

— Ouais. L'affiche n'est plus déjà que de la charpie !

— Cela est égal. Ce ne sont pas les bourgeois qui font la Révolution, dis-je.

— Ouais. Mais salle Valentino, y avait pas grand monde non plus.

— C'est hélas vrai, je l'ai noté aussi, ajoutai-je. Qui

donc la fera, cette révolution, si ce ne sont ni les bourgeois de la Presqu'île, ni les compagnons, ni, à plus forte raison, les canuts de la Croix Rousse ?

Marius s'était approché de la fenêtre du vestibule. Il portait avec une certaine élégance un simple veston châtaigne sur un pantalon gris.

— Venez voir.

Une clarté laiteuse rayonnait à travers les vitres. Nous nous approchâmes.

Découpée en quartiers par les croisillons de la fenêtre, la place du Pont apparut au bout de rue Saint-Clair, une sorte d'arène, vaste et grand ouverte au clair de lune. Il n'y avait plus de feu. Les façades obscures des maisons limitant le lieu, les fenêtres luisantes de l'hôtel de ville, ornées des silhouettes noires à fusils et bonnets des gardes, le dominant comme les loges d'une tribune d'honneur. En bas, devant le Café de la Mairie, au pied de la tribune, grouillait une agitation molle et sombre, larvaire. Au fur et à mesure que le regard plongeait, se rapprochant jusque dans la rue, on commençait à distinguer que la masse mouvante était faite d'individus hâves, sales et en haillons.

— Les voici, ceux qui la feront, la Révolution, dit Marius.

— Mais qui sont-ils ?

— Les prolétaires. Ceux sur le dos de qui se fait la France des villes lumières et qui vivent dans la crasse noire. Il y en a d'un peu partout, beaucoup sont ouvriers des chantiers de la Buire. Ils ne sont pas prêts à accepter leur sort sans se battre.

— Ce qu'il sont impressionnants ! ne pus-je m'empêcher de confier.

— Ouais. J'aime encore mieux mes gones de la Grand' Côte, dit Rose dans une moue.

Le salon luisait des lueurs douces, aux pastels roses, ocres et ciels des abats-jours. Mais, après la faible lumière du panorama entrevu à la fenêtre, je distinguai vite les occupants. Une demi douzaine de personnes, dont une seule femme, très élégante. Sous un chapeau de velours marron à larges bords plats surmonté d'une sorte de pelote floue en laine beige, elle portait une robe de laine beige où tranchait un col de fourrure également marron. Parmi les hommes, je reconnus Richard et le jeune étranger à l'accent. On buvait dans de petits verres.

— Un peu de poire, Blanche Rougon ? me proposait un homme à cheveux blancs, après m'avoir baisé la main.

— Vous... me connaissez ?

— Non. Mais j'ai bien connu Virgile Rougon. Marius nous a prévenus de votre venue.

Il souriait, très avenant, en me tendant un petit verre.

— Volontiers, merci. Vous... savez où est mon père ?

— Non. Je le regrette beaucoup, d'ailleurs.

La discussion reprenait. J'examinais l'homme qui m'avait reçue, brûlant de demander qui il était. Mais Marius fronçait le sourcil, en écoutant la conversation.

— ... la question est de savoir si tout est vraiment possible, ou bien sinon, ce qui est possible, et tout le possible !

— L'ennui, répondit la femme, c'est que le possible apparaît évident seulement après coup. Avant, c'est toujours un coup de dé. La vraie question est si oui ou non, on est prêt à jouer.

— A mon sens, les comités ne devraient pas encore envoyer des ouvriers à l'abattoir ! dit un autre, entre deux âges. Cela n'avance en rien la Révolution.

— Garel a raison. Il parle d'expérience. Qu'a-t-on gagné en septembre ?

Marius avait pâli. Il se levait, lentement, et jetait un regard à la ronde, tandis que peu à peu, tous se taisaient.

— Marius, n'allons pas le chant aux lèvres et la poitrine nue devant les canons, reprit l'homme entre deux âges.

— Ce n'est pas moi qui décide, pas plus que vous,

d'ailleurs. Les Comités font leur office. Et Dumont et Caulet de Tayrac sont à la Croix Rousse.

— Qui est celui qui a parlé à Marius ? demandai-je à Rose.

— Garel. Un poète-communard. Il a fait des poèmes, un peu partout, dans tous les journaux. Ça l'a pas empêché de faire septembre et mars.

Un poète-communard ! Un de la trempe de mon père... Je regardai Garel et l'autre avec émotion. Mon cœur battait, il battait bien. Je me trouvais dans ma famille ! Mais ce n'était pas de tout repos.

C'est alors que Marius prit l'avantage.

— Mes amis, dit-il simplement, ni Marx, ni même mon maître Bakounine ne nous donneront le mode d'emploi.

On hocha la tête, avec approbation.

— Au reste, poursuivit-il, Marx juge de loin, un peu en mouche du coche, tandis que Bakounine a la rancœur du vaincu.

— Tu exagères ! lança Richard. Un homme de la trempe de Michel n'en est pas à son premier échec. Il analyse l'ensemble d'une situation.

— Certes. Mais les échecs, surtout lorsqu'ils s'accompagnent de massacres, ont tôt fait d'inspirer des révisions théoriques. C'est une règle générale, que nos révolutions, quelles qu'en soient les conséquences, s'ensuivent tôt ou tard de reniements.

— Il a raison, dit Garel. La balance de l'histoire...

— Oui, c'est ça, la balance. Mais pas seulement, pourtant.

Ce Marius ! Dire qu'il tenait le haut du pavé, dans cet aréopage de rhéteurs !

— Voyez-vous, précisait-il de sa voix forte et douce, tout se passe comme si l'homme, quand son audace n'a pas ouvert le paradis sans retour, quand, à plus forte raison, elle n'a conduit qu'à fonder une cité qui ne ressemble en rien à l'île d'Utopie, maussade et pas plus libre, et fragile au bout du compte, tout se passe comme s'il se faisait payer à lui même le prix de son rêve prométhéen. Il se punit en reniant ses modèles, en réagissant, en redevenant conservateur ou, pour le moins tolérant à la réaction.

— Là, tu vas trop loin. Tu injuries...

— Mais non, je constate...

— Tu constates que tu nous traites de suppôts de la réaction !

— Mais non ! je dis que vous perdez votre dignité d'intellectuels si vous abdiquez votre faculté d'utopie !

— Ah ! par exemple, c'est encore mieux !

— Allons, allons ! Les querelles de chapelle, ce n'est guère le moment !

— Pourtant, ajouta Marius, il faut bien se décider en fonction d'une conception ou d'une autre ?

— Personne ici ne prendra plus d'assaut personne, je crois, conclut l'homme aux cheveux blancs, avec une faconde tribunitienne à peine contenue. Nous avons bien tardé à choisir nos armes, ce soir. Beaucoup de prolétaires sont déjà couchés. Il n'est plus temps pour agir dans le noir.

— Certes, il n'est plus temps pour cette nuit. Mais tout est possible au lever du jour, reprit Marius.

Nous décidâmes d'attendre et de voir à l'aurore. Si le peuple descendait dans la rue, nous descendrions avec lui.

— Je n'y crois plus, dit Garel.

— Moi, de toutes façons, j'irai sur la Croix Rousse, déclara Rose.

— Je vous dérange, si je veille d'ici ?

Marius s'était installé sur un fauteuil devant la fenêtre. On n'allait pas rentrer chez soi pour quelques heures. La maîtresse de maison avait donné des chambres aux couples et distribué des couvertures aux autres.

Rose et moi avions reçu l'attribution du salon au canapé qui donnait sur la place. Rose s'était couchée sur le canapé, tout habillée, tournée contre le mur et respirait fortement, régulièrement. Je commençai par m'allonger sur la portion de canapé restant, ayant seulement ôté mes chaussures, les yeux fermés.

Mais j'eus très vite froid et je risquais de tomber. Car Rose avait pris la couverture et ne laissait que peu de place libre sur l'étroit canapé. Je rouvris les yeux.

La silhouette de Marius était auréolée d'un trait de lumière argentée. Je contemplai longuement ce spectacle d'une silhouette noire à la tête cernée de boucles d'argent. Quand, alors qu'il tournait légèrement la tête, il me sembla distinguer une perle sur une joue de métal.

Je me levai et, sur la pointe des pieds pour ne pas éveiller Rose, je m'approchai. Lorsque je fus tout près, je vis son visage plaqué de l'argent du clair de lune, apparemment impassible. Plusieurs perles luisantes descendaient en roulant.

— Vous pleurez ?

— Un peu.

— Pourquoi ?

— Oh, c'est une vieille histoire. Mon père me raconta que son père à lui, mon grand-père, avait veillé toute une nuit avant l'émeute. Il ne pouvait trouver le sommeil. Ca se passait à la Croix Rousse, si mon souvenir est exact. Mais peu importe. Le lendemain, le grand-père fut fauché des premiers par la mitraille. Il ne mourut pas sur le coup. Papa le vit remuer longtemps. Quand il put se précipiter, la troupe s'étant déplacée, le cœur de grand père ne battait plus. Non loin de là, le tambour de l'armée battait.

Ce récit, ajouta-t-il en avalant difficilement, mon père me l'a justement fait un soir très tard, alors qu'il ne dormait pas, à la veille de l'émeute contre le coup d'État. Le lendemain-matin, il était lui-même tué d'une balle aux Terreaux.

Je me suis retrouvée les bras entourant les épaules de

Marius, la bouche dans ses cheveux. Sa tête sentait une sorte d'odeur de sous-bois gorgé d'animaux tendres et belliqueux.

Il força mes bras à se desserrer un peu, se leva et tourna dans mon étreinte. Il se trouva alors face à moi. Il m'observait dans la lueur de la lune, de ses yeux dont je ne voyais que les reflets cuivrés, vert-de-grisés, plus hauts que mon regard. Je gardais mes yeux levés vers lui. Je m'offrais à la pénétration de son regard.

— Merci, dit-il.

— Et de quoi donc ?

— D'avoir accepté que je couche avec vous.

Je souris un peu, très peu, je crois. L'ambiguïté de sa remarque aurait pu être de l'humour. Elle me fit sauter le cœur en sarabande.

— Blanche, je vous aime.

Je faillis perdre l'équilibre. Je me haussai sur la pointe des pieds, mes yeux à hauteur de ses yeux, au-dessus des boucles des rouflaquettes. J'approchai mes lèvres des siennes.

Comme il piquait un tout petit bécot timide, j'attrapai sa nuque à pleines mains et plongeai ma langue entre ses lèvres.

Il me souleva, une main sous mes genoux, une autre sous les bras. Il fit quelques pas vers le canapé, s'arrêta en voyant Rose endormie, marcha de son pas chargé vers la porte. Il me déposa doucement sur le tapis du petit salon voisin, m'observa, m'empoigna un sein en l'extirpant du chemisier défait fébrilement, plongea des lèvres. Mon bourgeon restait dur dans sa bouche, prêt à la meurtrissure de l'enfant vorace. Il se redressa, releva ma robe de coton blanc à rayures vertes, puis mes jupons, un à un, d'abord celui de mousseline verte, puis celui de lin empesé, enfin celui de coton blanc, comme on déballe un cadeau. Il ôta mon pantalon à dentelle blanches, brodé de fleurs rouges, en tirant doucement, osant à peine effleurer mes cuisses.

Alors, il laissa tomber son veston châtaigne, à coups nerveux d'épaules, arracha sa cravate de satin floue, déboutonna son pantalon perle au-dessus de moi.

Je fermai les yeux, les rouvris.

C'était un enchantement, un jaillissement merveilleux. Son sexe haut bandé, argenté, luisait devant la fenêtre. Je le contemplai au-dessus de ma tête.

Le buisson de poils formait un fouillis métallique. Il en jaillissait une colonne arquée de métal pur et dur, un fût robuste qui s'élevait jusqu'au chapiteau vivant, végétal, animal, masculin, jusqu'à la délicate corolle ceignant le précieux gland gonflé. Jamais je n'avais trouvé cela aussi beau. Ce bras d'argent tendu se découpait en gros plan sur la ténèbre, devant son visage sombre, couleur d'airain, à l'air très tendre.

Mon cœur bondissait, trébuchait, avait des ratés. Mes yeux étaient humides et me brûlaient un peu. Ma bouche frémissait, les coins tremblant de sourire ébauché toujours recommencé. Ma respiration était affolée, tantôt courant, tantôt en arrêt. J'étais trempée comme en plein orage.

Quand il entra, il fut en moi fort, musculeux, et si lisse et si souple, cyclone et île pure, je perdis conscience et j'entrai dans la zone du sens.

Il me hissa par degrés successifs, accélérés jusqu'où la terre se mêle au ciel et où je ne suis plus ni masse, ni zéphir, toute chair intérieure et tout envol d'esprit. Parfois, il s'arrêtait, entre deux couches du temps, nous jaugions l'infini. Puis il fonçait encore, le regard implacable, vers la vraie fin de tout. Je me livrais à lui, corps et âme, sans une once de retenue, sans fin.

Je me rappelle vaguement le vent de son haleine à mon oreille, la tempête, les coups de lame, les roulements du tonnerre, le naufrage désiré et toujours reculé.

Je me suis réveillée après des siècles. Sa main bâillonnait ma bouche pour étouffer le hurlement qui me partait toujours du ventre.

— Marius, je t'aime.

Son front était couvert de gouttes de sueur. Il eut un sourire, un sourire mêlé, mélange de bonheur et d'inquiétude.

— Tu es inquiet pour demain ?

— Je n'aime pas mon pressentiment de tout à l'heure. Pourvu que l'insurrection ne soit pas une fois de plus écrasée ! Pourvu qu'il y ait des survivants ! Pourvu que je vive, que je vive un peu avec toi...

— Chéri, nous sommes tous les deux, là, maintenant, ensemble. Reprends moi ! Encore...

— Oui. Je ne demande que ça. Mais le petit matin où l'on va commencer à mourir dans les rues, c'est dans quelques heures.

* * *

XXVI

Une rumeur m'intrigua. J'ouvris les yeux, soulevai la capeline qui me recouvrait. Marius semblait profondément assoupi, la tête sur mon ventre, ses rouflaquettes mêlées à ma toison comme les barbes noires du blond blé dur. Nous étions allongés sur le tapis. Sa bouche suggérait un étrange mélange d'angoisse aux coins tirés et de bonheur dans la lèvre inférieure offerte. La pâleur du point du jour pénétrait dans le salon par les fenêtres voilées. La rumeur se clarifiait. Cela semblait une dispute lointaine. Je me redressai sur un coude. Marius ouvrit les yeux. Il voulut fourrager de ses lèvres ma toison.

— Chut, fis-je. Ecoute !

La rumeur était un bruit de foule.

De la fenêtre, j'apercevais la mairie, au fond d'une place d'ardoise, aux fenêtres d'or ou d'étain. Une agitation régnait en bas, une bousculade, entrecoupée de cris. On ne distinguait rien d'autre de précis.

Je restai à regarder. Au bout de quelques moments, la place s'orangea. A la fenêtre centrale de la façade, laquelle restait gris foncé, parut le flottement pourpre d'un drapeau. Le petit jour se déversait depuis le levant, sur la gauche, et prenait la place par le travers, en trombes de sirop d'orange. Il teinta soudain le drapeau de rouge orangé.

— Le drapeau ! le drapeau rouge ! m'écriai-je.

— Hein ? quoi ? ici ? tu rêves ? demandait Rose, accourant.

Marius ne disait mot, en contemplation devant la fenêtre.

Pauvre drapeau rouge, grand calomnié !

On en a fait l'étendard des meurtriers, parce qu'il a la couleur du sang ! Mais ce sang, c'est celui du peuple, le sang du martyr et non le sang du bourreau. Il n'a que cela à donner ce peuple. C'est son or et sa pourpre : il a ouvert ses veines, voilà tout, et il en a inondé sa bannière...

— Non de vieux ! grommelait-il, on a beau s'y attendre, c'est quelque chose, le jour qui se lève sur le drapeau rouge ! C'est Vingtras, qui pousserait son Cri du Peuple...

Marius n'avait eu besoin que de quelques minutes pour collecter les renseignements. Des ouvriers de la Buire en grève occupaient déjà la place. La 8e compagnie de la Garde avait délogé ceux du 19e bataillon qui gardaient la mairie. La 8e était arrivée drapeau rouge en tête. Elle obéissait au Comité central. Crestin, déjà accouru, s'était vu refuser l'entrée.

— Personne ne votera, alors ? dis-je.

— Hum, c'est probable. Mais ce n'est pas fini. La journée ne fait que commencer.

— Ouais, hé bé moi, je file au plateau ! parce que laissez-moi vous dire que si ça commence ici, c'est que là-haut les choses sont déjà bien montées ! et je voudrais pas rater le Grand Soir à la Croix Rousse ! que ça doit être quand même autre chose, vu de la colline aux métiers plutôt que dans le marais de la Guille ! dit Rose en sortant.

— Tu crois que ça explose aussi, là-haut ? demandai-je à Marius.

— Peut-être. Mais ce n'est pas gagné d'avance. Cependant, on dit que ton amie est très écoutée, à la Croix Rousse.

Les autres occupants de la maison également sortis, mis à part le couple qui l'occupait. Marius et moi restions seuls dans la chambre, à contempler la place qui s'éclairait à mesure que le jour montait et qui s'emplissait de monde, une marée multicolore sous le signe rouge du drapeau.

Je me trouvais tout près des carreaux, la fraîcheur de la vitre au front, la chaleur du souffle de Marius dans la chevelure. Quand la chaleur m'entoura le cou, celle de sa main, descendit à ma gorge blanchie par le jour, entra dans l'encolure de la chemise de dentelle blanche sous le boléro vert d'eau qui surmontait la robe blanche à rayures vertes que j'avais froissée cette nuit, descendit sur mon sein dont elle fit le tour à nu par en dessous. Je frémis. Mon bouton était dur quand il le prit entre deux doigts.

— Nous allons sur le canapé ? demanda-t-il.

— Oui.

Dès que je fus allongée, il empoigna mes chevilles, il plongea son visage sous ma robe et les jupons. Je fermai les yeux. Ma respiration s'arrêta, mes paupières se crispèrent. Tout de suite, ce fut encore la levée des vagues. Cela déferlait sur les récifs dans une brisure qui cassait mon corps. Cela roulait sur les galets en horripilant ma peau. Cela pénétrait dans le sable en aspergeant mon intérieur.

Une lame me bascula, me fit virevolter, sens dessus-dessous.

J'avais reposé ma tête sur le pied du lit, ma main sur

ses cheveux. Mon regard pendait aux poutres sombres. C'était comme si me venait à parler sans penser.

— Marius, le jour est beau. J'ai envie que nous vivions un peu ensemble.

— Si nous déjeunions ensemble, pour commencer ?

Il est remonté avec du pain frais, du jambon, de l'andouillette et du fromage. Sans avoir oublié un pot de vin de côteaux.

Sur les salaisons, le petit vin fut un bouquet de fleurs matinales. J'eus une petite envie. Je lui servis la dernière gorgée et lui disant de garder le vin en bouche. Je m'approchai, collai mes lèvres aux siennes et aspirai. Le sirop embaumé filtra entre mes lèvres, et m'y grisa, esprit d'alcool surchauffé, fragrances insoumises, mollesses mêlées à sa salive.

— C'est bon...

— C'est beau, ajouta-t-il un peu grisé aussi.

— Ce sera encore plus beau, après la Révolution !

— C'est à voir... Que sera demain ? Après 48, Napoléon ! Après Napoléon, la Commune... Les révolutions ne sont pas toujours ainsi qu'on les attend. Elles viennent comme un larron dans la nuit. Tout à coup, crac, voici la lumière ! Mais... elles peuvent se liquéfier comme un glacis de neige un soir de pluie.

— Avons-nous besoin de la Révolution pour nous aimer ?

— Sans doute, pour vivre un amour vraiment délié. Mais on peut toujours commencer ! dit-il, en me sautant dessus.

Je ris, résistai, forçai un peu contre lui, le renversai sur la table et me penchai au-dessus de lui. Il me regardait d'en dessous, bras ouverts, soumis, heureux.

— J'ai envie de tout te donner, lui dis-je.

— Hé là, compagnonne ! sache un peu te garder. J'aurai toujours une bonne part, dit-il en m'ouvrant le corsage et me prenant un sein de la main. Je regardai derrière la table. Un buffet vitré dans sa partie supérieure, doublée de satin, faisait miroir en renvoyant nos images floues. Je dominais Marius au buste allongé, aux doigts en couronne à mon sein, de petits bras de poulpe enserrant le ballon laiteux à la petite étoile de mer.

— Mais... l'amour se compte-t-il ?

— Ah... Ce qui est sûr, c'est que la seule valeur est soi.

— Quelle solitude ! Moi, je ne me sens pas seule, avec toi... sur toi.

— Aussi est-ce tellement sauvage, quand on se retrouve seul.

— Tu veux déjà me laisser ?

— Bête, fit-il en remontant ses mains sous ma robe et en embrassant ainsi mes hanches, ses doigts entrant un peu dans la chair de mes fesses.

Si je vis, ajouta-t-il, prophétique, c'est toi qui me laisseras.

J'observai l'eau profonde de ses prunelles obsidienne. Il semblait tout à fait sérieux.

— Qu'en sais-tu ?

— Je sais. Les femmes que j'ai aimées m'ont toujours laissé...

— Mais pourquoi ?

— Je ne sais pas. Une sorte de fatalité... Il faut croire que les femmes libres, tôt ou tard, en viennent à sentir le licou et à devoir le rompre.

— Quel individualisme ! au moment de faire la Sociale, le paradis social sur terre !

— Ah ! le paradis... les phalanstères ont tout de prisons ! Et les villes lumières si propres sont faites sur des égouts où les nettoyeurs crèvent dans l'épidémie et dans l'obscurité, de même que sur des mines où les enfants pétrifient leurs poumons et dessèchent leurs larmes à extraire le charbon pour fabriquer le gaz d'éclairage.

— Mais alors, tu ne crois en rien ? dis-je en ouvrant sa

chemise, dégageant sur sa poitrine deux touffes de chardons murs bouffant sur les deux pectoraux.

— Si. L'individu. Moi.

— Mais... comment savoir ce qui est juste ?

— Si c'est juste pour moi, c'est juste. Il est possible que ce ne soit pas juste pour les autres, c'est leur affaire et non la mienne : qu'ils se défendent.

— Tu penses vraiment cela ?

— Oui. Je l'ai appris d'un ami, un Allemand, prénommé Johann. Il est mort, là bas, au loin, en cinquante-six...

C'est alors que mon cœur se serra. Mes yeux s'irritèrent. Je levai la tête pour apercevoir dans la vitre, le nostalgique air hivernal de mes prunelles bleu phosphore.

Cinquante-six ! Père était parti depuis peu, en cinquante-six, mort pour ici, pour la Révolution, pour moi.

— Ça te rend triste ?

— Oui. Mais c'est à cause de mon père. Il fut banni comme rouge vers cette époque.

— Tu vois, c'est la lutte sans merci. Il faut le venger. Les marchands du Temple sont sans pitié pour les prophètes. Sous la loi du marché, on est sans merci pour les utopistes. Si nous voulons qu'il en survive, il faut faire payer leurs bourreaux sans merci.

— Je n'aime pas cette morale du talion.

— C'est la loi de la nature. Les bourgeois, petits ou grands, une fois installés dans le bourg, sont des bêtes féroces contre les animaux étrangers à leur cité de lumière artificielle. Sais-tu ce qu'on trouvait dans les journaux, lors du coup d'Etat ? C'était prémonitoire de la mort de mon père. Je n'oublierai jamais.

« Les prolétaires sont prêts, embusqués jusque dans le dernier village, la haine et l'envie dans le cœur ; ils vont déborder sur la société, égorger les riches, les bourgeois, tous ceux qui possèdent quelque chose, promener la torche partout, piller les propriétaires, écraser les petits enfants sur la pierre, replonger le monde dans la barbarie et le

chaos... Le canon seul peut règler les questions de notre siècle et il les règlera... »

— Mais... c'est pire que la jungle ! m'écriai-je en arrimant mes mains sur ses touffes de chardons.

— Oui. Si les différents ne montrent pas de force, les autres, les conformes, vont les enfoncer sous terre au canon.

— Le canon dans les rues, cela finira bien un jour.

— Peut-être, mais on écrasera autrement. Ou peut aussi conformer par la séduction, faire revêtir des uniformes nouveaux...

— Quel besoin a-t-on d'écraser forcément les différents ? Il enserra plus fort mon sein, les bras de poulpe autour du ballon laiteux à la petite étoile de mer.

— C'est la peur, Blanche, la pire des peurs, celle de l'autre face à soi, la peur de voir dans une glace l'Autre en soi-même !

Dans la vitre, l'air hivernal de mes prunelles bleu phosphore se superposait à l'eau profonde de ses prunelles obsidienne.

— Je ne pourrai jamais vivre cette guerre incessante, soufflai-je. J'aime tellement aimer, donner.

— Cela n'empêche pas de donner. Moi aussi, je veux te donner, beaucoup, dit-il en prenant mes mains et en les gardant serrées entre les siennes.

Et je vis que ses yeux s'embuaient. L'obsidienne se troublait. Et je sentis les miens faire de même. Le bleu phosphore se nimbait. Et je fus à nouveau très désireuse de lui.

Je relevai ma robe sur mes cuisses, ôtai mon pantalon de dentelle, enjambai son corps à califourchon, fouillai dans le pont de son pantalon. J'en extirpais son membre, résistant, tendu, un peu recourbé, le gland à nu, enflé, cramoisi. Je plongeai de ma bouche, goûtai à ce mélange magique de senteur animale et de toucher de tissu si fin.

Je voulais que cela durât et pourtant je désirai aussitôt dans mon ventre sa robustesse. Je me redressai. Je l'empoignai. Je me plaçai au-dessus de lui et me baissai pour le ficher délicatement, solidement en moi. Alors, je me mis à déguster sans bouger sa présence, sa sensation, son être au fond de moi. Je me contraignis à ouvrir les yeux. C'était sur nous l'eau profonde de ses prunelles obsidienne, l'air hivernal des miennes bleu phosphore. Puis, je lâchai les chevaux de mon désir, l'eau profonde de ses prunelles obsidienne, dans une ondulation répétée de mes reins, l'air hivernal de mes prunelles bleu phosphore. Très vite, comme il bouleversait tout, je coulai de toute mon eau. Je vois l'eau profonde hivernale de mes prunelles bleu phosphore, je vois l'air profond de ses prunelles obsidienne ! Il est agité de spasmes, secoué de la tête au ventre, secouements successifs. L'eau profonde ! L'air hivernal ! Les prunelles obsidienne ! Les prunelles bleu phosphore ! Obsidienne phosphore obsidienne phosphore...

Lorsque je ressurgis de l'assoupissement, il faisait calme, très calme, silencieux. Je n'eusse jamais cru être un jour si paisible.

Puis, le tonnerre. Il venait de retentir, brièvement, profondément. Le ciel s'était de nouveau obscurci. Encore le tonnerre. Cela recommence. Il tonne encore. Mais c'est si bref, à chaque fois. Ce n'était pas le tonnerre. C'était le canon d'airain vibrant dans l'air de plomb, là-bas, au couchant obscurci dans l'après-midi, au-delà du Rhône, vers Perrache.

— Voici le ralliement, dit Marius en prenant sa veste. S'ils tirent le canon, les bourgeois ont perdu l'espoir de contrôler la Commune. Ils exécutent enfin les ordres de Versailles. Ils sonnent la troupe. C'en est fini de la guéguerre. Dans deux ou trois heures, le sang va couler ici. Tu devrais t'en aller, chérie.

— Tu veux rire ? Je reste avec toi.

— Je dois me présenter à la mairie, avec mon fusil.

— Puis-je avoir un fusil ?

Il m'a scruté, inquiet, tendu, puis il a souri et m'a donné un petit bécot.

— Je vais demander aux amis.

J'effectuai avec exultation les quelques pas qui nous séparaient de la place, puis ceux qui nous firent traverser cette place déjà garnie de foule. Nous marchions côte à côte. Les gens s'écartaient devant nous. Ils s'arrêtaient de parler. Ils nous suivaient du regard.

Marius allait sans chapeau, tête nue. Sa chemise blanche tranchait sur les rouflaquettes et les cheveux noirs. Il portait son chassepot en balancier à bout de bras, la bretelle pendante, avec une certaine nonchalance. Mon épaule, sous le chemisier blanc à jabot de dentelle que m'avait prêté l'hôtesse, frôlait le coude de l'homme. J'avais passé dans ma ceinture le gros pistolet que l'on m'avait confié, à défaut de fusil.

C'était la première fois que je sentais ainsi, en marchant, la dureté d'une arme sur mon ventre. Saurai-je m'en servir ? Marius m'avait montré, fait répéter plusieurs fois le chargement. Comment visait-on ? Difficile, avec cette pétoire ! De toutes façons, c'est inutile, avait-il dit, dans le face à face. Il suffisait de caler le poing sur la hanche et de tenir des jambes. Oserai-je tirer ? Peut-être, a-t-il répliqué, songeur, peut-être ne te poseras-tu même pas la question. Devant un shako qui te couche en joue, c'est au plus rapide. Je n'arrivais pas encore à imaginer.

Face à la mairie, on s'écarta encore pour nous laisser entrer.

La salle du *Café de la mairie* paraissait archi-pleine. On fumait, on buvait, on palabrait. Des messagers entraient, montaient quatre à quatre aux bureaux, repartaient à la course. Marius se présenta, demanda à voir le chef. On nous fit monter. Là-haut, il fallut laisser nos armes au factionnaire et l'on nous introduisit dans le bureau. Deux très jeunes gens signaient des papiers. L'un d'eux, un grand blond imberbe, se leva et serra la main de Marius :

— Ça va, dit-il. Des bataillons de la Garde se sont ralliés, voici une demi-heure. Je te présente le capitaine Bourret. Tu tombes bien. Maintenant, il n'y a plus une minute à perdre. On signale des pantalons rouges à l'entrée du pont. Cela laisse présager une attaque très prochaine. Ce n'est pas encore le gros de la troupe. Mais, en attendant qu'on ait organisé la défense du quartier, il faut veiller au grain. Peux-tu te commander les hommes en bas de la mairie ?

Marius disposait d'une dizaine d'hommes armés. Il s'était enfoncé une casquette grise d'où dépassaient ses boucles. Il plaça des hommes aux portes-fenêtres du Café, armés qui d'un flingot, qui d'un surin, qui d'un rasoir ouvert, qui d'un morceau de ferraille affûté, la plupart venus je ne sais d'où et baragouinant je ne sais quel parler.

Nous attendîmes ainsi quelques minutes. Le brouhaha de l'immense foule baissait. On ne pouvait voir en direction du pont à cause de la foule. Soudain, on entendit sonner un clairon, suivi d'un silence subit.

Puis, ce furent des ordres, des bruits de bottes, des cliquetis d'armes, des cris. Leur répondirent d'autres cris :

« Ne tirez pas ! La crosse en l'air ! Ne tuez pas vos frères ! »

Ce fut alors un silence. A nouveau le clairon sonna. Puis, plus rien.

Nous n'avions rien eu à défendre. Les soldats avaient été arrêtés par la foule des manifestants, là-bas, dans un mélange de ciel bleu et de foule noire. J'en étais encore à me demander comment cela avait pu se passer si vite, quand on entendit à nouveau le clairon. Aux fenêtres et devant la porte, personne n'avait bougé. Marius, sur le seuil, cherchait à voir au-dessus des têtes.

— Attention, les gars, ils envoient une autre bordée, dit-il calmement.

Mais la deuxième attaque eut le même résultat. Elle s'ensuivit d'un calme relatif, plein de l'énorme brouhaha de la foule. Marius envoya un jeune aux nouvelles. Il revint tout rouge d'excitation. C'était un gone de treize ou quatorze ans. Ses pantalons bruns tirebouchonnaient comme des braies sous la blouse noire. Hérissée sous la casquette grisâtre, sa tignasse eût été le désespoir d'un coiffeur.

— C'est bien canant d'arregarder l'attroupement ! Une vraie barrière de fumerons ! Paraît-i qu'en premier, c'est z'une compagnie du 38e qu'a chargé. Pis rebelotte, un bataillon de chasseurs à pied ! Ils sont n'entrés dessus la place sans problème, comme en z'une vieille boque ! Et pis hop ! elle te vous les a avalés ! comme une vieille boque, je vous dis ! une vieille qu'auriont rien eu à se mettre depuis des années ! Et hop ! je te vous avale ! plus personne ! que la bise !

Les soldats avaient été absorbés par la foule. Ils n'avaient pas l'ordre de tirer. Ils avaient blessé quelques nôtres au sabre ou à la baïonnette. Deux gardes gisaient, serrant leur fusil au guidon rouge. Une femme allait, soutenue par deux autres, perdant son sang comme une truie. On avait obtenu l'autorisation de passer le pont pour les mener sans escorte à l'Hôtel-Dieu. Les soldats se repliaient sur l'autre rive. Ils mettaient l'arme au pied. C'était fini pour un moment.

Une femme est sortie de la foule.

— Rose ! fis-je. Tu n'es donc pas à la Croix Rousse ?

— Pouvons-nous parler dedans ? avec un café ?

— Pourquoi pas.

Marius montait à l'étage. Il n'avait vu aucun inconvénient à ce que nous nous installassions toutes deux devant un café. On devait attendre la décision du conseil d'occupation. Nous attendrions aussi bien ainsi.

— Alors ? demandai-je impatiemment.

— Je suis passée rue Grenette. Je devais monter à la chambre me changer. Pour le Grand Soir là-haut, je désirais me faire belle. Je voulais mettre cette robe, dit-elle en désignant sa robe de velours noir à nœud de satin noir sur la tournure. Mais Vajaune m'a pincée sur le trottoir.

— Tu n'as pas pu t'échapper ?

— Il était avec deux collègues. Il a dit qu'on se retrouvait bien et m'a fait monter à la chambre.

— Et alors ?

— Alors, dit-elle, la répression, c'est comme la guerre. C'est dégueulasse.

— Qu'est-ce qu'il t'a fait ?

— Il a commencé par...

Elle regardait par dessus son épaule, contant à mi-voix que le roussin avait déclaré sur un ton péremptoire que Réséda faisait les meilleures pipes de chez Madame Andrée. Il avait ajouté, sous la menace de sa pétoire, qu'elle devait leur en faire, et tout de suite, question de vérification d'identité. Et ça le faisait rire.

— Pauvre chérie. Il n'a pas le droit !

— Si. Le droit du plus fort. Je connais Vajaune, il ne plaisante pas. J'ai dû commencer par lui, tu vois... devant les deux autres...

— Salaud. Enfin, tu as quand même l'habitude.

— Non, je l'ai plus. Et puis, sous la menace d'une pétoire, le sperme me semblait du fiel. Pour les deux autres, le premier, ça allait encore. Je pensais à ma mère. Mais pour le deuxième, j'avais envie de dégueuler. Alors, Vajaune m'a frappée avec la pétoire.

Rose se touchait les reins, rabaissait sa jupe sur un bleu-vert énorme en haut de la fesse.

— Et puis, ajoutait-elle, il y a ce qu'il m'a dit.

— Que t'a-t-il dit ?

Elle jeta encore un coup d'œil alentour.

— Qu'est-ce qu'il t'a dit ! criai-je presque, excédée de l'attente.

— Chut ! fit-elle en regardant toujours autour de nous. Mais tous les visages étaient tendus vers le dehors, si obscur qu'on se crût en une éclipse profonde. Ils se tendaient vers la place, vers le pont, comme attendant que dans ce jour au ciel de plomb l'orage éclatât enfin.

— Voilà ! Il n'y est pas allé par quatre chemins. Il m'a dit qu'Andrieux était en train d'interroger les deux types qu'on avait pincés hier. Et qu'y zétaient pas beaux à voir. L'interrogatoire, en temps d'émeute, faut que ça aille vite ! a-t-il dit en ricanant. Alors, voilà ! Il m'a dit t'as le choix : je te livre à Andrieux et ses spécialistes pour faire de la chair à pâtée de chien ou tu travailles pour moi.

Rose parlait maintenant la voix sourde. Elle avait rusé. Elle avait dit qu'elle ne croyait plus au Grand Soir, que ceux qui appelaient aux armes ne menaient en fait qu'à la boucherie, qu'elle voulait vivre et qu'elle voulait que Blanche vécût. De plus, elle voulait justement se dégager d'une grosse dette. Elle avait demandé :

— Serai-je bien payée ?

— Tu seras bien payée.

Vajaune avait gobé la mouche. Elle ne s'en étonnait pas. Elle avait parlé son langage qu'elle ne connaissait que trop bien. En effet, a-t-elle dit en baissant encore la voix, c'était lui, qui l'avait fait vendre au bordel, lui évitant une condamnation mais l'encavant des mois. Il lui avait serré la main. Une poignée de serpents.

— Voilà ! avait-il dit. On finit toujours par s'arranger entre gens intelligents. T'as ma parole que personne touchera Blanche. Et question finances, j'en fais mon affaire !

Ainsi, Rose avait pour mission de ne pas quitter d'une semelle la petite Rougon et le beau Marius et de raconter ce qu'ils faisaient chaque fois qu'on viendrait le lui demander discrètement.

Elle parlait avec un pli amer sous la lèvre.

— Ça va, chérie ? lui dis-je.

Elle sourit, le pli amer encore plus marqué.

— C'est une ordure. Puante. Il faut qu'il paye. Cher.

Une chanson nous surprit alors :

« L'on a vu le militaire
Animé par des boissons
Faire feu par les maisons
Ce qui était arbitraire...
Le mercredi pitoyable
La troupe se retira
A deux r'prises la brèche s'ouvra
Nourrit des feux exécrables
Contre la mort tout du long
L'ouvrier prit position ! »*

C'était la voix fluette et déjà graillonneuse du gone. Un quignon à la main, un pot à l'autre, il se tenait dressé dans l'embrasure de la porte, levait bien haut la tête, et brandissait son quignon rogné ainsi que son pot entamé, le tout tendu vers le bout de la place, chantant à tue-tête en se dressant sur la pointe des pieds pour voir l'effet sur les soldats au loin.

Une cavalcade. Un homme descendait l'escalier quatre à quatre. Le conseil avait enfin décidé.

---

* Une chanson... : « Complainte douloureuse au profit des victimes blessées les 21, 22, 23 novembre 1831 » (air du Maréchal de Saxe), rapportée par M. Moissonnier dans *Les Canuts*, éditions Messidor.

— Aux pelles ! Aux pioches ! Montons les barricades comme druge au mariage ! Sans vous commander, c'est l'heure d'être bougeons !

* * *

XXVII

Sept heures et demie passées, on commença à entendre battre le tambour dans le crépuscule d'orage. Ce lointain tonnerre qui se rapprochait glaça tout le monde.

Nous l'attendions d'un moment à l'autre, nous chauffant dans la soirée encore fraîche autour du feu qui brûlait à même le pavé, derrière la barricade. Nous nous figeâmes, écoutant, cherchant à deviner par où viendrait la troupe.

La barricade était très haute, dans la grande rue de la Guillotière, entre la mairie et le magasin. Bâtie de charriots couchés, de sacs de terre, de vieilles cuisinières, d'amoncellement de bois et de pavés, elle était hantée par des uniformes bleus de Gardes, des blouses noires d'ouvriers, des robes de coton noir ou de soie blanche. La plupart de ceux qui se trouvaient là, autour du feu et à l'abri de la barricade, étaient du faubourg et défendaient leur territoire. Quelques-uns venaient de la Presqu'île, sortis des chambres de bonnes et des caves pour aider leurs frères et sœurs en armes. Une fille arrivait même de la Croix Rousse, une dévideuse à l'accent rocailleux qu'on disait catalane et dont on ignorait le nom, descendue partager avec nous la nuit et le sang. A la lueur changeante des flammes, cela semblait un tableau vivant.

Sur le fond noir du ciel, Marius était dressé en haut de la barricade, chemise blanche ouverte, casquette levée sur chevelure et rouflaquettes, fusil brandi au bras droit, de la main gauche s'appuyant à la hampe du drapeau rouge qui flottait. Rose se montrait droite, moulée en robe noire, la tête haute, la chevelure obscure et nue, les bras ballants tenant son fusil luisant. Je me trouvais au bas de la barricade, à droite, devant la vitrine du « Nouveau Monde », le magasin de nouveautés. Le patron et le personnel avaient fui sans baisser le rideau. Je me voyais immobile, la poitrine levée sous l'encolure de dentelle dans le boléro vert d'eau et sur la robe de coton blanc à rayures vertes, la chevelure d'or aux reflets agités selon le cours des flammes, un œillet rouge, que Marius avait acheté à une petite marchande, piqué sur l'oreille, le pistolet passé dans la ceinture de surjupe, la crosse dépassant en luisant sur le ventre.

Le tambour s'était rapproché, avait roulé, détaché, s'était tu.

— Allons arregarder ! lança le gone tout excité.

— Nous aussi, me dit Rose en descendant non sans trébucher de ses bottillons sur les pavés et, la main tendue vers moi, se dirigeant vers une chicane étroite ménagée sur le côté de la barricade.

La place du Pont s'ouvrait, éclairée comme une arène de cirque par la couronne des réverbères à gaz. A quinze ou vingt mètres devant la barricade étaient postés les tirailleurs volontaires, qui derrière une fenêtre, qui dans une barrique, qui sous un charriot, à l'abri mais le flingot aux mains.

Soudain, nous avons vu : « Là ! là ! arregardez la troupe ! »

A cent mètres, cinquante à peine des tirailleurs, au coin de la rue de Marseille, les soldats, arrêtés, l'arme à l'épaule. Des ordres. Ils faisaient mouvement, se déployaient en ligne, face à nous. Un bruit ferraillant. Deux canons étaient roulés et postés de part et d'autre, la gueule levée dans notre direction.

Un homme s'avançait, en civil, chapeau et frac, seul au devant de la troupe, apparemment sans peur. Tout de noir vêtu, il semblait sortir de la nuit pour entrer dans l'arène de lumière artificielle où allait se jouer le sort de la Révolution.

— Rendez-vous ! cria-t-il, les mains en porte-voix, continuant à s'avancer vers les postes de tirailleurs.

— Rendez-vous ! répéta-t-il.

Il ne connaît pas son histoire de France, ce type, pour ignorer ce qu'on répond à une telle injonction, dis-je. Qui est-ce ?

Ça, alors ! Rose et moi qui venions de passer la tête devant la barricade, nous nous regardâmes : le crieur n'était autre qu'Andrieux !

— Meeerrrde !

C'était le gone, qui n'avait pas raté son coup, hurlant du haut de la barricade, ses mains en porte-voix.

— Ce n'est pas bien, ça, lui dis-je, en le menaçant du doigt, de prendre ainsi la parole aux dames pour leur souffler un si joli mot ! Mais c'est très beau, de nos jours, de connaître l'histoire de France !

Savait-on que, confronté ainsi au présent, à cet Andrieux qui aurait descendance, en invoquant le dit du passé l'on provoquait l'écrit de l'avenir ?

Soudain, ce fut comme un ballet d'ombres dans le faible éclairage de la rue. Un tirailleur jaillit d'une porte cochère, aidé d'un autre sorti d'on ne sait où, il colletait Andrieux, il commençait à l'emmener vers la barricade, quand retentit un vacarme de fers sur le pavé. La cavalerie chargeait, les bousculait, les mettait à terre, et faisait demi-tour sous les premiers coups de feu des tirailleurs. Andrieux se relevait. Sans le chapeau tombé, ses cheveux roux flambaient. Tandis que la colonne de fantassins, elle même bousculée par la cavalerie, s'enfuyait, l'homme noir aux cheveux enflammés filait à toutes jambes par la rue Basse Combalot.

— Couratent pas si mal, hein ? rigolait le gone en se mettant à crier vers le lieu de la scène :

Hé ho ! allez-y ! Le premier qu'arrive en haut de Fourvières a gagné de s'envoyer la bigorne d'or !

— Ah ! Ah ! ricanait un vieux Zouave, vous avez vu la tactique ?

— Ne rions pas trop, dit Marius. Cela ne fait que commencer. Ils ne se sauveront pas toujours en se marchant les uns sur les autres.

En attendant, on pouvait inviter les filles ! Le zouave brandissait un panier. C'était garni de bouteilles noires poussiéreuses. Un coup d'éclat du « gone ». Il se dressait de toute sa récente hauteur de garçonnet.

— Les caves des barges sont pas faites pour y laisser n'en désordre, ni même ranger par n'importe qui !

La barricade se passait de mains en mains les bouteilles sans étiquette, après que le zouave les eût sabrées et goûtées, les unes après les autres, têtant à même le goulot aux éclairs d'ébrêchures tranchantes.

— Le gone a la barakka, dit-il en claquant la langue.

— Pas mal, faisait Marius les yeux clos, en remuant la gorgée dans sa bouche.

— On parie ? lui demanda le zouave.

— Côtes du Rhône Vacqueyras.

— Non, Valréas !

— Moi, je sais... fit le gone, mystérieux.

— Qu'est-ce ? demandai-je, allez, dis-le !

— Du Pinard ! dit-il, sententieux.

Rose s'exclaffait.

— Qui va juger ? demandai-je.

Le zouave leva le doigt :

— Mahomet, là-haut. Il est couché pour la France, mais il veille toujours quelque part. T'inquiète pas. Il choisira bientôt le vainqueur. Le jugement de non de dieu.

Il ponctua cette remarque d'un vaste éclat de rire. J'en restai d'abord glacée. Puis, suivant l'exemple de Rose, je bus une timbale pleine. C'était profond, épicé, rassurant, réchauffant.

Ensuite, le tambour reprit.

Marius était remonté en haut de la barricade, sur la nuit sa chemise blanche ouverte, sa casquette rabaissée, son fusil luisant toujours à la main droite, sous le drapeau rouge flottant. Rose était aussi remontée précipitamment et se tenait dressée, gainée de robe noire, la tête haute, la chevelure noire dénouée, les bras retenant comme un bébé sur la poitrine son fusil étincelant. Je me trouvais encore en bas, à droite, devant la vitrine du « Nouveau Monde », immobile, ayant quitté mon boléro, dans ma robe blanche à légères rayures vertes, l'œillet de Marius piqué sur l'oreille, la poitrine haute palpitant aux reflets du feu, le pistolet fiché dans la ceinture, crosse luisant en l'air sur le ventre.

Cette fois, le tambour semblait venir d'en face, arriver du Rhône par le Cours des Brosses. L'entrée de la place en était rouge et noire des uniformes sur toute la largeur du Cours.

Fini de rire ! avait décrété le zouave, en vérifiant le chargement de son flingot dans une série de claquements huilés. J'escaladai à mon tour l'enchevêtrement de timons, cuisinière, poutres et pavés.

L'irruption de la troupe sur la place fut celle d'une horde carnassière. Les cavaliers surgirent les premiers, en rafale, pour tenter d'ouvrir la foule à coups de sabre et faire place aux canons. Heureusement, les gens couraient, esquivaient, revenaient. Après la charge de cavalerie, la place restait couverte de foule sombre, comme si de rien n'avait été.

Alors, après un temps d'indécision, fut exécutée une autre tactique. La troupe à pied se forma en ligne et avança lentement. Les baïonnettes avançaient, poussant la foule devant elles de leurs lames pointées, plus sûrement que la mitraille. Elles poussaient vers l'est, vers les rues qui n'étaient pas barricadées, rue Saint-Clair, rue de Chartres et rue Moncey, de l'autre côté de la place. Elles poussaient le peuple sans arme, les femmes et les enfants les mains nues, les hommes munis de pauvres eustaches, gens qui n'avaient pas cru bon de s'armer des compas, couteaux à virolle, tronçons d'acier ou de fer qu'arboraient sous notre barricade ceux qui ne disposaient ni de pistolet ni de fusil. Un moment, il y eut bousculade. Des personnes tombèrent. Les soldats furent sur eux, à coups de crosses, frappant du plat des baillonnettes. Frappaient-ils seulement du plat ? Je crus voir des enfants à terre.

— Barbares ! N'avez-vous pas honte ? hurlai-je, dressée et tendant le poing dans leur direction. Vous livrez bataille à des gens sans armes ! Venez donc vous attaquer à nous !

Mais mes paroles semblaient n'avoir aucun effet.

— Les salauds, ils veulent nous couper de la masse ! fit le zouave qui était monté me rejoindre. C'est pour mieux nous saigner chacun à notre tour.

— Il faut sortir, dit Marius. Sinon, nous serons isolés.

— Sortons ! gueula le zouave en levant son flingot et en dévalant la barricade.

— Sorrrtons ! sorrrtons ! sorrrtons ! clamait le gone en levant les bras et roulant les R, singeant un chanteur d'opéra.

— Allons-y ! jeta Marius en passant la chicane.

Nous nous réveillions, après un moment de folie hurlante où nous avions chargé la mort. Nous nous retrouvions à une petite centaine, ceux de la barricade et ceux de la

Mairie, à découvert devant la troupe, ayant surgi sur elle et étant parvenu à lui faire lâcher le peuple.

La troupe avait reçu l'ordre de s'arrêter. Ils n'étaient pas si impressionnants. Vus de si près, à dix ou quinze mètres, à la lueur des réverbères, leurs uniformes paraissaient négligés, shakos rouges écrasés, vareuses bleues froissées, pantalons garance mal bouffants, guètres qui n'avaient de blanches que le nom. Les shakos rouges et noirs, les épaulettes rouges et or, les cartouchières noires n'étaient pas tous alignés, certains pendaient de guingois. Les baïonnettes tantôt levées, tantôt pointées, tantôt baissées, tantôt de travers, luisaient dans un beau fouillis. Les visages hirsutes, tendus, fuyants, les yeux brillants de fièvre et d'alcool, montraient, bien plus que le courage, l'inquiétude ou la peur.

Deux hommes sortirent du rang. L'un d'eux était coiffé d'une casquette à laurier d'or et ceint d'une écharpe. Le deuxième était Andrieux, toujours bien mis, la tête haute, le cheveu de cuivre.

— Rendez-vous ! dit-il.

— Sont sourds, qu'ont pas entendu la réponse ! Hé ! Changez pas des fois de chanson ? s'écria le Zouave, que sommes trop polis pour vous z'y dire à chaque fois !

— Bah ! laisse faire ! C'est que de gognandises d'emboimeurs !

— Rendez-vous ! redit Andrieux.

— A bas les emboimeurs de Versailles ! cria une autre voix.

— Compagnons, reprit le zouave, genou en terre ! paré au feu !

— J'ordonne aux femmes de partir ! lança le préfet.

— Ça, mon ami, il n'y a pas de danger que ce soit toi qui me fasse partir ! relançai-je.

— Et moi aussi ! Je préfèrerais me le faire toute seule avec mon flingot ! lança Rose en pointant son arme.

— Ah ah ! ricana-t-on dans notre rang, surtout s'i n'a le viédaze gros comme un rameau de laurier !

— En joue ! gueula le zouave.

— Les lauriers seront que coupés ! ricana le gone.

Un coup de feu partit, une petite fumée blanche monta dans la nuit au-dessus de la ligne de la troupe. Le zouave s'écroulait.

— Ne tirez pas ! dit Marius aux nôtres.

Il se penchait sur le zouave, se relevait, muet. La fumée montait doucement au-dessus du préfet, d'Andrieux, de leur troupe. Le silence planait, absolu. La place semblait soudain plus éclairée. Le zouave gisait recroquevillé. Il ne bougeait plus.

Il fallait que je prisse la parole. Je ne pouvais laisser mourir le premier des nôtres sans l'accompagner d'une phrase, une seule, mais une où palpitât l'âme de Lyon.

Déjà Rose s'avançait d'un pas et criait :

— Toi qui viens de tuer un homme du peuple, tu peux être fier ! Tu es payé pour tuer et lui n'est pas payé pour travailler. Le peuple descend dans la rue parce qu'il a faim de pain et de liberté. Comme toujours, on lui envoie les soldats pour lui tirer dessus. Comme toujours, ça fera des veuves, des orphelins. Ça fera même des femmes qui baigneront dans leur sang. Comme toujours, ça n'empêchera pas de recommencer. Il y aura toujours des gens, à la Croix Rousse ou à la Guille, ou ailleurs, qui se tiendront debout devant les forces de l'ordre, les forces de la nuit !

Il y aura toujours, repris-je en criant la phrase au rebond, des gens qui brûleront la vie pour que la vie ne soit pas sombre !

Silence. Ma tête tournait. S'envolait.

Marius se dressait, tout en haut de la barricade, chemise blanche flottante, casquette sur les yeux, fusil levé, sous les méandres du drapeau rouge qui flottait. Rose était aussi dressée à la cîme de la barricade, la robe noire, la tête haute, la chevelure noire dénouée flottant au rythme du drapeau, les bras couvant comme on berce un bébé sur les rondeurs de la poitrine son fusil couché. Et moi ? Où étais-je ? Moi ?

Je revins sur la place.

Rose avait repris la parole devant les soldats. Dans sa robe noire, prêchant ainsi en public, institutrice.

— Et vous, les soldats, vous qu'on paye à tuer, vous avez envie de me tuer ? Alors, allez-y ! jeta-t-elle en ouvrant les boutons de sa robe noire.

Elle se tint ainsi, les pans du corsage ouverts, les reins creusés sur la cambrure de la taille, les seins pointés, offerts sur le support du corset rouge, tendus sous l'effet de l'ardeur.

— Vieux, graillonnait le gone, qu'avec une nourrice comme ça, moi, je perdrais pas mon temps à têter n'un pot !

Mais le préfet ordonnait :

— Soldats, en position, genou en terre !

La place retentit du chuintement des pantalons garance. Elle était devenue déserte. Le peuple, sentant que le sang allait couler, désarmé, s'abritait dans l'ombre des rues voisines.

— Gare au bouillon rouge ! fit le gone.

— A mon commandement, cria le préfet...

Un coup de feu coupa sa phrase. Il s'écroulait. Andrieux, crânement, plutôt que de filer pour s'abriter, prenait le temps de le traîner en arrière. C'était parti de chez nous.

— A la barricade ! Courez ! Courez sans vous retourner ! Vilain et moi couvrons ! avait ordonné Marius, se précipitant derrière un platane.

Nous avions profité de la surprise. Les soldats ne tirèrent pas d'abord. Les premiers coups de feu retentirent quand nous atteignions la barricade. Marius et l'autre devaient riposter. Nous achevions de nous couler rapidement dans l'étroit passage. Le dernier passait. Non, il manquait encore Marius et Vilain qui s'engouffrèrent. Et manquait également Rose. Elle était aussi restée en arrière pour nous couvrir.

Elle arrivait, passait la chicane en marchant calmement, fière, la cartouchière en ceinture, le fusil en main, la tête très droite.

Rose et moi, nous nous assîmes derrière la barricade, adossées à l'amoncellement de pavés. Un tir nourri commandé à la troupe crépitait sur la crête et sur les bords de la chicane, arrachant quelques éclats qui giclaient. Rose s'approcha, me prit la tête à deux mains, pivota, se retrouva tout contre moi, sur moi.

— Trop tard, murmurai-je, ils ne nous ont pas encore.

— Si, répondit-elle d'une drôle de voix.

Elle recula un peu son buste. A la lueur du feu que le gone attisait, je vis.

Le noir de sa robe était baigné de pourpre sur tout le côté droit. Elle l'ouvrit. Son corset rouge poissait. Je le délaçai. Sa poitrine était toujours belle, à peine pesante, un peu pointue et rapprochée en penchant vers le bas. La petite croix d'or pendait au bout de sa chaînette, détachée de la chair. La pourpre avait teinté le sein et le côté droit. Le sang continuait à sourdre par intermittence sous le sein.

— Rose ! je te soigne ! criai-je.

— Pas la peine, fit-elle. Elle ferma les yeux et reposa sa tête sur moi.

— Ça fait rien, souffla-t-elle encore, ces saloperies de bourges, y m'auront baisée jusqu'à l'os !

Elle restait les yeux clos, ainsi que cherchant des forces :

— Ecoute-moi, chérie. Vajaune a craché. Le responsable, pour ton père, c'est lui.

Et, après un temps :

— Si t'avais une petite goutte de ce petit vin... qu'on

sait pas d'où y vient, mais qu'on sait où y passe... ça ferait bien passer l'affaire...

Elle avait avalé sa gorgée. Puis, sa tête avait roulé sur mon épaule. Ma robe était trempée de son sang. Je finis la bouteille sans respirer. Je crus trouver dans l'arôme du vin, aux bords coupants du goulot cassé, un reste de la chaleur de son souffle.

Je levai les yeux au ciel.

Marius se dressait en haut de la barricade, chemise blanche ouverte, casquette levée, fusil brandi au bras droit, de la main gauche s'appuyant à la hampe du drapeau rouge qui flottait. Je me trouvais en bas, devant la vitrine du « Nouveau Monde », immobile, dans ma robe blanche, l'œillet piqué sur l'oreille, la poitrine levée, le pistolet à la ceinture, crosse luisant sur le ventre.

Je relevais les yeux vers le haut de la barricade. Rose était montée précipitamment et se tendait, la tête haute, la robe noire immaculée, la chevelure noire nue, les bras levés tendant son fusil qui lançait des éclairs de feu.

Rose, dis-je en pleurant doucement. Rose...

Je m'essuyai les yeux. On tiraillait du côté de la troupe. De chez nous, un coup de feu partait, rarement, ajusté, après une visée soigneuse. Parfois, un passage de balle grinçait comme un insecte. Parfois il éclatait sur un pavé, sur un mur auquel il arrachait des éclats en petite pluie. Cela sentait la poudre. Les nôtres étaient tous aux postes de combat. Prêts à vendre cher leur peau. A la faire payer au prix fort. Avant de se laisser dépecer. Comme Rose.

Encore adossée aux pavés, la tête de mon amie sur mon épaule, son ventre encore chaud sur le mien, je la repoussai doucement, comme on remue précautionneusement un bébé endormi. Je la déposai, à demi allongée, sur les pavés. Sa robe ouverte. Le sang de Rose s'était figé en une crème chocolat entre ses seins. La petite croix disparaissait, noyée là-dedans. Une nausée me montait dans le ventre. Cela avait-il un sens, d'attendre ainsi la mort ?

Je regardai les autres qui se cachaient pour tirer, tirer le plus longtemps possible avant d'être tirés, qui se cachaient pour mourir. Marius lui-même était vautré derrière les pavés pour recharger son flingot.

Alors, je me levai. Je me plantai dans l'ouverture de la chicane. Je tirai mon pistolet. Je le dressai. Et je criai :

— Allez ! compagnons ! Allez, les femmes ! On nous en a déjà tué une autre ! Allons-nous comme ça attendre la mort en cachette ? Allons-nous laisser place aux soldats de l'ordre bourgeois en mourant dans l'ombre ?

Ils cessèrent tous de tirer.

— Voyez ! dis-je en montrant le cadavre de Rose, ce que fait la jeune République. Pour vivre, la « démocratie » a besoin de tuer. Mais il lui faut tuer dans l'ombre, dans l'apparence de la civilisation, dans le semblant du droit et de la justice. Et bien moi, compagnons, je ne veux pas mourir dans le noir. J'aimerais crever comme Rose, debout devant les autres, à la clarté. Je veux faire reculer les forces de la nuit ou tomber en pleine lumière. Je sors.

Plusieurs hommes arrivaient vers moi. Marius s'était déjà rangé à mon côté. Deux femmes venaient aussi se placer devant la chicane.

— Vous voyez cette poitrine, dis-je en montrant mon chemisier blanc tout ensanglanté, c'est le sang de ma sœur, mon double, mon autre moi-même. Dans un moment, ou bien cette poitrine aura fait reculer les soldats assassins, ou bien elle sera aussi rouge de mon propre sang !

Vous sortez avec moi ? demandai-je.

Il y eut des « Oui » ! quelques approbations de tête, silencieuses.

— Un peu, Blanche-la-Rouge ! dit le gone, regarde-les, qu'i sont tous prêts à te coller à la culasse, tellement que le rouge te va bien !

Tous s'étaient approchés et rechargeaient leurs armes.

Le gone, fier de sa trouvaille, sautillait sur place en répétant : Blanche-la-Rouge, Blanche-la-Rouge...

Alors s'éleva la voix à l'accent catalan de l'Anonyme dévideuse de la Croix Rousse :

« Le vieux monde s'écroule. La nuit qui recouvrait la terre déchire son linceul. L'aube apparaît...

— Gognandises, ricanait le gone, que fait nuit noire comme dans le trou du cul d'un ramoneur piémontais !

— ... Frères du monde entier, notre sang coule pour votre liberté, notre triomphe est le vôtre : debout, tous ! Voici l'aube ! »

— C'est qu'elle y tient, la noiraude !

— Tu donnes l'ordre de la sortie ? demandai-je à Marius.

Il prit mon pistolet par le canon, ôta ma main de la poignée, la baisa dans la paume, la reposa sur l'arme.

— Non, répondit-il, c'est à toi de le faire, « Blanche-la-Rouge ».

Le silence régnait. La troupe avait également cessé le tir. Elle était immobile, rangée à la limite de la lumière. La distance à courir jusqu'aux soldats s'étalait, toute illuminée, comme si le flux du gaz des réverbères avait redoublé. Tant mieux. Ceux qui seraient fauchés en avançant, mourraient en pleine lumière.

Je me retournai. Les visages de tous, femmes, hommes, le gone, mon amant, celui de Rose, même, étaient illuminés.

Ma langue collait. Je cherchai à avaler un peu de salive. Ma bouche était trop sèche. J'aspirai un grand coup d'air frais de ce printemps. Il me sembla inqualifiable, torride ou glacial, et je dis sans crier :

— Allons-y ! Je sortis la première.

Derrière moi, la voix grinçante du gone montait. Il chantait :

« Sommes des hommes
Allez les gones
Allons qu'à la culasse de Blanche

Blanche, la rouge

Allons nous en payer n'ne tranche
Tailler dans la viande à soldat
Allez les gars
Les pères z'ont coupé le roi
Pour être soi
Et en avant
Fonçons dedans
Coupons tout ce qui bouge
Avec Blanche la rouge ! »

* * *

XXVIII

Mon pied choqua un objet. Il rebondit en avant, dans un son de cloche enrouée, dérisoire. C'était un bidon vide abandonné par un soldat. Çà et là gisaient une capote froissée, un panier couché et à demi défonçé, un gros bâton, un sabot, une poupée de chiffon éventrée.

Sur le pont, par dessus les rails de l'omnibus devenus ridiculement inutiles, des tas de sacs de jute, gonflés de terre ou crevés, jalonnaient la traversée, restes de redoutes improvisées la veille par la troupe Des flaques de vinaigre acidulaient l'air mou. Parfois, des traînées chocolat de sang séché rappelaient qu'on avait traîné des blessés au-dessus du fleuve vers l'Hôtel-Dieu.

Le silence étonnait. Cette journée du lundi 1er mai, la vie n'avait pas repris. A peine le tocsin était-il descendu de la Croix Rousse au matin, suivi d'une vague galopade désordonnée d'escouade quelque part dans la Presqu'île. Puis, plus rien. Le silence. Le néant après l'émeute.

Le même silence qu'à la fin de la nuit, lorsque,

les barricades toutes prises, réfugiés aux ténèbres, nous enterrâmes les morts dans les caves, en cachette, à l'abri des charognards versaillais. Rose était du nombre.

Désignée par le sort pour rendre le dernier hommage, je me suis d'abord écartée pour pleurer et méditer seule dans le noir.

Quand je sentis les mots monter comme le désir rauque, je pris la parole. Ils se pressaient en ma tête, les mots dictés par le Poète, Ayant vu le massacre depuis l'exil. Enfin, au bout du compte, devant parler outre-tombe j'avais droit à la parole :

« Tu fus haute et semblas étrange en ces débats ;
Car, chétifs comme sont les vivants d'ici-bas,
Rien ne les trouble plus que deux âmes mêlées,
Que le divin chaos des choses étoilées
Aperçu tout au fond d'un grand cœur inclément... »

Quand j'appris que du nombre était également Marius, je serrai les dents, et les lèvres, longuement, fortement, pour ne pas vomir.

Puis, je rassemblai mes forces. Je prononçai à nouveau quelques mots, deux éloges funèbres mêlés, mélange de mots d'amour, de larmes et de vin.

Le gone ne se trouvait plus là, caché on ne savait où. Mais quelqu'un, je ne sais qui, reprit un bout de sa chanson :

« Sommes des hommes
Allez les gones
Allons qu'à la culasse de Blanche
Allons nous en payer n'ne tranche...

Toute la journée de ce premier mai, les gens s'étaient terrés, de crainte que la troupe ne fusillât les passants comme francs-tireurs.

Au crépuscule, me risquant à sortir, je me cachai sous

une grande cape noire d'où dépassaient à peine mes jupons. Le Rhône coulait rouge carmin, festonné de reflets jaune orangés. Le jour baissait. Derrière moi, les dernières façades de la Guillotière flambaient des oranges des murs en éclatant des ors des fenêtres. Sur la rive d'en face, les hautes maisons bourgeoises de la Presqu'île dressaient un mur de bronze. Vers l'amont, sur la droite, le mur s'argentait en s'estompant au pied de la Croix Rousse. La Croix Rousse... Une fourmillière de charbon dans un ciel de sang !

La place Perrache s'ouvrait, presque déserte, balayée par la dernière averse de lumière émeraude. Une voiture à l'arrêt, une autre s'ébranlant. La gare, cependant, bruissait, fort animée. La buvette grouillait, assaillie par des soldats débraillés, tête nue, le fusil à bout de bras ou en bandouillère.

Je courus au guichet :

— Un billet pour... l'Italie, s'il vous plaît.

— Alors, la canante, on part en villégiature ?

Un frisson dans la nuque. Cette voix !

Je me retournai.

— Vous !

L'apparition au collier jaune ricana :

— Moi, je crois bien, oui. Tu vois, la rousse est bien faite. Allez, fit Vajaune en durcissant son regard et en me saisissant par le bras : suis-moi !

La place sombrait maintenant dans une encre d'eau forte. La voiture à l'arrêt se révélait être la lourde voiture de police que j'avais vue emmener Rose au parc de la Tête d'or. Deux autres hommes en descendaient.

— Monte avec moi à l'*Hôtel de la Gare* ! fit-il.

— Pourquoi ?

— Pour enfiler des perles.

— Et... si je refuse ?

— Ça te regarde. Si tu préfères les cuisiniers d'Andrieux.

— Je plaisantais. En réalité, le plus dur sbire de Lyon, je ne suis pas fâchée de l'occasion.

— Tu te payes ma tête ?

— Non, dis-je avec la plus forte conviction possible. Je veux me payer un flic.

— Ah bon ? Les femmes, vous êtes toutes... En tout cas, reste sage ! J'ai ma pétoire dans la poche. Et elle marche. Elle l'a prouvé hier-soir.

Etais-je folle ? Qu'espérais-je, à ainsi accepter de me retrouver seule à seule avec Vajaune ? J'avais le fol espoir de pouvoir venger Rose. Mais pas la moindre trace d'idée de comment cela serait possible.

Une fois dans la chambre, je demandai à Vajaune s'il était prêt à y mettre le prix.

— Ça dépend, je suis pas très en fonds, en ce moment.

Je répondis que le prix était facile et peu coûteux à régler pour lui : me dire comment et où avait été chassé mon père.

— Ça suffit comme ça ! répondit-il en braquant vers moi son arme. Tu crois me doubler comme Réséda, petite pute ! Je ne parle pas avant.

— Et moi, je ne fais rien avant.

— Bon, ensemble, alors. Allez, à poil ! pendant ce temps, je raconte.

Ces jours-là, les policiers avaient la gachette sensible. Lentement, calmement, je déboutonnais mon corsage de robe. Il n'avait plus de blanc que le nom. La poussière l'avait grisé et le sang le chocolatait. Pour raconter, Vajaune racontait.

— L'instituteur Rougon... alors, c'était ton père, cette ordure ?... il commençait à me fatiguer, à se mêler de tous les complots républicains. Tu te déshabilles, oui ou non ?

Je fis glisser les pans du corsage sur mes épaules. Dans

la glace de cheminée, mes épaules parurent blanches sur le corset rose.

— Alors, poursuivait Vajaune, quand on nous a fabriquée sur mesure la loi contre les rouges, je l'ai fait pincer d'un joli rapport. Ça n'a pas traîné. Et ouste ! En route via l'Italie pour le désert d'Afrique, faire pousser des cailloux ! Mais tu vas finir par te déshabiller, salope ?

J'ôtais ma robe en la tirant par les pieds. Les jupons grisaillaient, poussiéreux dans le bas, sur les dentelles et les volants. Je délaçais mes brodequins.

— Voilà qui est bien, petite. Alors, t'as droit au complet. Avant qu'on le foute dehors, je l'ai un petit peu cuisiné. A la méthode prussienne, tu vois, histoire de lui faire chanter le nom de quelques autres rouges. Il était muet, le salaud. Mais je lui en ai fait baver. Dommage, on m'a fait arrêter. Il aurait parlé. Comme les cocos qu'on a cuisiné hier avec Andrieu. Question d'application.

Vajaune ricanait. J'étais figée. Les dents rivées. Incapable de bouger. De parler. De respirer.

— Je te préviens que si tu te défrusques pas complètement, je te flingue et je te viole après !

Je me forçai à réfléchir. La situation n'était pas difficile à évaluer. Moi sans arme et inexpérimentée en ce genre de combat et lui, vieux routier sans scrupule, armé d'un pistolet de gros calibre.

J'ôtai les jupons en les prenant tous ensemble, comme pour abréger la cérémonie. La glace me reflétait, en corset rose, bas gris et petite culotte de dentelle blanche.

— J'ai dit : à poil ! ordonna-t-il.

— A la première occasion, je me vengerai.

— C'est ça, la belle, c'est ça ! En attendant, montre ton cul !

J'ôtai la culotte.

— Baisse-toi en avant ! Baisse-toi, je te dis !

Un glaçon brûlant entre mes fesses ! J'eus un mouvement de retrait.

— Je te conseille pas de bouger. Sinon, je tire.

Ordure. Il me sodomisait avec le canon du pistolet. Je serrais les dents à m'en faire mal. Je ne voulais rien sentir. Rien !

Puis, le pistolet avait disparu et c'était son sexe de salaud. Ça brûlait. J'avais envie de vomir. Il me serra bientôt les jambes de ses deux bras. Le pistolet dans sa main, à mon genou, devant moi.

Je devais tenter la chance.

Soudain, c'était fait, je me retrouvais face à Vajaune, son pistolet dans ma main. Cela s'était fait sans calcul. Sans même que je me rendisse bien compte des détails. Il mit peu de temps à évaluer la nouvelle situation.

— Doucement, la belle, il est chargé. C'est une arme de guerre.

— J'espère bien.

— Mais... je plaisantais, quand je parlais de tirer.

— C'est ça. Moi aussi.

La silhouette de Vajaune se découpait devant la fenêtre, en ombre chinoise sur la nuit à lueur artificielle de la place Perrache sous les réverbères.

Devais-je tuer le responsable de la mort de Rose et de Marius, tuer mon violeur, tuer le tortionnaire de Virgile Rougon ? La cause était entendue. Je ne voulais pas réfléchir. J'allais presser sur la gachette.

Mais je pensai justement à père. Il me fallait être plus forte encore. Ne penser qu'à lui, à mon père, à le rejoindre, là-bas, et au moyen d'y parvenir. Après avoir tué Vajaune, je serais pourchassée, ce serait plus difficile encore.

— J'ai failli tirer, il y trois secondes. Vous allez m'accompagner jusqu'au train, dis-je. Au premier geste, je tire.

Je voyais Vajaune d'un blanc crayeux. A son cou battait le sang. Il avait vraiment peur. Il se retourna vers la porte. Mais il poursuivit, accéléra son mouvement de rotation et se retourna en trombe vers moi, deux poings tendus, un sur mon ventre, un sur ma main.

L'homme est au-dessus de moi. Son visage rouquin, ses moustaches jaunes.

Dans la glace de plafond, derrière lui, mon visage, plus petit, les yeux fixes.

Les mains de l'homme s'enfonçant dans mes seins.

— Salope ! T'as de la veine d'être bien roulée. Je te laisse une chance, fait-il entre ses dents serrées. Tu te laisses faire et je te laisse filer.

Je fis mine d'acquiescer, remontai mes genoux, ouvris mes jambes et... jetai du plus fort que je pus un coup de poing en plein dans ses parties.

Vajaune tomba à la renverse.

C'était son tour de se trouver sous moi. J'avais ramassé son pistolet.

Mais j'étais trop inexpérimentée en matière de bagarre. Il prit mon bras et le tordit.

Il se tenait face à moi. Entre lui et moi s'élevait le canon du pistolet. Dans ses yeux, je sus que c'était la fin. Sa main se crispa. Une secousse. Rien.

— Saleté de merde de pute ! râla Vajaune, il s'est enrayé !

Le couloir donnait sur une terrasse, puis sur les toits. Je n'avais pas demandé mon reste. Je courais aisément, pieds nus et court vêtue. J'entendais les chaussures de Vajaune, claudiquant sur les tuiles, glissant parfois. Je pouvais le distancer, trouver une porte sur escalier, m'échapper. Je courais en tâchant de règler mon souffle. Il ne m'avait pas encore.

Soudain, derrière, une glissade, un juron, une glissade toujours, un cri. Silence. Je m'arrêtai, me retournai.

Plus de Vajaune. Si. J'approchai du bord. Il pendait dans le vide, au bord du toit, suspendu par les mains. En bas, la place achevait d'être submergée d'un océan de nuit, à peine pointillée de quelques fanaux jaunes. Le silence de cette nuit s'emplissait de la rumeur des deux fleuves, le Rhône grondant à gauche, la Saône chuintant à droite. A droite encore, en tournant la tête, on apercevait les collines.

Deux montagnes, l'une où trône la Vierge, une vierge d'or qui a la tête dans le ciel ; l'autre où, sur la crête déchirée comme celle d'un volcan, vit une population qui a faim dans le ventre et les pieds dans la boue. On entend sonner les cloches tout le jour au sommet de Fourvières. Tout le jour les métiers battent de l'aile sur les hauteurs de la Croix Rousse.

Je m'emparai de quelque chose, un chapeau de cheminée. J'approchais de Vajaune. Il se cramponnait au bord de tuiles de la gênoise.

— Aidez-moi ! Tenez-vous à la cheminée et tendez-moi la main, dit-il d'une voix de mort en sursis.

— Quel a été votre rôle, dans l'arrestation de Rougon ?

— Moi ? Je n'ai fait que mon boulot ! Parole !

— C'est à dire ?

— J'ai... c'était décidé en haut lieu.

— Je vous demande ce que vous, vous avez fait.

— J'ai signé un mandat.

— Et pour Rose ?

— La même chose. J'ai signé aussi.

Un vertige me saisit. Ma tête tournait. L'océan de la nuit, les petites piqûres des fanaux, le pot au noir du ciel...

Deux montagnes, l'une où trône la Vierge, une vierge d'or qui a la tête dans le ciel.

J'approchai encore. La main de Vajaune blanchissait sur le bord de tuiles.

Ma main durcissait sur son contenu.

Deux montagnes, l'une où trône la Vierge, une vierge d'or qui a la tête dans le ciel ; l'autre où, sur la crête déchirée comme celle d'un volcan, vit une population qui a faim dans le ventre et les pieds dans la boue. Mes mâchoires se rivaient.

On entend sonner les cloches tout le jour au sommet de Fourvières.

Mes yeux se figeaient.

Tout le jour les métiers battent de l'aile sur les hauteurs de la Croix Rousse.

Cette nuit, les métiers se sont tus, muselés par les soldats. Les gens se sont tus, emprisonnés, fusillés par les flics. Par les Vajaune.

Je levai mon bras, rejetai en arrière le poids que je brandissais, le chapeau de cheminée, une sorte de girouette à ailettes tranchantes, et han ! Je fis retomber le couperet de toute ma force en me vidant absolument.

Le cri de Vajaune alla très vite en s'amincissant. La main restait cramponnée à la gênoise, tranchée net, recroquevillée, blanche encore, exsangue. Seul un suintement rouge commençait à en marquer la tranche.

Le corps se voyait bien depuis le toit, comme écartelé, immobile, auréolé d'une lueur anormale sur cette place obscure, à peine trouée par la lumière artificielle des réverbères, une lueur infernale.

Voilà ! dis-je à voix haute sans me préoccuper si, mort ou vivant, l'on pouvait m'entendre d'en bas : Tu n'écriras plus ! Tu ne saliras plus le pouvoir d'écrire.

Voilà ! dis-je de plus en plus fort : Tu ne signeras plus la privation de liberté d'un homme ou d'une femme. Tu n'inscriras plus la mise à la question, l'arrachage de la langue, l'excision, la castration du sexe, l'extirpation de l'être. Tu n'ordonneras plus l'effacement, l'oubli, la mort !

Voilà ! hurlai-je presque : Tu ne seras plus pire que le destin qui tue ! tu ne seras plus pire que le dieu auteur du texte de la mort ! tu ne seras plus pire que tout, toi, homme, en écrivant la mort vivante d'un autre toi-même !

Je me rhabillai, dévalai l'escalier, sortis sur la place Perrache. Je reconnus les silhouettes des deux hommes de Vajaune flanquant l'entrée de la gare. Je contournai la place en rasant les murs dans l'ombre. Par derrière, je gagnai la gare d'eau. Un bâteau de la compagnie des paquebots était en pression et haletait comme un pachyderme. A cette heure de la nuit, il se révélait étrangement plein de passagers. Je n'étais pas seule à vouloir partir. Les cabines déjà complètes, il restait des places sur le pont.

— Allez-vous au Sud ?

— Hé oui ! au gré du courant et à la force des chevaux vapeurs, ma belle !

— Jusqu'où puis-je avoir un billet ?

— Arles.

— Et après ?

— Où allez-vous ?

— Au Sud.

— Bè... vous pouvez prendre une voiture pour le port que vous voulez.

— Merci. Un billet pour Arles, s'il vous plaît.

— Pressez-vous, on appareille.

Le bâteau siffla d'un cri déchirant la nuit. La chaudière poussa un énorme soupir. L'eau bruissait sur la coque à la manière d'un tissu froissé. La bise feulait, acide aux joues. Des rives parvenaient le chuchotement des feuillages et le ricanement des rossignols.

Une vieille enfouie dans un paquet de chiffons me tendit un pot :

— Tiens, drolette, que t'as l'air toute gelée, floupée comme ça dans ta cape ! Vrai que la nuit est pas chaude ! Verse-toi ça dans la gargouane ! est de rosé du Midi, que donne bien de force !

J'avalais de bon cœur quatre ou cinq goulées d'un mélange de pierre dure, bouquet fleuri et soleil vibrant.

En aval, le clair de lune révélait une conjonction de flots. Le flot de ténèbre du Rhône rencontrait le flot de boue de la Saône. Le sang poisseux coulait à droite et l'encre épaisse à gauche. C'était le confluent. Ici se rejoignaient les fleuves. La Saône femelle s'étendait et se faisait pénétrer par le Rhône. Ils restaient un temps à copuler, à s'affronter et à se transfuser, avant de se dissoudre l'un en l'autre. Bientôt, le flot ne serait qu'un. L'opposition entre les flux serait noyée, tarie.

La chaleur du rosé glissait en moi une aurore d'été que je tâchais d'apercevoir en avant. Mais je ne pouvais pas effacer la nuit de l'arrière.

En arrière, déjà, la ville de sang et de boue se donnait un coup de fard et de paillettes, un semis d'étincelles sur la ténèbre.

J'imaginais un voyageur venant de loin, ou bien longtemps parti, revenant à Lyon sans savoir quel orage d'obscures nuées et de foudre ardente venait de subir cette ville, et qui s'y tromperait, sans avoir pour bagage l'histoire Sue, un Juif errant.

Je vois.

La lune brille, les étoiles scintillent au milieu d'une mélancolique sérénité ; les aigres sifflements d'un vent du nord, brise funeste, sèche, glacée, se croisent, serpentent...

...Ce voyageur regarde la ville immense qui s'étend à ses pieds... du milieu de cet océan de pierre s'élève une vapeur lumineuse qui rougit l'azur étoilé du zénith... C'est la lueur lointaine des mille feux qui, le soir, à l'heure des plaisirs, éclaire joyeusement la bruyante capitale.

* * *

VERS LE SUD

(Œpilogue)

— Blanche la rouge !

Le pont était un capharnaüm noirâtre, parcouru de lacis argentés. Derrière une caisse amarrée à la base de la cheminée, une main s'agitait. C'était le gone.

— Je t'avions pas aguinchée, floupée dans ta cape de nuit ! Viens ! souffla-t-il.

— Toi ! Que fabriques-tu sur ce bâteau ?

— Je décanille, comme les autres, dit-il en montrant un groupe tapi dans l'ombre.

Des formes vagues, engoncées dans des capes, cachées sous des chapeaux, des casquettes, des bonnets. Un jeune homme se tenait debout au bastingage, au-dessus de la proue, le regard perdu vers l'arrière. Il marmonnait. Le gone me prit par la main, en me disant que c'était un « poèt-poète » de passage, qu'on l'appelait quelque chose comme « Reins Beaux », il me fit approcher, tout près de l'homme, masqué par une cape et un chapeau noirs, qui psalmodiait :

« Société, tout est rétabli : les orgies
Pleurent leur ancien râle aux anciens lupanars :
Et les gaz en délire aux murailles rougies,
Flambent sinistrement vers les azurs blafards ! »

Le gone m'entraînait plus loin.

— J'ai z'une commission pour toi.

— Quelle commission ?

Un « Monsieur à la zouave » lui avait donné un louis pour informer d'urgence et discrètement Blanche Rougon que son père se trouvait en Algérie, dans une ville nommée El Oued.

— Comment peut-on s'y rendre ?

— Ça doit n'être un peu plus loin que la vogue de Vaise ! Mais pas la peine que je te parle comme les ânes pètent, j'y suis jamais z'été et j'y z'irai jamais !

— Je ne peux pas te donner un louis, mais...

— C'est pas la question, bugne ! Pour Blanche la rouge, je dirais tout sans un sou.

Il approcha son visage du mien. Une ombre de duvet fonçait dessus sa lèvre. Ses yeux tentaient maladroitement de pénétrer les miens.

— Et puis, souffla-t-il, t'es si belle.

— Belle, cette nuit ? J'en doute, répliquai-je franchement.

Si, reprit-il, en saisissant les pans de ma cape, et en les soulevant. Mais... c'est que le sang... le sang de...

— Oui.

— T'es belle.

Il me prit à nouveau la main, me conduisit au capitaine, un vieux loup qui l'avait embauché d'un clin d'œil quand il s'était présenté comme rescapé de la barricade.

Le vieux petit bonhomme, les joues tannées et fripées, les yeux bridés, les dents jaunies et les lèvres tirées de guingois par la pipe, grommela :

— Toi aussi, la belle, t'es rescapée des barricades ? Alors, sois pas triste, fit-il en me frôlant la joue d'une discrète caresse, t'es aussi belle dedans que dehors. Les vieux idiots comme moi, tu vois, ça nous fait bien du bien de voir qu'il en est encore, des belles filles blanches qui ont le cœur rouge et qui portent la contradiction. Si je peux faire quelque chose pour toi...

— Comment se rendre à la ville d'El Oued, en Algérie ?

— Tu cherches quoi ?

— Mon père.

— Bon. Viens dans la cabine. Je te fais un mot pour un ami, commandant à Marseille. Il fait la traversée. Tu débarqueras au port de Bougie. Là, c'est quelques jours de coche ou de voiture seulement. Mais équipe-toi un peu sur place. Les chaleurs commencent. Sitôt passées les montagnes, ce sera la mer de la soif. El Oued se trouve dans le désert. Derrière le miroir de la mer et le rideau de la montagne. El Oued, ça veut dire la rivière. Mais là-bas, c'est le monde à l'envers, les fleuves sont à sec. Ce ne sont que rivières de sable et de soleil. Les nuits sont si claires que l'on marche sans feu, sans lumière artificielle. Le jour, il fait si chaud et si éblouissant que cela brûle.

— Il y a vraiment beaucoup de lumière là-bas ?

— Beaucoup. Il faut se protéger les yeux. Sinon, ça rend aveugle.

Le vieux loup s'était accoudé à la passerelle. Il avait rallumé sa pipe, en soufflant de petites bouffées blanches devant l'énorme flot noir de la cheminée.

Au-dessus de la proue du bâteau, par-dessus le pan des ténèbres, par-dessus les festons d'argent qui ornaient la nuit comme des feux Saint-Elme, se devinait cette blancheur vague, le halo, une curieuse aube fantomale, quelque mirage qui montait au loin, là-bas, dans le Sud, au bout du fleuve, au delà de la mer.

Et ici, parmi le fouillis hétéroclite d'objets innombrables, de balluchons, pots, bidons, chapeaux, couvertures, miches, pendules, encadrements, chandeliers, surins, pétoires et flingots, au milieu de la trame inextricable des filins et des drisses s'embrouillant et se nouant aux diverses pièces d'acastillage, s'élevait la voix grinçante du gone :

« *Allez les gars*
Les pères z'ont coupé le roi
Pour être soi
Et en avant
Fonçons dedans
Aimons tout ce qui bouge
Avec Blanche la rouge ! »

* * *

FIN

GLOSSAIRE

Minimum du Lyonnais de la Grand'Côte
*(D'après Nizier de Puitspelu)**

Abonde : « faire de l'abonde » = être avantageux
Aguincher : guetter, regarder
Ambuni : nombril
Bareille : pièce de vin contenant environ 220 litres
Beletter : désirer ardemment
Bigorne : bigote
Boque : femme lourde et laide
Bougeon : remuant
Bouilles : entrailles, tripes
Brider : « brider son âne par le cul » = faire les choses à l'envers, à regret

* Voir : « Le littré de la Grand'Côte » (Lyon ; Jean Honoré Editeur).

Bugne : sorte de beignet ; (fig.) : sot, sotte
Cale : mine, visage
Canante (adj.) : délicat, agréable
(nom) : « bonne amie »
Cancaner : « se cancaner » = flaner
Cancorner : radoter, ronchonner
Canife : « faim canife » = grosse faim
Chavasse : fane de plante, chevelure ; (fig.) : potin
Chelu : lampe à huile ; (fig) ; le cerveau, l'entendement
Coquer : baiser
Coufle : gonflé, plein
Cougner : mendier
Courle : courge ; (fig.) : tête
Culasse : gros cul
Décaler : faiblir, mourir
Décaniller : sauver, se sauver
Dégouler : vomir ; (fig) : parler outre mesure
Drole : fille, jeune fille
Drolette : « petite » fille (diminutif affectueux)
Druge : pousse excessive des végétaux ; (fig.) : fatigue sexuelle excessive
Emboimeur (ou emboiseur) : flatteur, trompeur
Escanner : se sauver
Fion : « un coup de fion » = un brin de toilette
Floupé : « bien floupé » = bien habillé
Franchicoter : parler français avec ou sans affectation
Fumeron : tison ; (fig.) : jambe
Gargouane : gosier
Giflard : joufflu
Gigauder : folâtrer
Gognandise : plaisanterie, bêtise
Gognasse : grosse gamine
Gone : gamin
Grolle : savate, vieux soulier
Maladier : faire une maladie
Malandre : épidémie, plaie

Miailler : crier, vagir
Pipi : « prendre la pipi » = avoir soif (la pépie)
Rafataille : guenille, de peu de valeur
Rester : demeurer, habiter
Retailles : débris de nourriture
Salaupiaud : sale, salaud
Souillasse : souillon
Tourte : sorte de tarte
Vagnotte : redingote
Viédaze : vit d'âne ; (fig.) : aubergine, benêt

DANS LA MÊME COLLECTION

LETTRES ÉTRANGÈRES

Tchinguiz AÏTMATOV	*Une Journée plus longue qu'un siècle*
	Djamilia
	Il fut un blanc navire
	Les Rêves de la louve
	L'Oiseau migrateur
Jorge AMADO	*Les Chemins de la faim*
	Les Souterrains de la liberté (2 vol.)
	Suor
	Les Terres du bout du monde
	La Terre aux fruits d'or
	Le Bateau négrier
	L'Invitation à Bahia
Alexandre BEK	*La Nouvelle Affectation*
Volker BRAUN	*Libres Propos de Hinze et Kunze*
	Le Roman de Hinze et Kunze
Bertolt BRECHT	*Entretiens*
Vassil BYKOV	*Les Morts n'ont plus mal*
Ion DROUTSÉ	*L'Église blanche*
Umberto ECO	*Pastiches et Postiches*
Ilya EHRENBOURG	*La Chute de Paris*
Howard FAST	*Le Serment*
Maxime GORKI	*La Mère*
Tchinguiz GOUSSEÏNOV	*Mohamed, Mahmed, Mahmich*
Daniel GRANINE	*Le Tableau*
Max VON DER GRÜN	*Nappe de Feu*
Nedim GÜRSEL	*Les Lapins du commandant*
Peter HÄRTLING	*L'Éolienne*

Blanche, la rouge

Nazim HIKMET	*Les Romantiques*
	Anthologie poétique
Fazil ISKANDER	*La Constellation du Chevraurochs*
Helena KAPLINSKAÏA	*Histoire moscovite*
Abdellatif LAÂBI	*Les Rides du lion*
	Anthologie de la poésie palestinienne
	Tous les déchirements
Gourguen MAHARI	*Les Barbelés en fleurs*
Vladimir MAÏAKOVSKI	*Poèmes,* tome 1, tome 2, tome 3, tome 4 (bilingue)
Vladimir MAKANINE	*Là où le ciel rejoignait les collines*
	La Rivière au cours rapide
Martin Andersen NEXÖ	*Pellé le conquérant,* tome 1, tome 2, tome 3, tome 4
Tahar OUETTAR	*L'As*
	Noces de mulet
	Le Pêcheur et le palais
PA KIN	*La Pagode de la longévité*
Yannis RITSOS	*Arioste l'attentif*
	Quelles choses étranges
Gianni RODARI	*Il était deux fois le baron Lambert* suivi de *Nouvelles à la machine*
	La Grammaire de l'imagination
Jacques ROUMAIN	*Gouverneurs de la rosée*
	La Montagne ensorcelée
Wally M. SEROTE	*Alexandra, mon amour, ma colère*
Anton TCHEKHOV	*Contes humoristiques*
MO YAN	*La mélopée de l'ail paradisiaque*
Atahualpa YUPANQUI	*Horizons de pierre*

LETTRES FRANÇAISES

Robert ANDRÉ	*A la Belle saison*

ARAGON	*Les Adieux et autres poèmes*
	Les Communistes (2 vol.)
	Avez-vous lu Victor Hugo ?
	Choix de Poèmes
René BALLET	*Une petite ville sans mémoire*
	L'Organidrame
	Soleil froid
Suzanne BERNARD	*Un amour à Tian an Men*
Patrick BESSON	*La Chute de Saigon*
	Amicalement rouge
	Un peu d'humanité
	Les Petits Maux d'amour
	Divers gauche
Danielle BLEITRACH	*Un bouquet d'orties*
Jean CAZALBOU	*Louiseto du temps des cerises*
Francis COMBES	*Bal masqué sur minitel*
Georges COULONGES	*La Commune en chantant*
Pierre COURTADE	*La Place Rouge*
Charles DOBZYNSKI	*Le Commerce des mondes*
Paul ELUARD	*Poèmes choisis*
Robert ESCARPIT	*Les Fêtes impertinentes*
Frédéric FAJARDIE	*Poussière d'éternité*
	Jeunes femmes rouges toujours plus belles
Pierre GAMARRA	*Le Maître d'école* suivi de *la Femme de Simon*
	Les Lèvres de l'été
	La Maison de feu
	Les Nuits de la Bastille
	Romances de Garonne
Jacques GAUCHERON	*La Maison du sourd*
	Entre mon ombre et la lumière
Jacqueline GELLY	*Le Damier*
	La Nova
Dominique GRANDMONT	*Ici-bas*
	Le Spectacle n'aura pas lieu

Blanche, la rouge

Jean-Edern HALLIER	*Conversation au clair de lune*
Pablo DE LA HIGUERA	*Frantzousskaïa Paranoïa*
Bernard LANDRY	*Le Rêveur au pistolet*
Alain LEDUC	*Le Grand Diable Mammon d'argent*
	Les Chevaliers de Rocourt
Jean MARCENAC	*Poésies 1932-1969*
	Les Ruines du soleil
Rouben MÉLIK	*La Procession*
Alain NADAUD	*La Tache aveugle*
Louis OURY	*Rouget le braconnier*
	Les Prolos
	Mon village à l'ère nucléaire
	Le Moulin à foulon
	Commandos sur l'estuaire
	Ohé ! du maquis
Pierre PARAF	*Mes rendez-vous avec le siècle*
Francis PORNON	*Couthon le mal aimé*
	La Souveraine
Vladimir POZNER	*Deuil en vingt-quatre heures*
	Vladimir Pozner se souvient
Jean QUEVAL	*Nestor et Agamemnon*
André REMACLE	*La Cité des chiens*
François RIEU	*La Cavale du chômeur*
Valàre STARASELSKI	*Dans la folie d'une colère très juste*
André STIL	*Le Petit Boxeur*
	La Correspondante
	La Croisée
	Le Dernier Train
	Les Petits Soirs
Elsa TRIOLET	choisie par Aragon
Roger VAILLAND	*La Visirova*
Paul VAILLANT-COUTURIER	*Enfance*
André WURMSER	*Le Théâtre des Variétés*

Table des matières

Achevé d'imprimer en mars 1991
sur presse CAMERON,
dans les ateliers de la S.E.P.C.
à Saint-Amand-Montrond (Cher)
pour le compte des Éditions Messidor
146, rue du Faubourg-Poissonnière, 75010 Paris

N° d'Édition : 3030. N° d'Impression : 567.
Dépôt légal : mars 1991.
391011N1